최인훈의 패러디 소설 연구

── 근대문학과 근대적 주체를 향한 고전의 방법적 변용 연구

The Study on Choi In-hoon's Parody Novels

최인훈의 패러디 소설 연구

근대문학과 근대적 주체를 향한 고전의 방법적 변용 연구

김성렬

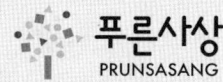
푸른사상
PRUNSASANG

최인훈은 누구나 인지하는 바와 같이 여러 가지 측면에서 도전하고픈 매력을 유발하는 문제적 작가이다. 우선 작품의 양도 많고 다양한 장르를 섭렵한 작가이며 무엇보다 작품에 용해된 사유의 수준이 쉬운 접근을 허용치 않는 산봉우리마냥 날카롭고 드높다. 애초에 12권으로 출간되었으나 한동안의 침묵 끝에 내놓은 『화두』까지 묶어 문학과 지성사에서 2008년에 재간행된 그의 전집 15권이 이를 증명한다. 이 책은 최인훈이 열어놓은 다양한 지적 모험의 경로 중에서도 패러디 기법을 활용한 소설 양식에 주목하여 이를 남김없이 다룬 연구서이다.

최인훈은 그 스스로 '패러디 선의 이상분비벽'을 가졌다 할 정도로 많은 분량의 패러디 소설을 창작하였다. 「크리스마스 캐럴」 연작을 각각 하나의 단편으로 취급할 경우 1960년대에 그가 내어놓은 소설의 절반가량이 패러디 소설일 정도이다. 이 책은 작가가 패러디라는 소설 기법에 몰입한 동기가 무엇일까라는 기본적 의문으로부터 시작하여 그가 고전을 어떻게 분해하고 비틀었는가를 고전 원작과 비교하여 그 변용의 정도 및 과정을 규명하고 개별 작품들 낱낱의 기표가 내뿜는 기의를 채집하려는 의도로 쓰였다. 필자는 최인훈의 패러디 소설들을 다루려던 당초―석사학위논문을 쓰던 1980년대 중반부터 그의 패러디 소설의 창작 의도가 전통을 오늘에 연맥시키려는 데 있는 것이 아닌가 판단하고 그가 패러디 소설을 쓴 궁극적 결실은 우리의 기억 속에 저장되어 있는 전통 설화들을 시적으로 형상화한 희곡에서 맺어진 것으로 가설을 세운 뒤 일련의 논구들을 진행해 왔다. 그에 따라 이 책은 관 속에 누워있던 양소유를 1960년대의 혼란스런 현실에 불러내지 않을 수 없었던 작가의 기발한 착상과 방법적 고뇌가 「옛날 옛적에 훠어이

휘이」 같은 희곡에서 튼실한 열매를 맺기까지의 과정을 순차적으로 밝힌다.

이 책이 규명한 최인훈 패러디 소설의 최종적 기의는 한국문학과 한국인의 근대성 혹은 근대적 주체라는 화두를 놓고 치열하게 맞선 방법적 고뇌의 여정기라는 것이다. 그의 패러디 소설들은 구심점이 사라진 현대문명의 불모성과 불확실성을 그리기 위하여 호머의 『오디세이』를 패러디한 제임스 조이스의 『율리시즈』처럼 한국문학 또는 문화의 정체성 확립을 위하여 1960년대라는 혼돈의 현실을 항해한 한국판 『율리시즈』라 할 만한 성격을 갖는다. 한국인의 주체성과 한국문학/문화의 근대성 획득을 위한 그의 간고한 항해는 앞서 말한 바와 같이 우리 설화를 시적으로 형상화한 그의 희곡 창작으로 마무리된다. 이 책이 작가에게 한국문학사에 드문 문학사가적 면모를 가진 창작가라는 명칭을 부여한 이유도 이에 있다. 그의 이러한 여정이 고도의 지적인 모험들로 가득한 탓에 그에게는 관념의 작가, 난해한 작가, 비사실주의적 작가, 실험적 작가 등의 다양한 수사가 따르지만 실인 즉 그가 경과한 실제적 삶이 함흥에서부터 시작하여 원산, 목포, 부산, 서울, 미국, 다시 한국에 이르기까지의 '출렁거리는 삶' 그 자체였기 때문에 근대 문학/근대적 주체를 향한 그의 방법적 모색이란 자신의 실존과 일치하는 절박한 체험적 화두였음을 이 책을 읽고 난 독자는 확인할 수 있을 것이다.

이 책은 1부와 2부로 나뉘어져 있다. 1부는 고전을 변용하여 창작한 그의 작품들을 중·장편은 따로, 단편들은 모아서 각론으로 다룬 글들이다. 2부는 1부의 첫 장으로 실린 『구운몽』 연구의 원본이다. 필자가 1980년대 중반에 석사학위논문으로 낸 것인데 이를 축약한 것이 1부의 첫 장인 「고전의 변용과 구원의 궤도」이다. 고전과의 비교분석, 의미를 캐내기까지 작품의 구조를 낱낱이 해부한 점에서 다른 글들의 원형이 될 뿐만 아니라 제1부 제1장을 보완하는 성격의 글이므로 2부로 나누어 실었다. 이 책에 실린 글들의 발표 서지는 『소설가 구보씨의 일일』을 분석한 글에 실려 있으므로 참고하시기를 바란다. 석사논문을 쓴 이후 이쪽의 본격적인 연구는 2000년 이후에 이루어졌는데 이는 필자의 학문적 노정이 순탄치 않았던 사정이 개입된 탓이다.

이 책이 움켜쥔 기의래야 유동하는 기표로부터 겨우 한 줌 손 안에 들어온 모래와 같은 것임을 부인할 수 없다. 최대한 그러한 결함을 메우려 애썼으나 논리적인 일관성이 결여된 곳도 더러 있을 것이며 논리의 비약이라 할 만한 곳도 없지 않을 것이다. 같은 길을 걷는 분들이 이를 지적하고 시정해 주기를 바란다. 다만 이 책은 아직까지 전체적으로 일관되게 다루어지지 않은 최인훈의 패러디 소설들을 일관된 관점으로 해석하고, 난해하기로 정평이 난 그의 소설들을 명료하고 쉽게 풀이해 냈다는 점에서 스스로 위안의 근거를 찾아본다.

돌아보건대 최인훈 패러디 소설 연구의 발단은 젊은 시절 누구나 겪는 불안한 자아정체성 혹은 주체성 정립과 관련된 해법의 단서를 그의 소설에서 톺아보려던 의도로부터 비롯한 것이었다. 나름의 이러한 문제의식에 기름을 부어 주신 분들이 있으니 우선 학부 시절 『오디세이』와 『율리시즈』의 패러디 관계를 분석하면서 이 텍스트들 속에 숨어있는 구심적 세계관과 원심적 세계관이라는 변별적 요인의 제시로 나의 연구에 전짓불 역할을 해주신 스승 신일희 교수님을 꼽지 않을 수 없다. 어린 시절의 자극이라는 것은 이처럼 후학들에게 깊은 영향을 미치는 법이라는 것을 늘 일깨워 주시는 스승께 깊은 감사를 드린다. 그리고 대학원 시절 밤늦게 도서관을 나오다가 술잔을 나누면서 온갖 이론, 학자들을 도마에 올리고 같이 의기헌앙해 하던 동도(同道)―순천향대학교 국문과의 김기중 교수가 두 번째 고마움을 표하고 싶은 분이다. 그 당시 막걸리 잔을 앞에 놓고 김 교수는 "김형이 갈 길은 학부에서 공부한 한문학과 현대문학을 접속하는 길"이라 일갈(?)했는데 이는 내가 『구운몽』을 석사학위 논문의 텍스트로 삼는 데 중요한 자극제가 되어 주었다. 특히 그는 어렵게 모은 김만중의 『구운몽』과 관련한 연구 자료를 일체 나에게 무상으로 양도함으로써 일차적 수고를 덜어 주기도 했는데 김 교수께 뒤늦은 고마움을 이제서야 전한다.

마지막으로 필자의 글을 두 번이나 맡아 보기 좋은 책으로 만들어 주신 푸른사상사의 한봉숙 사장과 편집부 직원들께 깊은 감사를 드린다.

2011년 4월, 연구실에서

저자 씀

최인훈의 패러디 소설 연구

제2부
방법적 고전 변용의 구조 분석 시론

제1부

근대문학과 근대적 주체의 구현을 향한 간고한 여정

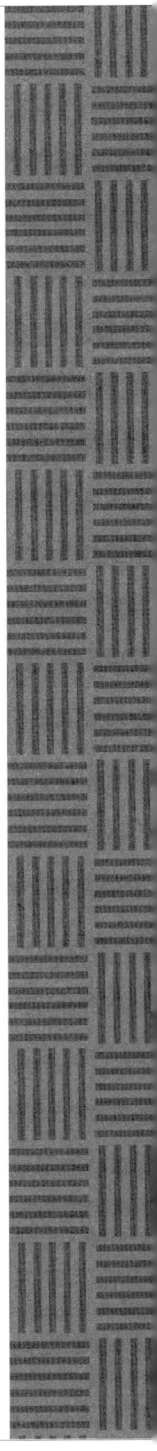

고전의 변용과 구원의 궤도

— 『구운몽』

1. 머리말

좋은 작품이란 읽는 이의 감성과 이성에 충격적 반응을 촉발할 수 있는 것이어야 할 터이다. 그 충격에서 오는 진동이 우리의 잠자던 정서를 일깨우고 일상의 의식 위에 켜켜이 쌓인 낡은 인식의 먼지를 털어내면서 새로운 사물·삶에 눈뜨게 할 때 문학은 그 존재의의를 스스로 입증할 수 있게 된다.

시에서 그러한 충격 효과는 대개 언어의 압축과 그 농축된 언어 속에 담긴 새로운 이미지로 해서 얻어지지만 소설의 경우 그것은 세계와 사물에의 보다 논리적·구체적 진술로써 획득되는 것이 보통이다. 발생의 기원에서부터 그러하지만 소설은 역사적이며 사회적일 수밖에 없는 인간 조건에 관계하도록 되어 있고, 또한 그 조건을 명백하고 조리정연한 예에 의해 밝혀주도록 되어 있기 때문이다. 이러한 점에서 소설은 '사교적'[1]이라 할 만하다.

인간이 처한 현실의 통시적이며 공시적인 조건을 규명코자 하는 소설이 독자에게 충격을 줄 수 있는 정공법은 인간이 처해진 구체적 상황을 통찰하고 그 현실을 추상적으로 재구해 내는 데 있을 것이다. 그러나 책—그 중에서도 고전 작품과 교섭하고 그것과 작가 자신이 처한 현실과의 밀접한 대응양상에 유의하면서 작품을 주조하는 방식이 있다. 이른바 패러디(parody)란 수법이 그것이다. 이는 원작의 구성, 문체, 작가의 마음의 버릇 등을 모방함으로써 원작에 대한 비평적 기능과 그 대비에서 생기는 충격으로 일종의 소격효과(Erfremdungseffekt)를 노리는 수법인데, 서구의 경우 이것은 고대 그리스의 아리스토파네스로부터 현대 영·미 작가에 이르기까지 즐겨 채택된 오랜 역사를 가지고 있다.[2] 그러나 한국문학에서 이러한 수법을 즐겨 쓴 이는 그리 쉽게 눈에 띄지 않는다. 채만식이 「심청전」과 「흥부전」을 각각 패러디한 「동화」, 「흥보씨」를 지었다는 정도가 알려져 있을 따름[3] 특별한 예를 발견하기 어렵다. 우리는 1960년대 들어 이러한 수법으로써 일련의 시리즈를 이룰 만큼 많은 작품을 제작한 작가를 만나게 된다. 다름 아닌 최인훈이다. 그는 1960년대 초반, 이러한 기법의 신호탄 격인 작품으로 『구운몽』을 발표한 이후 연이어 「열하일기」, 「금오신화」, 「놀부뎐」, 「온달」, 「옹고집뎐」, 「춘향뎐」 등을 내놓음으로써 그 난해성과 비사실주의적인 기법 등으로 하여 문단의 화제를 불러일으킨 바 있다. 그가 발표한 이 계열의 작품들이 서구적 패러

1　미셸 제라파, 이동렬 역, 『소설과 사회』(문학과 지성사, 1983), 31면.

2　A. Preminger, F.J. Warnke, O.B. Hardison, JR., *Princeton Encyclopedia of Poetry & Poetics*, Princeton Univ. Press, 1965, pp.600~602 및 A. Pollard, 송낙헌 역, 새타이어(서울대 출판부, 1980), 55~59면 참조.

3　최원식, 「채만식의 고전소설 패러디에 대하여」, 『민족문학의 논리』(창작과 비평사, 1982), 221면 참조.

디의 개념에 합당한 것인지의 여부는 차치하고, 한국의 현실에 처한 한 작가로서 그러한 수법에 주목하게 된 필연적 이유가 있을 것임은 짐작하기 어렵지 않다. 그러므로 고전의 변용이란 명명이 오히려 적합할 이 작품들을 두고, 도대체 작가는 어떤 방식으로 무슨 의도로 이러한 작품들을 제작했던가를 밝혀보는 것은 의미있는 작업이라 여겨진다. 짐작컨대, "인간관의 혼란, 국어의 혼란, 사고형의 혼란, 시대의 혼란이 있을 때는 소설에도 혼란이 온다."[4]는 비평적 통찰까지 구비한 작가로서 그러한 수법의 연이은 작품 제작이 범상한 의도에 있었던 것 같지는 않다. 이 글은 그가 고전을 변용하여 얻고자 한 충격이 무엇이며, 궁극적으로 무엇을 지향코자 했던가를 밝히기 위하여 이 계열의 첫 작품인 『구운몽』을 시도적으로 분석해 본 것이다. 이러한 분석을 통해 이 계열 작품 및 최인훈의 문학 전반에 관해 좀 더 구체적이고 심도있는 이해의 계기가 마련되어질 수 있으리라 믿는다.

2. 꿈에 기댄 이유

고전의 변용이라 하지만 실상 최인훈의 『구운몽』 어디에서도 그 변용한 원전인 김만중의 『구운몽』과 유사한 부분은 쉽게 발견되지 않는다. 얼핏 보아, 가난하고 외로운 간판장이 독고민의 난삽하고 기이한 행각과 수도승 성진이 자기 각성의 고행을 거쳐 극락 귀의에 이르는 고전의 줄거리 사이에는 아무런 연관이 없어 보인다. 그러나 우리는 일단 두 작품이 같은 제명을 가진 작품이라는 점에 유의하자. 그리고 이들 작품들을 좀 더 면밀

---

4 최인훈, 「시점에 대하여」, 『문학과 이데올로기』(문학과 지성사, 1982), 170면.

히 뜯어보면 두 작품의 시간 구조에서 그 상동성을 발견할 수 있게 된다. 그 상동성이란 '꿈'이라는 허구적 현실을 도입한 시간 구조이다.

고전 『구운몽』은 현실-꿈-현실의 시간구조로 수도승 성진의 관념적 자기 탈각 과정을 묘사한 한국의 로맨스이다. 한때 출세간의 수도승이었으나, 순간적으로 세속적 쾌락에 탐닉한 혐의로 세속에 적강한 성진의 모험과 낭만적 일대기를 하룻밤 꿈으로 역전시킴으로써 그것은 삶의 희로애락이 헛된 것임을 드러내고자 한다. 꿈이 가지는 유희성과 허구성은 현세적 욕정의 충족과 부귀공명이 헛될 뿐이라는 불교사상적 인식을 수용하기엔 참으로 적합한 용기였다.

제목에서부터 드러나는 바지만 현대판 『구운몽』 역시 꿈이 가지는 그러한 성격과 무관하지 않을 것 같다. 그러나 고전 『구운몽』이 꿈과 현실의 경계가 비교적 명백한 데 비하여 현대판 『구운몽』은 그렇지 못하다. 작품의 말미 영화의 변사로 가장하여 나타난 작가의 해명에 따르면 그 부분들은 "질이 좋은 수용성 풀"[5]로 살짝 접합시켜 놓았기 때문인데, 그러므로 우리가 먼저 할 일은 그 풀 먹여 놓은 접합 부분을 찾아내는 일이다.

작품의 주인공 독고민이 처음 꿈 속에 드는 것은 옛애인 '숙'의 편지를 받고 혼자 설레는 마음을 가누노라 애쓰면서 숙이 부쳐온 편지를 거듭 읽던 어느 추운 밤이다.

---

5 최인훈, 『구운몽』(문학과 지성사, 1983), 338면. 최인훈의 『구운몽』은 문지판(1976) 이전에 신구문화사판(1967)이 있다. 전자는 후자의 한자성어를 순 우리말화한 흔적이 두드러진다. 그러나 『광장』의 개작처럼 작품 구성상의 변화까지는 없으므로 어느 판본을 택하더라도 본고의 논의에는 지장이 없다. 이후 같은 작품 인용시는 본문에 면수만을 부기한다.

벌써 3시가 뎅뎅 울린다. 아래층 주인 할머니 방 기둥시계다. 민은 하나, 둘,
셋 그 소리를 센다. 그러면서도 잠들 눈치는 전혀 보이지 않는다. 그는 또 편지
를 쳐든다. 오늘 밤 그는 몇 번째 되읽는지 모른다. 마치 놓아 두면 그 편지 내
용이 종이를 떠나 훌훌 날아갈 것을 걱정하듯. 마치 자기 눈길로 글자 하나 하
나를 꼭 얽어 매 놓으려는 듯. 독고민은 자꾸 읽는다.

　　사흘 뒤 일요일. 민은 극장을 건너다 보면서 서 있다. 매표구에는 사람들이
뱀모양 꾸불꾸불 줄을 지어 밀려 들고 있다. (214면)

　　위의 인용문에서 독자들은 독고민이 꿈의 세계에 접어드는지 어떤지를
짐작하기 쉽지 않다. "독고민은 자꾸 읽는다"란 구절 다음에 단지 약간의
행간의 간격을 둔 후 사건이 이어지므로 이 부분은 단지 소설에서 통상적
으로 나타나는 시간적 단축으로만 이해하기 쉽게 되어 있다. 그러나 민이
꿈을 꾸고 있음은 그가 한 찻집 앞을 기웃거릴 때 창 너머로 비치는 여인
의 모습을 통해 감지할 수 있게 된다. 파란 불과 분홍빛 스탠드의 신비한
조명을 배경으로 앉아 있는 사팔뜨기의 찻집 여인은 다름 아닌 독고민의
하숙집 주인 노파의 손녀―역시 사팔뜨기이다―가 프로이트적 조작에 의
해 꿈 속에 변형되어 나타난 것이기 때문이다. 일차적으로 이렇게 드러난
꿈의 징후는 작품이 진행될수록 더욱 명확하게 드러난다. 독고민으로서
는 전혀 알 수 없는 사람들이 그를 둘러싸며 선생님, 사장님이라 부르며
몰려든다든지, 그가 피하고 싶은 상황 속으로 피하려 할수록 점점 더 빠
져든다든지 하는 것이 모두 꿈의 수법을 빈 작가의 의장 때문이다.
　　이처럼 꿈의 구조를 차용한 최인훈의 『구운몽』은, 김만중의 그것이 현
실―꿈―현실의 비교적 단순한 시간구조를 가지는데 비해, 현실(Ⅰ)―꿈
(ⅰ)―현실(Ⅱ)―꿈(ⅱ)―현실(Ⅲ)―꿈(ⅲ)―현실(Ⅳ)로 이어지는, 꿈과 현
실의 중첩구조를 가진다. 현실(Ⅰ)은 독고민이 꿈속에 들기 전 숙의 편지

를 받고 반가워하는 대목이다. 이 부분에서 독고민의 전력, 성격, 숙과의 관계 등이 드러난다. 꿈(ⅰ)은 독고민이 시인들에게 쫓기는 꿈이다. 이 꿈에서 깨어나 독고민은 다시 현실(Ⅱ)로 돌아온다. 여기서 그는 실제 숙을 만나러 나갔다가 허탕을 치고 돌아오는 것으로 되어있다. 이 부분이 현실의 시간이라는 것은 "아파아트 계단을 올라가면서 독고민은 잠깐 망설인다. 꼭 한 잔만 했으면 몸이 후끈하게 녹을 것만 같았다"(215면)는, 작품 서두에서 이미 나타난 바 있는 상황의 반복 묘사─작가가 수용성 풀로 접합시켰다는 바로 그 장치이다─에서 짚여진다. 이처럼 일단 각성된 현실에 있던 그는 숙을 찾을 궁리에 부심하다 다시 잠이 든다. 그리고 그는 강을 건너다 온몸이 조각조각 분열되는 악몽─꿈(ⅱ)에 시달린다. 여기서 놀라 깨어난 그는 잠시 현실(Ⅲ)로 돌아 왔다가 다시 잠이 들어 노인들, 댄서들, 술집의 취객들에게 쫓기는 꿈(ⅲ)을 꾸게 된다. 이 꿈 속에서 그는 이들 군상들에게 집단 총격을 받고 살해된다. 그리고 시간과 공간이 전환 설정된 정신과의 김용길 박사의 병원 정원─현실(Ⅳ)─에 독고민은 동사체로 나타난다. 이것은 독고민이 추운 겨울밤 한바탕의 몽유 행각 끝에 결국 동사했다는 포석이다. 이렇게 볼 때 비록 꿈과 현실이 중첩된 구조가 고전의 그것과 똑같은 것은 아니라 하더라도 고전 『구운몽』에 나타난 꿈의 모티프를 최인훈이 원용한 것은 명백하다.

이러한 의장에 최인훈이 착안하게 된 것은 그것이 가진 우의성(寓意性) 때문이라 여겨진다. 꿈의 우의적 성격이란 그 환상성과 허구성, 유희성 속에 현실에서 소외된 인물을 등장시켜 현실의 모순·부조리를 풍자적으로 고발하면서 계세징인(戒世懲人) 효과를 거둘 수 있다는 점을 가리킨다. 이러한 특징에 주목하여 선대의 작가들은 꿈의 구조를 빈 많은 작품들을 남기고 있다. 삼국유사의 「조신몽」, 최치원의 「쌍녀분」 설화, 김시습의

「남염부주지」, 「용궁부연록」 등, 그 외 제목에 '몽' 자가 부착된 많은 작품들이 몽유의 모티프를 취하여 제작된 작품들이다. 그러한 전통은 개화기의 몽유담들―「금수회의록」, 「몽견제갈량」, 「몽배금태조(夢拜金太祖)」들에까지 이어졌으나, 근대소설이 본격적으로 제작되자 자취를 감춘다. 최인훈이 이와 같은 몽유담의 우의적 전통 속에 있는 시간구조를 빌었다는 것은[6] 그가 표면적으로 드러내 놓은 줄거리의 배후에 진정한 의미의 층위를 두고 있다는 암시가 된다. 그러면 그가 꿈의 양식에 담으려한 세계의 모습과 진상은 어떤 것인가?

3. 구심적 세계와 원심적 세계

최인훈이 드러내려한 세계의 모습 역시 고전 『구운몽』의 그것과 대비하여 살펴볼 때 더욱 확실히 드러난다. 두 작품의 서두에서부터 우리는 시대를 격하여 존재하는 세계의 두 다른 모습들을 본다.

　i) 天下名山 日有五焉 東日東岳卽泰山 西日西岳卽華山 南日南岳卽衡山 北日北岳卽恒山
　中央之山日 中央卽嵩山 此所謂五岳也 五岳之中 惟衡山距中最遠[7]

6　고전문학 연구자들에 의하면, 몽유모티프를 취한 작품들은 다시 몽자류와 몽유록계의 작품군으로 분류된다. 두 가지 장르는 꿈의 구조를 취하고 있다는 점에서는 공통되지만 그 세부적 특성에 있어서는 다소 차이를 드러낸다. 몽자류는 꿈에 드는 시기와 그 깨는 시기의 불명함, 꿈의 유희성, 낭만성 등을 그 중요한 특성으로 가지는데 반해 몽유록계는 꿈에 들고 깨는 시기의 명료함, 계세성, 교훈성 등에서 몽자류와 대비가 된다. 최인훈이 이와 같은 구분에 대한 구체적 지식까지 갖추고 몽유의 모티프에 유의했던 것 같지는 않다. 그에게 고전변용의 일차적 힌트가 되었던 것은, 몽유담 일반이 가지는 우의적 성격에 있었던 것으로 보인다.

7　김만중, 『구운몽』, 정규복, 『구운몽연구』(고대출판부, 1979) 소재, 365면.

ii) 관(棺)속에 누워 있다. 미이라. 관 속은 태(胎)집보다 어둡다. 그리고 춥다. 그는 할 일없이 뻔히 눈을 뜨고 누군가를 기다리고 있다. 몸을 비틀어 돌아눕는다. 벌써 얼마를 소리없이 기다려도 아무도 찾아오지 않는다. 몇 해가 되는지 혹은 몇 시간인지 벌써 가리지 못한다. 혹은 몇 분 밖에 안 된 것인지도 모른다. 똑똑 누군가 관 뚜껑을 두드리고 있다. 누구요? 저예요. 누구? 제목소릴 잊으셨나요. 부드럽고 따뜻한 목소리……. 그는 두 손바닥으로 관 뚜껑을 밀어 올리고 몸을 일으켰다. 어둡다. 아무 것도 보이지 않는다. 게 누구요? 대답이 없다. 그는 몸을 일으켜 관에서 걸어 나왔다. 캄캄하다. 두 팔을 한껏 앞으로 뻗치고 한 발씩 걸음을 떼 놓는다. (205면)

i)은 고전 『구운몽』의 서두이다. 천하의 다섯 명산은 그 중심에 숭산을 두고 동서남북 사방에 질서와 조화를 갖춘 채 옹립해 있다. 그러나 성진의 연화도장이 있는 형산은 중심을 가장 먼 거리에 두어 그 중심을 향한 갈등과 구심운동이 있을 것임이 암시된다. 그리하여 이 작품은 성진의 극락 귀의가 모든 운동의 최종적 구심을 이룬다. 성진이 양소유로 환생하여 세속의 환락을 경험하고 그 허무함을 체득하는 것도 그가 결국 스승 육관의 의발을 전수받고 보살도를 행하다가 극락으로 귀의키 위한 예비 단계에 불과하다. 세속적 환락의 허무함이라 하지만 양소유로 환생한 성진이 꿈속에서 밟는 궤적은 만인이 부러워 마지않는 출장입상의 화려한 전형이다. 성진의 꿈속이야말로 오히려 현세적 구도를 드러내고 있는 터인데, 여기서 펼쳐지는 사건들 역시 구심적 질서를 이루고 있다. 양소유는 천자의 왕화를 위하여, 여덟 미인은 양소유의 총애를 얻기 위하여 구름처럼 몰려드는 이 세계는 유교적 질서 속에 조화로 포만한 세계상을 드러내 주고 있다. 이와 같은 질서와 조화로서의 세계상은 김만중의 구심적 세계관의 소산이라 하지 않을 수 없다. 그는 비록 화이론적 세계관을 부정하고 문학을 한문학만으로 한정하려는 편견을 논파한 당대의 지식인이

었지만,[8] 유교 질서 속의 사대부란 지위를 완전히 포기할 수 있었던 인물은 아니었다. 현실의 질곡이 그를 유교 중심의 사고방식에서 벗어나 불교에도 관심을 갖게 했지만 세계는 질서와 조화에 찬 것이라는 인식과 마땅히 그래야만 한다는 신념 사이에 적극적인 갈등이 일어나지는 않았던 것이다. 천자의 왕화를 위하여 헌신하는 양소유, 그리고 마침내 극락에로 귀의하는 성진은 작가의 이러한 세계인식 위에 출현 가능한 인물이었다.

그러나 최인훈의 『구운몽』은 서두부터 어둡고 암울한 세계에의 전망을 보여준다. 인용된 ii)에서 독고민이 관 속에 누워 있다는 것은 그가 처한 상황이 그만큼 어둡고 절망적임을 암시한다. 여인의 음성으로 그곳에서 불려 나온다는 것은 사회 상황의 견인력으로 말미암아 즉자적 조건에서 대자적 조건으로 치환되는 인간 존재 일반의 관계 양상을 우의하고 있다. 그러나 대자적 조건을 충족시킬 주변 상황은 미궁 속이다.* 그 미궁과 같은 현대상황은 독고민이 강을 건너다 몸이 조각조각나는 꿈에서 암시된다. 그 꿈은 다음과 같은 내용이다.

얼음처럼 찬 강물을 독고민은 헤엄쳐 건너고 있다. 이 강물을 헤엄쳐 나가는 그의 사지가 돌연 훌렁훌렁 떨어져 나간다. 떨어져 나간 사지들은 다시 자체 분열을 하여 조각조각이 나서 강바닥에 가라앉는다. 이 때 강

---

8 조동일, 「김만중」, 『한국문학사상사시론』(지식산업사, 1978), 참조.
* 이러한 해석도 일리가 있는 해석이다. 그런데 필자는 이 글을 쓸 때는 채 생각이 미치지 못했지만 이후 최인훈의 패러디 소설에 관한 글들을 연이어 쓰면서 이 대목이 최인훈의 교묘한 트릭이란 것을 알게 되었다. 즉 관 속에 누워있던 인물은 양소유였던 것이다. 그러므로 이 대목은 양소유가 독고민으로 환생하여 태어나는 장면 설정이다. 이 대목은 고전을 현대와 접목시키는 최인훈의 기발한 발상이 시작되는 첫 대목—그의 패러디 소설의 첫 탄생 지점인 데서 역사적 대목이기도 하다. 이 책을 꾸미면서 부기하는 내용이어서 별도의 주로 처리함.

변 저쪽에 도깨비들이 나타나서 조각난 독고민의 신체 부위를 낚아 올린다. 그 중 한 여자 도깨비가 던진 낚시바늘이 독고민의 입술을 꿰려 할 때 그는 놀라 꿈에서 깨어난다.

대략 이렇게 정리될 수 있는 꿈은 염무웅의 지적[9]처럼 현대의 산업질서와 정치 메커니즘에 의해 현대인의 에고(Ego)가 분열의 위기를 맞고 있음을 암시하고 있다. 현대는 과연 "바다처럼 방대한 조직과 풍문보다 불확실한 뉴우스 문화의 홍수 속"(328면)에 있는 세계이며 두텁고 무거운 루머의 지층 속에 갇혀 있다. 이 속에서 개인의 정향을 확립하기란 참으로 난감한 일이다. 그러나 어떻게 할 것인가? 보이지 않는 손에 의해 운용되는 조화와 섭리의 시대는 가버린 지금, 실존적 고독 속에 놓인 인간이 삶의 정향을 확립할 수 있는 것은 자기의 결단에 달려 있을 따름이다. 이처럼 당혹과 위기의식에 찬 원심적 세계관이 현대판 『구운몽』의 근저에 자리한 세계인식의 내용이다. 이렇게 볼 때 최인훈이 고전 『구운몽』에 그의 작품을 대비함으로써 얻고자 한 효과로 우리는 다음 두 가지를 지적할 수 있게 된다. 먼저, 그는 시간과 공간적 상황이 판이한 두 세계의 대비를 통해 분열의 위기에 처한 현대의 상황을 충격적으로 부각시키고자 했다는 점이다. 다시 말해 현대의 원심적 세계상이 중세의 구심적 세계상에 대비됨으로써 그 분열의 징후가 현저하게 부각될 수 있었다는 것이다. 다음, 최인훈은 중세적 질서가 붕괴될 조짐이 보이던 17세기말 그처럼 낙관적 세계관을 지닐 수 있었던 김만중에게 비평적 풍자를 가하려 했던 것으로도 볼 수 있다. 그가 고전을 변용하여 얻으려 한 충격효과는 이러한 점에 우선적 의도가 있었던 것으로 보인다. 그러나 이러한 분열과 위기의

---

9 염무웅, 「상황과 자아」, 김병익 · 김현 편, 『최인훈』(은애, 1979), 20면.

식은 현대인들에게 보편적으로 미만한 그것이라기보다 한국적 상황과 그 역사적 조건에 말미암은 것이라 함이 작가가 보여주는 구체적 현실인식의 내용이다. 그러한 징표는 독고민의 인물 설정에서부터 드러난다.

4. 초라한 월남민이 된 영웅의 후손

독고민은 이북에서 월남한 피난민이다. 초등학교 시절 잠깐 반짝해 본 적은 있지만 죽 공부 못한 고등학교 중퇴자로서 피난 수도 부산에서 넥타이 장수, 군복 장수, 무연탄 장수, 깡통주이 등 호구를 위한 방책은 닥치는 대로 거친 현직 간판사이다. 그는 월남하기 전 이북에선 노서아 말을 배웠고, 월남해서는 영어라곤 한마디 못하지만 미군 부대의 종업원으로 취직하여 그들의 초상화를 그려주며 생계를 유지한 적도 있다. 이런 독고민이야말로 식민통치와 분단으로 인해 황폐화되고 왜곡된 현대사를 거쳐온 '5, 60년대 한국인의 전형적인 모습이라 할 만하다. 피난민으로서 귀속할 근거지와 관련을 맺을 대상이 없는, 사회로부터 소외된 인물로서의 독고민이 애타게 바라는 것은 그의 옛 애인 숙을 만나는 것뿐이다. 그러나 숙을 만나러 나선 그의 앞에는 정체모를 집단들이 끊임없이 나타나 방해하고 간섭한다. 그 집단들이란 시인들, 노인들, 댄서, 그리고 '바아'의 여급과 취객들이다. 독고민을 당혹과 불안 속에 몰아넣고 끊임없이 추격해 오는 이들은 누구인가? 우리는 여기서 이 작품이 발표된 시기가 1962년의 4월[10]이었음을 상기할 필요가 있다. 이 시기는 4·19와 5·16이라는 역사적 사건들이 일과한 지점으로 당대의 한국인들에게 몰아쳤던 한

---

10 1962년 4월 『자유문학』지에 발표.

바탕의 흥분과 열기, 혼돈과 좌절이 채 걸러지지 않았던 시점이다. 이러한 시대적 배경을 참고할 때 이들 집단의 성격은 비교적 명료해진다.

시인들이란 그들이 발표하는 성명과 성명서에 담긴 이상과 순수 지향을 볼 때 문화계에 종사하는 젊은 지식인들, 혹은 4·19를 주도했던 패기 찬 젊은이들로 간주된다. 노인들이란 금전과 계수놀음에 밝으면서 회사의 사활을 두고 고심하는 인물들이란 점을 참조할 때 그때까지 사회를 운영하고 책임져 오던 기성세대를 우의한 것임을 알 수 있다. 댄서들이란 예술의 순수성과 상업성 사이에서 고심하고 갈등하는 일군의 예술인들, '바아'의 여급과 취객들이란 혼탁한 시대풍조와 퇴락한 사회윤리에 무분별하게 노출된 전락자들을 우의적으로 표출한 인물군들이다. 이들은 독고민을 선생님, 사장님, 당신,이라 부르며 끊임없이 추격해 온다. 그러나 민은 이들의 요구를 들어줄 수도 쉽게 어울릴 수도 없다. 그것은 왜인가? "원래 무슨 일을 토막토막 잘라서 갈라놓고 무게를 달아 보고 그것을 또 한데 모아보고 하는 그런 생김새로 돼있지 않은"(280면) 독고민의 의식수준 탓으로 그 이유를 돌릴 수도 있겠지만, 더욱 근본적인 이유는 이들 집단들이 바로 불명료하고 모호한 시대상황 그 자체이기 때문이다. 독고민과 이들 집단들의 융화를 저해하는 시대상황의 불투명성은 민이 각 집단들에게 쫓길 때마다 터져 나오는 혁명군 방송과 정부군 방송의 대립과정에서 암시된다.

> i) 우리, 자유란 낱말을 사랑만큼이나 애틋이 불러봐야 하는 시대를 살아야 했던 우리. 공화국이란 낱말을 사랑만큼이나 애틋하게 소리내야 하는 시대를 살아야 했던 우리. (239면)

> 여기는 혁명군 방송입니다. 당신들은 왜 가만히 지켜만 봅니까? 당신들은 왜 방관합니까? 적은 반격에 나섰습니다. 압제자들은 반격을 개시하였습니다.

자유는 목 졸리려 합니다. 공화국은 교살당하려 합니다. 시민 여러분 빨리 힘을 빌려 주십시오. (……) 교만하던 자들의 목에 죽음의 목걸이를! 염치를 모르던 자들의 기름진 배에 다이너마이트를! 사랑을 모르던 자들의 심장에 죽음의 훈장을! 알고도 행하지 않은 자들의 머리통에 폭탄을 선사합시다. (268면)

　ⅱ) 근위군 사령부는, 사령관 각하의 다음과 같은 양보 조건을 내놓는다. 모든 통제는 크게 늦춰질 것이다. 결혼 등록 제도의 폐지를 다짐한다. 집회와 결사의 자유를 다짐한다. 국가 전복을 논의하는 모임이라 할지라도 가까운 파출소에 미리 알리기만 하면 허가될 것이다. 모든 차량은 낼 수 있는 최고 속도로 내달려도 괜찮다. 함대는, 밀수 배들의 안전과 물길 향도 및 안내를 위하여 24시간 해상근무케 할 것이며 밀수 배들이 들어올 때는 그 톤수와 실은 짐에 따라 규정된 예포로써 환영할 것이며…… (245면)

　앞의 인용문들에서 우리는 이 작품이 4·19와 5·16을 겪은 한국의 혼미한 현실을 풍자적으로 수용하려 한 단적인 증거를 포착할 수 있게 된다. 그러나 그렇다 하더라도 위의 혁명군·정부군을 당시의 세력 구도에 그대로 대입시켜 생각할 것은 물론 아니다. ⅰ)의 혁명군 방송이 내세우는 구호는 자유와 사랑, 도덕과 양심이다. '양심과 사랑으로 거듭나서' 불사조처럼 자유를 향하여 날아오를 것을 지향하는 이들은 윤리와 정의에 입각한 역사의 진보를 신뢰하는 세력들의 우의적 표현이다. 그에 반해 ⅱ)의 정부군은 거짓과 부도덕, 부정과 불의의 집단이면서 양심과 자유를 억압하는 세력들을 표상한다. 그들이 내세우는 제안들을 통해 이 집단의 허위성과 음모성, 무책임성을 반어적으로 드러내면서 작가는 이 세력들을 야유하고 있다. 한국 근대사의 혼미성은 위와 같은 세력적 얽힘이 드러내 주는 바 전자의 세력이 후자의 물리적 예봉을 현실적으로 우월하게 압도하지 못한 데 기인하고 있는 것으로 파악하는 작가의 인식이 여기에 드러난다. 작품에서도 이러한 성격은 혁명군의 정부군에 대한 패배로 상징되고 있고, 독고민이 그를 둘러싸는 집단들을 쉽사리 포용할 수 없는 이유는 이런데서 비롯된다.

실상 4·19 이후 정치의 난맥상과 사회의 혼란상도 당대의 한국인에게 불안한 느낌을 주었겠지만 5·16에 의한 4·19의 좌절은 더욱 역사의 진행 방향에 대한 심각한 의문을 제기했을 것이 틀림없다. 거기에 개항 이후 우리가 겪은 역사를 상기해 보라. 끊임없는 외세의 간섭, 마침내 일제에의 예속, 그리고 광복, 그러나 다시 국토의 분단—이와 같은 우리 근대사의 파행성과 그로 인한 비관적 상황 인식이 독고민의 불안과 강박적 도피 행각을 초래케 한 것이라 할 수 있다. 그리하여 모든 집단에의 관련을 거부하고 도피만 하다가 혁명군 괴수로 몰려 처형되는 독고민의 좌절과 패배의 의미는 자명하다. 그것은 4·19와 5·16으로 이어지는 반전과 좌절의 혼미한 시대현실과 한국 근대사의 파행성이 주는 상황의 압력 및 문화적 균열, 이로 말미암아 자기분열을 일으키고 마는 한국인의 수난을 우의적으로 드러낸 것에 다름 아니다.

여기서 우리는 다시 출장입상의 화려한 출세와 여덟 미인과의 낭만적 애정행각 속에 지상의 부귀영화를 누리고—꿈이었지만—마침내 극락에로 귀의한 양소유를 상기하게 된다. 그의 낭만적이고 화려한 삶의 편력에 비하면 200년 후의 그의 후손, 독고민의 생애는 얼마나 초라하고 참담한가? 최인훈이 김만중의 『구운몽』을 패러디한 것은 바로 이처럼 양자를 대비시킴으로써 탁월한 소격효과를 거두고자 한 데 있었던 것이다.

그러고 보면 최인훈은 "사고형의 혼란, 시대의 혼란이 있을 때는 소설에도 혼란이 온다"는 그의 비평적 통찰에 상응하는 치밀한 계획으로 소설 창작에 임한 작가임을 알 수 있다. 그는 20세기 중반, 어지러운 한국의 현실에 17세기의 풍운아 양소유를 등장시켜, 사랑하는 여인 한 사람을 찾기에도 실패하는 왜소한 독고민의 파탄과 분열의 행각을 묘사함으로써 충분한 소격 효과를 획득한 셈이다.

5. 기억의 지속을 위한 고전의 변용

그러나 우리는 최인훈이 이처럼 고전을 변용함으로써 얻고자 한 궁극적—혹은 잠재적—의도가 또 다른 한 편에 남아 있음에 유의해야 한다. 그것은 고전의 변용 자체로써 분열된 자아의 정체성을 회복하려는 작가의 내재적 기도이다.

그는 분열의 위기에 처한 자아가 정체성을 회복할 수 있는 방법을 두 가지로 제시하고 있다. 구원에로 이르는 그 첫 번째 방책은 조건 없는 사랑을 통하여 모두가 일체감을 회복하는 데 있는 것이라 그는 믿고 있다. 그러한 믿음은 집단 총격을 받고 사살된 독고민이 한 여인의 사랑으로 재생하는 장면에서 우의적으로 표출된다.

독고민을 회생시키는 그 여인은 애초에 어린 댄서들을 잔혹하게 부리던 늙은 여인이었다. 그러나 그 여인이 독고민을 위하여 오랫동안 눈물을 흘리고 기도를 하자 이상한 일이 일어난다.

> 젖은 카아바이드처럼 윤기없던 그녀의 두 눈이 이른 봄 샘터같이 환해지기 시작한다. 흙두덩처럼 거센 눈가장자리가 봉긋하게 살이 오르기 시작한다. 눈을 중심으로 그 가까운 힘살이 서로 끌어 당기듯 팽팽해지면서 완전한 젊은 여인의 얼굴로 바뀌고 있는 것이다. (306면)

이와 같은 노파의 변신이 주는 의미는 짐작하기 어렵지 않다. 그것은 사랑이 주는 놀라운 회생력과 활력을 우의적으로 드러내고자 한 데 있을 것이다. 이러한 사랑으로 말미암아 독고민 역시 회생하는 것으로 처리되어 있지만, 우리는 이 사랑이 애초에 노파였다가 젊은 여인으로 변신한 인물에서 나온 것이란 점에서 그 사랑의 성격이 모성적인데 있는 것임을 암시받는다. 모성적 사랑의 특징은 그 무조건적이며 비이기적인 성격에 있다 할 것인데, 이러한 사랑은 그 이타성으로 말미암아 모두를 신뢰와 화합으로 이끄는 근본동력이 된다. 그러므로 시인, 노인, 댄서, 여급들이 한 자리에 모였을 때 노인은 다음과 같이 말한다.

> 벗이여 사랑은 멀고 오랜 것입니다. 사랑은 어둡고 최악에 찬 것입니다. 당신의 입술에 미움의 말을 담아서는 안됩니다. 미움은 가장 아름다운 마음도 썩히고 마는 독입니다. (……) 우리가 실패한 것은 너무 미워한 탓인지도 모릅니다. 비록 자유를 위한 증오였더라도 (……) 끊임없이 구애 하십시다. 신의 아들 조차 실패했는데 우리라구 대번 수지를 맞춘대서야 너무 꿀맛이지요. (312면)

그러나 이 사랑에 의하여 회생한 것으로 설정된 독고민이 김 용길 박사의 정원에 동사체로 나타난 것으로 보아 구원은 사랑으로만 가능하지 않으리라는 것이 작가의 믿음인 것 같다.[11] 여기서 그가 실천적으로 행하고 있는 구원에 이르는 두 번째 방책에 우리는 주목할 필요가 있다. 그것은 앞서 언급한 바와 같이 작가가 고전을 변용한 수법 자체에서 찾을 수 있게 된다.

사실, 그가 고전에 눈을 돌렸다는 것은 우리의 전통을 의식했음을 말한다. 비록 원작을 변용하여 원작에의 풍자적 비평과 소격효과를 노리고자 한 것이기는 하지만 그가 자신의 주제를 부각시키고 그 주제를 담을만한

---

11 특히 이 대목에 나타난 희화적 톤을 눈여겨 볼 필요가 있다.

양식을 고전에서 찾았다는 것은 그 당시로서는 두드러진 의의를 지니는 것이다. '50년대까지만 해도 우리는 전통단절과 이식문학론에 침윤되어 있었고, 작가 자신 데뷔 당시 서구적 발상법과 체취를 풍긴다는 평을 듣고 있었던 형편이었기 때문이다. 그러한 상황에서 그가 고전에 착목했다는 것은 과거의 현재성에 대해 깊이 인식하기 시작했다는 것을 시사해 주는 바 된다. 사실 과거란 우리의 기억 속에 저장되어 있는 것이며, 기억이란 현재의 개아와 과거의 개아가 동일인일 수 있게 해 주는 중요한 근거가 된다.[12] 한 집단에 있어서의 고유한 기억을 우리는 전통이라 할 수 있을 것인데 최인훈이 고전에 의탁하여 작품을 창작한 것은 그러므로 한국인만의 고유한 기억에 자신을 관련시키고자 한 행위가 된다. 최인훈이 고전 『구운몽』을 변용한 궁극적 의도는 그러한 수법 자체를 통해 자기만의 고유한 기억─전통을 실천적으로 확인하고, 그로 인한 의식의 지속성─자아정체성을 확보하려 함에 있었던 것이다. 작품 속에서 독고민이 김 용길 박사로, 빨간 넥타이의 시인이 박사의 조수로, 늙은 댄서가 늙은 간호부로 전변되어 나타나는 의장도 이처럼 의식의 지속성 속에서 동일성이 확보된 한국인의 모습을 그리기 위한 작가의 의도적 배려 때문인 것으로 보아도 무방하다.

6. 맺는 말

이렇게 볼 때 최인훈이 구원에 이르고자 모색한 궤도는 다음 두 가지로 드러난다. 그 하나는 생리적·감성적인 것으로서 사랑이라는 방식이

---

12 H. Meyerhoff, 김준오역, 『시간과 문학현상학』(심상사, 1979), 72면 참조.

며, 두 번째는 이성적·이념적인 것으로 '전통에로의 귀의'라는 방식이다. 그가 변증법적 헤겔주의자라는 지적은[13] 이와 같은 측면에서 타당하게 여겨진다.

그러나 작가가 표한 전통에의 관심 그 자체가 전통을 훌륭히 체현했다는 의미와는 물론 같지 않다는 점을 우리는 유의해 둘 필요가 있다. 가령 그의 작품은 그 형식 자체가 갖는 우의적 성격 때문에 생경한 계몽성이 적지 않게 노출된다. 특히 독고민이 회생할 때 작용하는 여인의 사랑, 혹은 영화의 변사로 가장한 작가가 작품 전면에 등장하여 작의를 설명하는 대목 등은 그 대표적 경우이다. 그리하여 흐트러진 소설적 구조를 회복하기 위하여 작품의 결구를 영화적 기법으로 처리하는 고육책을 동원하고 있지만 이것은 아무래도 어색해 보인다. 한편 그의 다른 작품에서도 드러나는 특징이지만 장황한 변설들은 이 작품에서도 두드러지고 있다. 이러한 특징은 소설이 허용하는 논리적 사변의 진술 허용량을 조절하지 못한 채 너무 많은 상념들을 담으려 한 데서 오는 것으로 보인다. 이러한 흠들은 작품이 주는 감동을 독자들이 즐길 여유를 감소시키는 요인이 되고 있다.

짐작컨대 전통과 사랑이 어우러져 빚어내는 변증적 울림은 그의 희곡 창작에 이르러 가능했던 것으로 보인다. 「옛날 옛적에 훠어이 훠이」 같은 작품에서 그는 한국의 전래 설화를 통해 극적인 사랑과 해원의 정신을 보여줌으로써 구원에의 궤도를 미학적으로 뚜렷이 형상화하고 있다. 그러므로 구체적 진술이 더 요구되는 가설이긴 하지만, 그의 고전을 변용한 일련의 소설들은 전통과 사랑의 교호 속에서 한국인 일반의 구원을 고심

---

13 김현, 「헤겔주의자의 고백」, 김병익·김현 편, 앞의 책.

한 그의 과정적 산물들이라 할 수 있게 된다. 『구운몽』의 경우 작가 자신의 문제의식이 소설로 육화되지 못한 감이 있고 정제된 상상력과 그에 따른 직핍한 소설적 구조를 그것은 획득하지 못한 것으로 보이기 때문이다. 그러나 우리는 한국의 구체적 현실 속에서 그 현실과 정면으로 맞서 그것의 극복과 초월을 위하여 고심한 그의 지적 탐구의 노력을 평가하는데 인색할 수 없다. 한국인의 자아정체성의 회복을 위하여 고심했던 그의 노력이 있었음으로 하여 '70년대 소설의 만개가 가능했다면 너무 단정적인 표현일까?

근대성의 구현을 위한 고전의 방법적 변용

— 「열하일기」, 「금오신화」, 「놀부뎐」, 「춘향뎐」, 「옹고집뎐」

1. 머리말

원작이 있고 그 원작에 기대어 하나의 작품을 재창작하는 것이 패러디라 함은 이제 널리 알려진 바 되었다. 이러한 패러디는 풍자와 비판을 그 주된 성격으로 하는 바 그 풍자와 비판의 대상은 1)원작 혹은 원작자, 그리고 원작의 시대 배경이거나 2)패러디 작가의 현존 배경인 당대 사회인 경우가 대부분이다. 그러나 이러한 풍자와 비판이 어느 쪽을 향하든 패러디는 '원전의 신성성'에 대한 외경심이 거세되거나 원작을 친숙히 여기지 않고는 이루어질 수 없는 일이다. 요즘 우리에게 패러디란 어휘를 익숙하게 만든 영화나 만화 등의 대중문화 매체는 대개 원전의 신성함에 대한 경외심이 크게 감소한 데서 비롯한 것이다. 이는 최근의 포스트모던한 경향—탈중심적 사고와 권위에 대한 경시로부터 말미암고 있음은 두말할 나위 없는 일이다. 이처럼 원전에 대한 외경감이 부족할 때는 원전을 활용한 재창작은 대개 장난기 섞인 풍자, 조롱으로 그치고 만다. 그러나 린다 허천의 지적처럼 변화가 연속성을 수반하는 것임을 인식하고 역사적·사회적 문제의식으로서 선행 형식들에 대해 반문하고 새롭게 창조하려는 작가들은 패러디를 매우 진지한 양식으로 만든다.[1]

패러디 양식의 풍자성과 조롱끼 그리고 고전에 대한 진지성까지를 아울러 패러디 작품을 누구보다 다산(多産)한 작가에 최인훈이 있다. 『구운몽』을 필두로 「열하일기」, 「금오신화」, 「춘향뎐」, 「놀부뎐」, 「옹고집뎐」 등 우리 고전에 대한 최인훈의 재해석 혹은 재활용 작업은 집요하다할 만큼 이어진 바 있다. 이는 박지원의 「허생」을 패러디한 이광수의 『허생전』, 판소리 소설 「심청전」을 패러디한 채만식의 『탁류』, 역시 판소리 소설 「춘향전」을 패러디한 임철우의 「춘향전」 등이 패러디 작가들 자신이 처한 당대 현실에 대한 풍자를 목표로 일회성에 그친 것임을 감안한다면 무언가 전략적 의도가 이러한 작업에 개재해 있음을 짐작케 한다. 다시 말해 최인훈은 자신의 창작세계를 구축하는 데 있어 패러디 소설이란 양식을 상당히 치밀하고 전략적인 의도로 활용한 낌새를 느끼게 하는 것이다.

필자는 최인훈의 이러한 전략적 창작이 근대성의 성취란 목표와 긴밀한 연관을 가지는 것으로 판단하였다. 본론에 들어가 상론할 터이지만 우리 문학에서의 근대성(modernity)의 개념과 그 성취란 거듭 논란의 대상이 되어 왔던 과제이다. 우리의 근대를 18세기말의 영·정조말에서 그 기원을 찾은 김현·김윤식의 고전적인 담론에서부터 20년대 기점설, 광복 이후설 등 우리 문학의 근대성 여부는 그 기점설에서부터 논란이 많았었다. 그런데 이러한 학설들은 우리 문학의 근대적 기점을 지적하기엔 나름대

---

1 린다 허천, 김상구·윤여복 역, 『패러디 이론』(문예출판사, 1992), 55~57면 참조.

로의 정합성을 가지지만 우리 문학이 정작 근대성이란 용어가 담고 있는 개념의 내포에 합당한 문학작품을 산출해 낸 것은 '60년대부터라는 것이 그동안 '5, 60년대 소설들을 고찰한 필자의 판단이다.[2] 그러한 주장의 근거를 이루는 작가로서 나는 최인훈을, 그 증거로서 그의 패러디 계열의 소설들을 이 글에서 다루고자 한다.[3]

최인훈의 패러디 소설들은 대별하여 살펴 볼 때 1)고전 작품에서 특정 모티브를 차용한 경우, 2)고전 작품의 줄거리를 부분적으로 변형시켜 나름의 재해석을 가한 것, 3)앞의 두 가지 방식이 복합된 것 등 세 가지로 분류된다. 1)에 속하는 것으로 『구운몽』, 「열하일기」, 「금오신화」가 있으며 2)에는 「춘향뎐」, 「놀부뎐」, 3)에는 「옹고집뎐」이 있다. 1)군의 작품들은 표면적으로 보기에 제목만 고전과 같을 뿐 작품의 세부에서는 고전 원작과 같은 점을 찾기가 쉽지 않다. 그런데 최인훈은 고전을 패러디 함에 있어 이런 경향의 작품들로부터 시작하여 2)의 작품으로 나아갔으며 마

---

2 이 점에 대해서는 졸저 『문학의 쓸모』(푸른사상, 2010)에 수록된 김승옥론, 장용학론, 가족 소재 소설에 관한 분석들에서 일관된 논거들을 개진하였다.

3 최인훈의 패러디 소설들을 고전 작품과의 연관성에 초점을 맞추고 본격적으로 고찰한 것은 과문인지 모르나 필자의 석사학위 논문 「최인훈의 '구운몽' 연구」(고려대학원, 1984)가 그 시발을 이룬 것으로 알고 있다. 필자는 이 논문에서 다룬 주제를 다시 발전적으로 전개시켜 「고전의 변용과 구원의 궤도」(『어문론집』 제27집, 1987)란 논문으로 정리한 바 있다. '80년대 중반 이후 최인훈의 패러디 소설들을 다룬 논문들이 드문드문 나오기 시작하다가 '90년대에는 다수의 석사 논문, 혹은 일반 논문들이 제출되기 시작해 이제는 김현실 외, 『한국 패러디소설 연구』(국학자료원, 1996)란 단행본까지 나와 최인훈의 패러디 소설들에 대한 논의가 상당히 왕성해진 느낌을 갖는다. 그러나 여러 논문들을 검토한 결과 필자가 밝힌 바와 같은 의도로 최인훈의 작품을 다룬 경우는 보이지 않았다. 그리고 이 글에서 다루는 것처럼 최인훈의 패러디 소설들을 전면적으로 다룬 경우도 없었다. 대부분의 논문들이 많아야 세 편 정도에서 최인훈의 패러디 소설들을 고찰하고 있었다. 앞선 『구운몽』분석에 더하여 이 글에서 다루는 여러 텍스트들까지를 포함하면 필자는 최인훈이 한국 고전 작품들을 패러디한 소설들은 모두 고찰하는 셈이다.

지막으로 3)의 방식에 귀착하고 있다.[4] 이는 최인훈의 우리 고전에 대한 인식 과정이 일련의 체계적인 변화를 보였음을 의미한다. 본고는 이런 점까지를 아울러 최인훈의 패러디 소설들이 드러내는 표면적 의미망과 궁극적 의미망을 드러내고자 한다.[5]

2. 고전에 기댄 충격 효과

최인훈은 "인간관의 혼란, 사고형의 혼란, 시대의 혼란이 있을 때는 소설에도 혼란이 온다"는[6] 소설관을 피력한 바가 있는데 이러한 언급은 그의 패러디 소설들이 보여주고 있는 낯선 제작 기법의 연원과 관련하여 깊이 음미할 대목이다. 그의 「열하일기」, 「금오신화」, 「옹고집뎐」 등은 4 · 19를 미완의 혁명으로 자리매김케 한 5 · 16 군부 쿠데타가 있은 뒤 발표되기 시작한다. 다시 말해 주제의식과 사건 전개가 명료한 『광장』의 발표를 가능케 한 '빛나는 4월'[7]이 그 빛을 잃기 시작한 이후 그는 고전에 의탁한 패러디 형식의 소설들을 제작해내기 시작한 것이다. 여기에는 그가 대면한 현실을 에둘러 비판하지 않으면 안되었던 군사정권 집권 이후의 싸늘해진 창작 환경이 일차적으로 작용했을 것으로 보인다. 그러나 단지 그러한 환경만이 그의 패러디 소설의 창작을 부추긴 요인만은 아니다. 여

---

4 발표 시기에 따르면, 『구운몽』(『자유문학』 62.4), 「열하일기」(『자유문학』 62.7~8), 「금오신화」(『사상계』 63.11), 「놀부뎐」(『한국문학』 66. 봄), 「춘향뎐」(『창작과 비평』 67. 여름), 「옹고집뎐」(월간문학 69.8)의 순서이다.

5 최인훈의 『구운몽』은 주 4)에서 언급한 대로 필자가 이미 논구한 바 있으므로 이 글의 주된 검토 대상에서는 제외키로 한다. 『구운몽』에 대해서는 논의의 전개상 필요한 경우에 한해서 언급할 것이다.

6 최인훈, 「시점에 대하여」, 『문학과 이데올로기』(문학과 지성사, 1979), 170면.

7 『광장』 서문(『새벽』 1960.10).

기에는 작가가 처한 문제 현실을 보다 인상적으로 부각시키고 그 문제 현실을 방법적으로 극복하고자 한 최인훈의 전략적 의도가 깊숙이 개입해 있기 때문이다. 「열하일기」에서부터 그러한 문제의식을 분석하기로 한다.

1) 「열하일기」 - 문화형에의 갈망

1962년 7~8월 『자유문학』지에 발표된 중편 「열하일기」는 『구운몽』 다음으로 난해한 작품이다. 작품은 한 인물이 주변세계와 갈등을 빚으면서 사건을 전개시켜 나가는 전통적 소설의 구성 방식과 매우 동떨어져 있다. 주인공이 있긴 하지만 그 주인공이 초점 화자가 되어 '루멀랜드'라는 나라를 탐사하고 그 분절된 경험을 에피소드 형식으로 나열하는 구성 방식인 것이다. 그리고 그 분절된 경험들은 하나하나가 한국의 현실에 대한 풍자를 숨기고 있다. 요컨대 이 작품은 알레고리 방식을 작품 제작 방식의 근간으로 삼고 있는 것이다. 그러므로 이 작품의 일관된 의미망을 주조해내기 위해서는 먼저 텍스트 상에 드러나는 주요한 에피소드들의 의미들을 파악할 필요가 있다.

먼저 주인공의 성격과 시대적·공간적 배경부터 살펴보자. '루멀랜드'라는 나라는 작가가 가상으로 지어낸 것이지만 이것이 한국을 우의하는 것은 쉽게 알 수 있다. 멀리는 조선시대로부터 작품이 발표된 '60년대 초까지의 한국 상황 ─ 그 중에서도 정치적 문화적 풍속들을 점묘하면서 그것의 전근대성들을 풍자하고 있기 때문이다. 이 나라를 탐사하는 주인공 화자인 '나'는 '루멀랜드'를 몹시 동경하여 그곳을 찾는 외국인 고고학자이다. 그러나 그 주인공이 한국의 문화, 정치, 풍속을 관찰하고 그것의 긍·부정적 성격들을 탐색하고 있다는 점에서는 '창 앞에서 현실을 바라

보고 조형하는 작가'[8] 최인훈 자신이 의뭉스럽게 변형된 인물임을 곧바로 알아볼 수 있다.

'나' 가 "환장했다고나 하"게(143쪽) 좋아해 온 루멀랜드에 도착한 이후 제일 먼저 찾은 곳은 이곳의 국회이다. 여기서 그는 '유머'와 '풍류'로 가득한 루멀랜드인들의 정치 현실을 목격한다. 물론 유머와 풍류로 가득한 정치란 것은 해방 이후 한국 정치가 드러낸 난맥상과 혼란, 비리를 신랄히 조롱한 것이다. 밀수에 가담한 관리도 반공투사라는 명목으로 면죄시켜주는 국회의 난맥상을 보고 '나' 가 안내역인 국회의원과 주고받는 대화는 풍자의 묘를 얻고 있는 대목이다.

> "글쎄올시다. 우린 나쁜 가르침을 받아서…… 이를테면 예수 그리스도가 웃었다는 대목이 성경에 없는 것이라든지, 독립 전쟁 때 아메리카 의회에는 웃음이 적었다든지……"
>
> "핫핫, 옛날이죠. 또 사는 본이 다르니깐요. 우리한테는 '멋' 이라는 내림이 있습니다. 아예 정색을 하는 법이 없습니다. 이런 노래가 있죠. '이런들 어떠하리 저런들 어떠하리 만수산 드렁칡이 뒤얽힌들 그 어떠리. 우리도 이같이 하여 천년만년 삽시다요.' 즉 풍류라는 말과도 통립니다. '한국 의회는 농담과 가십 때문에 스포일되고 있다' 는 농담을 한 친구가 있어서 사형을 당했죠. 물론 판사가 농담을 한 것을, 고지식한 집행리가 그만 해치운 것인데, 나중에 그 집행리의 대답이 그만이지요. '나두 농담이었죠.' 으으하핫." (145면)

한국의 정치 현실이 '이런들 어떠하리 저런들 어떠하리' 의 높은 풍류

---

8 오생근, 「해설─믿음의 세계와 창의 문학」, 『최인훈 전집8─우상의 집』(문학과 지성사, 1995), 312면. 앞으로 거론하는 텍스트는 「옹고집뎐」을 제하고는 모두 재판 2쇄본인 이 판본을 텍스트로 한다. 이 판본은 재판이지만 초판 전집본과 달라진 것이 없었기 때문이다. 이 판본의 작품을 인용할 때는 본문에 면수만 표기한다.

정신을 보인다는 것은 말할 것도 없이 해방 이후 전개된 한국 정치의 무원칙성과 협잡성을 신랄히 풍자한 것이다. 이는 같은 작품 내에 기술된 바 "겨레가 피를 흘리고, 젊은이들이 팔다리를 날려 보내고, 눈깔이 빠지고, 산과 들에 내장을 뿌렸으며, 배가 고픈 아이들이 흙을 주워먹고" 있는데도, "아는 것 없고 신을 두려워 할 줄 모르는 돼지들이 정치를 만화 그리듯 농으로 삼"는(164면) 한국의 정치 현실에 대한 신랄한 풍자인 것이다. 한국 정치의 이러한 '농담성'을 증거하기 위해서는 '50년대에 이승만 정권이 노정한 수많은 비리와 부정, 4·19 이후 장면 정권이 집권한 이후 야기된 사회적 무질서들을 일일이 거론할 것도 없이 이승만의 재집권을 위해 '54년에 집권 자유당이 저지른 사사오입 개헌 같은 것을 떠올려 보면 족할 것이다. 위의 인용문이 조롱하고 있는 후진적 정치 행태는 결국 당대 한국 사회에 합리성이 결여되어 있음을 지적하는 것과 동의어이다. 합리성이란 베버에 의하면 근대성의 가장 중핵적 요소이다. 베버는 이성에 의해 계산되고 제어되는 합리적 행위 양식이야말로 근대성의 가장 두드러진 양상이라 지적하였던 것이다.[9] 이런들 어떠하리 저런들 어떠하리의 한국 정치는 이러한 합리적 의사 결집과 집행을 결하고 정상배, 모리배들의 담합판이나 마찬가지로 화한 데서 최인훈의 농담의 대상이 된 것이다.

'나'가 경험하는 두 번째 에피소드는 그가 발견해낸 네 개의 화석과 관련한 것이다. 이 화석들은 음향으로 재생한 결과 조선 왕조 당시 국문하는 장면, 민비의 시해 장면, 왜경에게 고문당하는 장면, 어린아이까지 학

9 김성기, 「세기말의 모더니티」, 김성기 편, 『모더니티란 무엇인가』(민음사, 1995), 31~32면 참조.

살 당하는 6·25 당시의 참상들을 각각 응축하고 있다. 이런 화석들의 비밀은 결국 우리 근대사의 파행성을 풍유하고 있다. 이 풍유를 풀어 보면 조선 왕조의 완강한 유교 이데올로기에 근거한 파쟁, 그로 인한 국권상실, 식민통치의 후유로 얻은 동족상잔의 비극쯤이 될 것이다. 이런 풍유적 장치는 우리 근대사를 균열과 붕괴로 얼룩진 것으로 파악하는 작가의 역사인식에서 말미암는다. 이러한 부정적 역사인식의 작품 속 환기자인 '나'는 그리하여 루멀랜드의 비밀경찰에게 추방당하는 수모를 당하는데, 이는 비판적 지성이 그 역할을 인정받지 못하는 한국의 현실을 우의한 것이다.

언급치 않을 수 없는 이 작품의 마지막 에피소드는 '분녀'와의 로맨스이다. 한국적 토속성이 물씬 풍기는 이 여인은 허무적 서정, 섹스에 대한 강렬한 욕망, 완강한 유교적 정절 의식 등 상충되는 성격 요인들을 갖고 있다. '나'는 분녀의 이런 모순된 성격이 결국 그녀가 남자에게 한 번 배신을 당한 경험에서 온 것임을 알아낸다. 즉 분녀는 왕성한 성적 욕망(혹은 생명력)을 가지고 있으나 남자에게 버림받은 이후 내부로 꽁꽁 문을 닫아버렸다는 것이다. 이러한 분녀와의 로맨스는 에로티즘 혹은 사랑에서 구원을 찾고자 하는 최인훈 문학의 중요한 성감대 중의 하나이다. 이 성감대는 『회색인』에 선명하게 드러난 바 있다. 『회색인』의 주인공이 어린 시절을 더듬을 때 북한에서 갑작스런 공습을 당해 어느 여인에게 이끌려 방공호에서 경험했던 내밀한 기억—이 기억을 최인훈은 다른 소설에서도 반복하여 이것이 그의 소설 창작의 중요한 무의식적 모티브임을 드러낸다.[10] 이 장면에서 어린 주인공은 공습이라는 폭력 앞에 노출되어 공

---

10 가령 『서유기』에서도 다시 반복된다.

포와 절망을 겪지만 동시에 여인의 살냄새와 에로틱한 육체적 접촉을 경험한다. 이는 일반적으로 파괴와 생명(혹은 삶)−에로티즘이 결과하는 것은 생산이니까−을 동시에 경험했다는 것으로 해석할 수 있는데 최인훈은 이 중에서도 파괴(혹은 혁명)보다는 생명 혹은 사랑을 택하는 점진주의자이다.[11] 분녀와의 사랑은 삶을 살만하게 만드는 하나의 추동력이 사랑이라는 작가의 문제의식을 보여주는 화소이지만 이러한 분녀가 자살하는 것으로 처리되는 것은 작가의 다른 문제의식을 드러내는 설정이다.

  분녀가 자살하는 것으로 '나'와의 관계를 마감케 한 사건 전개는 분녀가 한국의 문화적 속성을 드러내는 한 인물인 것으로 우리의 해석을 유도한다. 분녀는 앞서 말했듯이 사랑하는 남자에게서 배신당한 여자로, 말하자면 한국인의 전통적 정서라 일컬어지는 '한'을 품고 있는 여자이다. 그녀가 죽음의 향기 혹은 은은한 허무의 향기를 가지고 있다는 데서 이는 확인된다. 더욱이 그녀가 '시인'으로 설정되어 있는 데서 이러한 '한'은 액면 그대로 사랑의 좌절에서 온 것이라기 보다는 한국의 문화가 내장하고 있는 하나의 속성을 표상한 것으로 해석하는 것이 옳다. 다시 말해, 분녀의 좌절은 개항 이후 서구 문화와 충돌하면서 나름의 전통을 정립하려고 진력해 온 한국 문화가 처한 좌절·진통과 흡사하다는 것이다. 앞서 화석 에피소드에서 살핀 바와 같이 한국의 근대사는 파행과 왜곡의 역사적 궤적을 그려왔다. 여기에다가 서구 문화가 이 땅에 파종되면서 한국인은 자신의 문화적 정체성 또는 고유성을 확인하지 못한 채 서구문화를 추종하는 데 급급했던 것이 '50년대까지의 한국의 문화적 풍토였다. 이는

---

11 구원에 이르는 한 방책이 사랑임은 앞선 글, 「고전의 변용과 구원의 궤도」에서도 이미 지적한 바 있다. 앞의 글, 28면을 참조할 것.

'나'가 관음선사로부터 들은 법문에 가탁하여 한국의 문화적 부박성을
조롱하는 것에서 잘 드러난다

> 동양 사람이 정치에서 지고 경제에서 신세 조졌기 때문에, 이런 정신적 값마
> 저도(불교의 초논리적인 정신주의; 필자 주) 도매금으로 외국 박물관이나 동양
> 학 연구실에 팔아 넘기고, 코 빠는 양코배기 응석받이들의 젖내나는 소리를 들
> 여다가 연명하는 일을 생각하면 가슴이 아픕니다. (185면)

최인훈이 비꼬는 우리 문화의 이같은 뿌리 없음은 이어령이 '50년대에
화전민 의식을 신세대의 문화 · 문학적 기치로 선언한 데서 상징적으로 드
러나는 바이다. 그러니까 분녀가 지향한 것은 한 명의 남자가 아니라 한국
의 견고한 문화형, 민족의 정체성이 스며든 한국적 문화형이었던 것이다.
그러나 한국의 문화 현실은 자살한 분녀를 '나'가 조상하고 있을 때 쳐들
어 와 "흥 화냥년 자알 뒈댔다"고 외치는 무뢰한처럼 천박하고 무지함 그
자체이다. 이 무뢰한은 분녀의 죽음 앞에 애통함을 금치 못하는 '나'에게
"네레 그 새끼가?", "젊은 새끼레 계집이 없어 남의 계집 후리고 다녠?"[12]
이라고 시비를 걸어 한바탕 격투를 벌이기까지 한다. 이런 무뢰배에게서
버림받았으나 그래도 일편단심의 연정을 안고 자살한다는 것은 착종된 문

---

12 최인훈의 이같은 언어유희—갑작스런 사투리조로의 표변은 그가 즐겨 쓰는 방법적 장치이
다. 어조의 이 같은 표변 방식은 이중의 의도를 가진 것으로 보인다. 하나는 인물 성격을
드러내기 위함이다. 예컨대, 「열하일기」에 등장하는 경찰서장이나 분녀의 옛날 애인의 사
투리는 시대적 맥락과 관련된 그들의 무지성, 폭력성을 잘 드러낸다(경찰서장은 경상도 사
투리—5 · 16 이후 군정의 주체세력이 누군가를 상기해 보라—를 쓰고, 분녀의 애인은 북
한 사투리를 쓴다—북쪽 공산주의 정권의 폭력성을 상기케 한다). 둘은 장난기이다. 불쑥
사건이나 대화의 행간에 사투리를 밀어 넣어 그 갑작스러움으로 독자로 하여금 웃음을 이
끌어 낸다. 다시 말해 진지하던 분위기(혹은 상황)를 속된 분위기로 끌어 내리는 것이다.

화 상황 속에서 한국의 문화형을 찾기 위해 악전고투하는 지식인의 상황—달리 말해 작가 자신이 처한 상황—을 우의하는 것으로 읽힌다.

지금까지 분석한 바를 정리해 보면 결국 「열하일기」는 한국 사회가 갖추어야 할 근대성, 또는 한국문화가 획득해야 할 고유한 문화형을 찾기 위한 작가의 관심이 투영된 작품이라 할 수 있다. 이것을 관찰기 혹은 여행기 형식으로 제시한 데서 최인훈이 작품 제목을 「열하일기」라 한 이유가 드러난다. 즉 박지원이 서구를 수용하기 시작한 청나라에 대해 경탄하고 근대화에 대한 맹성의 자극을 받은 외부 체험을 그의 「열하일기」로 나타낸 것이라면 최인훈은 근대화의 촉구 정도가 아니라 진정한 근대화란 합리성의 정착, 문화형의 정립이 있어야 할 것임을 내부 체험을 통해 드러낸 데서 「열하일기」라 제명했던 것이다. 최인훈은 이를 통해 자신이 가진 문제의식의 수준을 좀 더 선명히 부각시킬 수 있었으며, 당대 한국이 노정한 전근대성을 통렬히 풍자한 효과를 거둔다.

그러나 우리가 유의할 것은 최인훈은 이 작품에서 나름으로 정립한 바람직한 문화형을 아직 제시하고 있지는 못하다는 점이다. 단지 관음선사의 법문에서 암시되는 것처럼 불교의 높은 정신주의 정도가 제시되어 있을 뿐이다. 여기에 더한다면 최인훈이 취한 패러디란 방법 자체—고전과 전통에 대한 관심 자체라고 할 수 있을 것이다. 이는 아직 루머의 나라로 대변되는 한국 사회의 문화적 혼돈성을 작가가 명백히 포착하긴 하였으나 그것을 극복할 방안은 아직 찾지 못했다는 정황을 드러내는 것이다. 이런 한계가 견문기 형식을 취한 작품을 제작하게 했을 것으로 짐작된다. 그러나 이런 창작 방식이 거듭되면서 작가가 나름의 문화형을 찾아내는 징후들을 우리는 진전되는 논의들에서 확인할 수 있게 될 것이다.

2) 「금오신화」 − 분단현실 읽기와 민족주의적 시각

「금오신화」 역시 우리 소설사에서 최초의 소설로 평가되는 김시습의 동명작과 제목만 같달 뿐이지 김시습의 그것과 시대배경, 인물 성격 설정 등에서 전혀 연관성이 없음은 「열하일기」와 닮았다. 그러나 이 작품은 작가의 관념적 비틀기가 「열하일기」와 다르게 심하지 않아서 작가의 문제의식을 톺아내기는 그리 어렵지 않다. 요컨대 이 작품은 작품 말미에 환상적 요소를 개입시킨 점을 제하면 사실적 사건 전개의 외양을 갖추고 있는 것이다.

작품의 주인공 'A'는 6·25 당시 서울 거리에서 의용군으로 징발되어 북쪽으로 끌려온 비자발적 월북민이다. 군에서 제대한 이래 그는 흥남비료 제3공장 제26작업반 선반공으로 노역에 찌들린 삶을 사는 인민공화국의 부품이 되어 있다. 그의 초라하고 억눌린 삶은 힘든 노역 끝에 움막같은 합숙소이나마 이곳에서 때에 절은 이부자리를 펴고 혼자 숨죽여 우는 것으로 위안을 받는 것에서 잘 대변된다. 이런 그가 도당으로부터 차출을 받는다. 남파 간첩이 되라는 것이다. 인간 이하의 삶에 시달리던 'A'는 이런 밀명을 오히려 기회로 받아들인다. 남파되는 즉시 자수하여 원래의 고향인 남쪽에서 새삶을 살리라는 내밀한 각오를 다졌기 때문이다. 수개월의 밀봉교육을 열심으로 받은 그는 이윽고 임진강을 도강하는 날을 맞는다. 그러나 그의 절실한 원망은 이곳 임진강변에서 비참하게 꺾인다. 남파간첩을 살해하고 그들의 물품을 빼앗는 인간 백정들−요즘말로 펀치기꾼들이라고나 할까−에게 걸려 비참히 살해되고 마는 것이다.

무명의 민초 'A'의 삶은 이중으로 비극적이다. 우선 원치 않는 실향민이 되어 프롤레타리아 공화국의 고된 노동자가 된 점, 또 하나는 역시 자신의 의지와는 상관없었던 남파간첩이 되어 결국 비참한 죽음을 맞는다는 점이다. 이러한 인물 성격의 설정은 한국 민중들에게 드리워진 역사의 무게가 얼마나 심중했는가를 다시 상기케 한다. 고학으로 대학을 다니면서 공부하여 성공해야겠다는 일념만 있었을 뿐, '사회에 대한 반항의식 같은 것'도 몰랐고 '아직 연애도 못 해 본' 평범한 청년이 이처럼 비극적 행로를 걸어야 했다는 점에서 분단이 우리에게 드리운 어두운 부정성은 한층 명백하게 부조된다.

「금오신화」는 이처럼 민중의 의지와는 상관없는 이념 분쟁과 분단으로 희생된 민초의 삶을 비극적으로 부각시킨 작품이다. 그러면 왜 '금오신화'인가. 이 점은 김시습의 「금오신화」가 최초의 소설로 평가받은 이유와 그 구성 방식에서 찾아야 한다. 김시습의 「금오신화」에 실린 다섯 편의 소설들은 그 종결이 대체로 주인공들의 은둔, 또는 염라국으로의 진입, 신선으로의 변신 등 이른바 전기적 요소로 맺어진다. 그리고 주인공들의 이러한 패배는 현실세계의 횡포 ─ 순결한 사랑을 허용 않는 현실 또는 비범한 인물을 홀대하는 현실 ─ 로 말미암은 것이다. 그러나 김시습의 주인공들은 자신들의 패배를 인정하지 않는다. 다시 말해 은둔하거나, 신선으로 전화하거나, 염라국 대왕으로 전신하거나 해서 자아와 세계의 대결 구도를 드러내는 것이다. 이러한 대결 의식을 최초로 보여준 데서 「금오신화」는 최초의 소설이라는 평가를 얻는다.[13] 이런 점에서 최인훈의 「금오신화」는 김시습의 그것과 연계성을 갖는다. 최인훈 「금오신화」의 결말부를 보자.

　　어떻게 된 일인가. 그는, 도무지 무엇이 어떻게 되었는지, 알 수 없었다. 확실한 것은 자기가 죽었다는 사실만이었다. A는 자기의 시체를 내려다 보았다. 물론 잘 보이지는 않지만, 아무래도 자기몸이니깐, 그곳에 하나의 상을 떠올리

13 조동일, 『한국문학통사』제2권(지식산업사, 1986 : 제4판), 460~464면.

는 것은 어렵지 않았다.

　불쌍한 A. 그는 중얼거렸다. 더욱 애처로운 것은, 시체는 옷이 벗겨져 있는 일이었다. 차디찬 물 속에서 시체는 벌써 얼음장이었다.

　원 이럴 수가 있담. A는 어처구니 없어서 중얼거렸다. 자수, 새로운 삶, 어머니에게 맹세한 효도. 다 틀려버린 일이었다.

　A는 자기의 시체를 내려다 보면서 그 흉한 모습이 점점 미워졌다. 그리고 노여움이 차츰 고개를 들었다.

　그는 이제야, 그 시체가 얼마나 못났는가를 어렴풋이 깨달았다. 멍청하니 학교를 다니다가, 길거리에서 붙잡혀 의용군이 되고 하필 간첩으로 월남하다가 이 꼴. 그 마디의 어느 하나에도 그의 뜻이 들어 있지 않았다. 그러나 내가 무엇을 잘못했단 말인가, 내가 잘못한 것은 무엇인가.

　그 두 가지 생각이 A에게 노여움과 슬픔을 한꺼번에 가져다 주었다. 그는 세차게 흐느껴 울면서, 자기의 주검을 타고 밤의 임진강을 흘러갔다. (217면)

　영혼이 자신의 시체를 내려다 본다는 것은 환상적 – 전기적 요소를 도입한 방법이다. 그리고 자아에 가해진 세계의 알 수 없는 횡포를 문제삼고 있다는 점에서도 김시습의 「금오신화」와 동종의 문제의식이 드러난다. 그러나 최인훈의 「금오신화」에서 세계의 횡포는 민초들의 소박한 삶과는 아무런 연관없는 이념의 대립이며 분단현실이란 점에서 김시습이 고뇌한 '신세모순(身世矛盾)'[14]이란 화두에 비해 더욱 엄혹한 집단적 · 역사적 하중이 실려 있다. 요컨대 분단으로 인한 한 개인의 비극은 위의 인용문에서 'A'의 영혼이 절규하는 것처럼 자신의 잘못과는 아무 상관 없이 초래된 것이다. 분단이란 이제서야 우리가 명백히 자각하는 바처럼 세계적 냉전 체제의 확산에 우리가 무자각하게 편입된 결과물이다. 이러한 외부적 모순에 한 개인이 희생당하는 것을 그린 데는 최인훈의 민족주의

―――――――――――――――――――

14 같은 책, 460면.

제1부 근대문학과 근대적 주체의 구현을 향한 간고한 여정

적 시각이 작용한 것으로 봐야 한다.[15] 그러나 이런 자각을 명백히 드러낼 수 없었던 것이 이 작품이 발표된 시점의 사회적 분위기이고 이런 상황에서나마 분단 시대가 개인에게 가하는 억압성과 비극성을 가장 통렬히 드러낼 수 있었던 것이 고전과의 연계를 통한 방법이었던 것이다. 최인훈이, 이념의 대립으로부터 비롯한 분단이 개인에게 가한 비극을 굳이 「금오신화」라 제명한 이유에는 이러한 이유가 있었던 것이다.

3. 고전의 재해석과 문화형 발굴

「놀부뎐」, 「춘향뎐」은 위에서 다룬 두 작품과는 또 다른 방식으로 고전을 변용한다. 이 작품들에는 원작에 나오는 인물들이 그대로 등장한다. 그러나 그 내용은 원작과 아주 판이하다. 이는 고전을 재해석하여 우리 고전에서 정작 찾아야 할 정신—문화형을 드러내고자 한 의도에서 비롯한 방식이다.

1) 「놀부뎐」—근대적 인간 놀부에서 찾은 문화형

최인훈의 「놀부뎐」은 판소리 「흥부전」을 철저히 현실적으로 재구성한 작품이다. 다시 말해 「놀부뎐」은 원작 「흥부전」의 제비의 박씨 보은 모티브 같은 것을 완전히 제거해 버렸다. 여기에 구축된 놀부의 성격은 "새벽

---

15 최인훈의 이런 시각은 실상 『광장』에서도 이미 드러난 바이다. 단지 그는 이처럼 진보적 시각을 민중주의와 연결짓지 않을 뿐이다. '민중주의'는 독단과 교조주의로 흐르기 쉽고 그것은 예술가의 시심(詩心)에 위배되는 것이기 때문이다. 이 점에 대해서는 김우창, 「해설― 남북조 시대의 예술가의 초상」, 『최인훈 전집4―소설가 구보씨의 일일』(민음사, 1988), 346 ~347면 참조.

에종달새벗하며 저녁에 부엉이마중하며 우리내외모진고생 일구월심에 모질게도"(243면) 하면서 돈 한 푼을 위해 "술집에가술거르기 초상난집 의제복짓기 대사치르는집의 그릇닦기 굿하는집의 떡만들기 시궁발치 의 오줌치기"(224면)도 마다않는 근면 · 성실형 인간이다. 물론 이러한 인간형은 "누워서도 돈이요 이리돌려돈이요 저리돌려돈이요 (……)조 득돈하면석사라도가애"(247면)라고 '엽전 속에서 길을 본' 놀부의 자본 주의적 세계관을 반영하여 설정된 것이다.

놀부의 이같은 근검절약형 인간형은 요즘은 하나의 상식처럼 되어 '90 년대 초쯤엔가는 어느 일간 대중지의 연재만화로까지 나온 바 있는 실정 이다. 그러나 실상 놀부의 자본주의적 인간형에 대한 관심은 국문학계에 서 조선조 후기에 주목하기 시작한 '60년대 중반쯤에 이미 시작된 것이 다. 이런 관점을 먼저 취택한 것은 임형택이다. 임형택은 그의 「흥부전의 현실성에 관한 연구」[16]에서 놀부의 성격을 상공업의 발달로 조선조 봉건 사회가 해체되기 시작할 때 경제적 부를 축적하기 시작한 신흥세력의 욕 망을 반영한 것으로 파악한 바 있다. 이 논문이 나온 것이 1965년이고, 최 인훈의 「놀부뎐」이 발표된 것이 1966년이니 최인훈은 그의 광범한 독서력 으로 보아 이런 글을 읽고 힌트를 얻어 「놀부뎐」을 구상케 된 것으로 짐작 된다. 그러나 임형택의 논문은 놀부가 봉건윤리를 분해하는 진보적 역할 을 일정 부분 담당했음을 인정하면서도 그의 반도덕적이며 반사회적인 성 격을 긍정적으로 보지는 않았다. 오늘날 은연중에 확산되어 있는 놀부에 대한 긍정적 평가는 임형택의 논문보다 몇 년 늦게 발표된 조동일의 논문 에서부터이다.[17] 그는 놀부가 당시 상공업 등을 통해서 부를 축적한 신흥

---

16 『연구논문선 한국고전소설연구』(계명대학교출판부, 1965).

세력을 반영한 인물이라 본 점에서는 같았지만, 놀부는 흥부가 지닌 몰락
양반의 무능을 조롱하는 진취적 인간형이라 긍정적인 의미를 부여했던 것
이다. 최인훈의 놀부관은 그러니까 조동일의 그것에 더 가까운 편인데 그
러나 조동일보다 앞서 최인훈은 놀부에게 그보다 더한 적극적인 의미 부
여를 한다. 최인훈은 놀부가 아우 흥부를 모질게 박대하는 것은 "모진마
음독한심사 도사려먹고 남잡으며사는길도 저죽기십상인" 난세에서 "마을
친구가이백이요 네말도진정이오 그댁이고맙구려 너도좋다 나도좋다"(244
면)고 돌아치는 우둔한 흥부를 깨우치기 위함이었다고 두둔한다.

놀부의 인간성에 대한 이러한 재해석은 비록 최인훈이 임형택의 학설
과 같은 국문학계의 연구 성과를 참조했다고 하더라도 매우 앞서 나가는
해석이다. 그러면 최인훈의 이같은 놀부 재해석은 단지 학계의 첨예한
「흥부전」 해석을 창작으로 구현해 본 것에 불과한 것인가. 물론 그렇지
않다는 것이 필자의 판단이다. 우리는 최인훈의 놀부에 대한 역성이 근면
하고 지극한 동기애를 지닌 인물 정도에서 더 나아가 흔히 놀부의 악한
심보 지적에 종종 동원되는 기행조차 미화시키고 있음에 주목할 필요가
있다.

> 남의빚못갚는신세에 상감국상치르듯초상난데춤추기 미역꼬투리하나없어도
> 피기한답시고 개보살꼬꼬신주모시는해산한데개닭잡기 아는체면등을대고 속
> 임흥정얕은수작에탁버티기 십대조상제삿날에도몸보신하기 없는부모조르는아
> 해볼기치기 홍역하는아이돼지똥물먹이는집에똥퍼붓기 싸움말리지않는건달놈
> 들뺨치기…… (248면)

---

17 「흥부전의 양면성」, 『계명논총』 5(계명대학교출판부, 1968).

우리가 익히 아는 놀부의 심술통조차 "이세상삶이 풍류아닌 춘추전국" 임을 깨우치기 위한 계몽적 덕행으로 미화시키고 있는 대목이다. 그런데 놀부의 이같은 행위들의 특성을 유심히 보면 모두 자본주의적 덕목인 근검 절약 또는 과학적 합리적 사고를 강조하고 있음이 눈에 띈다. 이는 달리 말해 근대적 행위 양식의 특성을 설파한 것이거니와 최인훈의 이러한 계몽적 의도는 놀부 당시를 향한 것일 리는 없는 것이고 이는 분명히 최인훈 당대의 독자들에게로 향한 것임이 분명하다. 그가 '60년대 당시의 독자들에게 던진 계몽적 경고는 이뿐만이 아니다. 놀부가 자신의 합리적 사고와 진취적 덕행들을 변명하며 던지는 사설에는 민족주의적 각성을 깨우치는 내용까지 들어 있다.

> 세상사람들어보소 '흥부뎐' 자초지종이이러한데 야속할손 세상인심이요 괘씸할손 광대글쟁이솜써더라. (……) 강남제비박씨받아 흥부이치부했다니 이아니기막힌가. 어느세상에가난한놈 박씨물어다주는복제비있던가. 왜제비 양제비가 너희를살리더냐 청제비노제비가 너희를살리더냐 제비좋아하네 제비를기다리다 밭갈기를잊었으며 씨뿌리기잊었구나
>
> (256면, 밑줄 인용자)

　근대성의 한 구성 요인인 민족주의와 주체성을 강조하고자 한 의도가 분명히 드러나는 것이다. 요컨대 「놀부뎐」은 놀부를 근대 정신이 무언가를 명백히 자각한 인간형으로 설정했을 뿐만 아니라 더 나아가 근대성에 대한 자각과 이를 독자들에게 전달하고자 하는 의도를 분명히 드러내는 작품이다.

　그렇다고 하더라도 「놀부뎐」을 사회학적·역사학적 문맥의 텍스트로 환원시키고 말 일은 아니다. 작가는 이러한 정치 사회적 함의를 넘어 문학이 지향해야 할 시심(詩心)의 정치학을 추구하고 있기 때문이다. 이 점

은 놀부가 결말에서 자기를 희생시키는 동기애(同氣愛)로써 형제간의 우애를 다시 회복하는 화소와 관련해서 생각해 볼 문제이다. 「놀부뎐」에서 흥부의 발복(發福)은 고전 「흥부전」에서처럼 제비의 박씨 때문이 아니라, 당파 싸움으로 봉고파직된 어느 비리 관료가 몰래 파묻어 둔 보물을 훔친 것으로 되어 있다. 이 사실이 다시 복직된 관리에 의해 발각되자 두 형제가 같이 혐의를 뒤집어 쓰고 옥에 들어가게 된다. 철저한 현실적 재구성인 것이다. 잡혀 들어간 두 형제는 옥중에서 그간의 불화를 해소하게 되나 재물을 착취하려는 부패 관리들의 혹독한 고문에 마침내 두 형제가 이승을 하직한다는 이야기다. 그런데 여기서 주목할 점은 생사의 갈림길에서 놀부는 자신과 동생의 구명을 위해 온갖 재물을 다 내어놓고 옥중에서 그간 잃어버렸던 동기간의 우애를 다시 회복한다는 설정이다. 이러한 결말 처리는 두 가지 의미를 가지는 것으로 해석된다. 하나는 최인훈이 그의 문학의 일관된 주제로 삼고 있는 사랑에 대한 강조이다. 인간의 욕망의 충돌로 아수라의 세계를 구원할 수 있는 힘은 오로지 사랑이라는 자신의 복음을 이런 화소로써 돋을새김해 놓았다고 보는 것이다. 또 하나는 동기간의 화목이라는 전통적 가족애에 대한 최인훈의 주목이다. 이는 앞에서 지적한 사랑의 방법을 우리 전통 속에서 찾고자 했다는 의미를 갖는다. 이것이 바로 「놀부뎐」에서 최인훈이 내세우고자 한 하나의 문화형이다. 다시 말해 최인훈은 근대 한국사회가 갖추어야 할 여러 사회적 경제적 요인들을 지적하면서 동시에 그것이 동반하는 부정성을 상쇄하기 위한 보편적 가치를 우리의 전통 속에서 찾았다는 것이다. 이런 점으로 볼 때 최인훈은 이제 고전으로부터 단지 창작의 힌트를 얻는 것이 아니라 나름의 문화형을 제시하는 데로 옮아가고 있음이 확인된다.

2)「춘향뎐」 – '열녀' 춘향에서 '정녀(貞女)' 춘향으로

「춘향뎐」 역시 고전「춘향전」의 인물을 그대로 등장시키고 있지만 재구성한 작의(作意)는 고전「춘향전」의 그것과 전혀 딴판이다. 여기서 춘향은 어사또 이몽룡의 출현으로 구원받지 못한다. 이몽룡은 어사또로 입신하여 구원자로 현신키는커녕 당쟁에 몰려 멸문지화를 당한 승지 이공의 자제로 설정된다. 아비 이공이 사약을 받은 뒤 몽룡은 그야말로 상거지꼴이 되어 숨어들다시피 춘향이 갇힌 남원으로 내려온다. 이처럼 비색한 처지에 몰린 이몽룡은 춘향이 처한 곤경을 도저히 해결해 줄 방편이 없다. 그리하여 그는 고전「춘향전」의 이도령과는 달리 매우 전락한 방식으로 춘향을 구해낸다. 처음에 그는 월매에게 춘향을 구할 모종의 계책을 전한다. 그러나 이는 "우리는 그것을 알자꾸나 하지 말자. 그것은 프라이버시의 문제"(275면)라는 작가의 연막치기로 표면상 알 수가 없다. 아마도 이는 전후 맥락으로 짐작컨대 춘향을 변학도의 소실로 들이자는 이몽룡의 체념적 선택이었을 것임이 틀림없다. 왜냐하면 월매와 몽룡의 수근거림이 있었을 때 "자네 심정을 내가 알겠네. 이 지경에 별 도리 있겠는가. 고마우이."라고 월매가 수긍하는 암시적 대화가 있기 때문이다. 하지만 이 방법도 이몽룡이 택할 수 있는 차악의 선택조차 되지 못한다. 왜냐하면 변학도의 비정을 처벌하러 내려온 어사가 춘향을 소실로 원하기 때문이다. 그리하여 선택한 마지막 방법이 춘향의 결단에 의한 밤도망이다. 춘향이 결단을 내릴 때의 심경을 묘사한 대목이 매우 주목된다.

예나 지금이나 충신인 향단이의 도움으로 그녀는 진상을 알아내고야 말았다. 암행어사가 춘향을 소실로 소망한다는 것이었다. 열녀를 맞아 부귀영화를 같이하고 싶다는 것이었다. 그리고 월매가 전혀 뜻을 받들어 모시겠다고 연통을 하고 있다는 것이었다. 춘향은 눈앞이 캄캄하였다. 옥중에서 새운 밤은 이에 비하면 아무것도 아니었다. 지금 경우는 기다릴 이몽룡도 없고 믿을 모친도 없었다. 한 사람은 장모 눈치 보는 기둥 서방이요, 한 사람은 적이었다. (275면)

춘향을 전혀 새로운 상황에 빠뜨려 놓고 있는 것이다. 이러한 상황은 실상 이 작품의 첫머리에 이미 조성되어 있다. 즉 "춘향을 가장 어두운 중세의 밤"(267면)을 보낸 여자로 설정해 놓은 것이다. 이는 춘향이 고전 「춘향전」에서처럼 어사또 이몽룡의 출현으로 신분상승을 이룬다는 비현실적 요인을 소거하려는 의도에서 비롯한 것으로 볼 수 있다. 변학도는 중세적 신분 의식에 사로잡힌 권력자의 한 사람이었기에 그가 부패한 관리의 전형처럼 거론되는 것은 "평등법이 없었던 곳에 죄를 인정하는 모순"(274면)이고 "인권이 완전히 보장돼서 관에 의한 사생활 침해가 완전히 없는 현대 한국 시민의 생활 감정"(같은 곳)으로 춘향의 곤경이나 변학도의 패악을 해석해서는 안 된다는 것이다. 그러니 변학도를 징치하고 춘향을 일시에 구해 줄 이도령이 등장할 수가 없다. 철저한 현실적 재구성이요 해석인 것이다. 이러한 재구성을 통해 작가는 비속한 현실을 신랄히 조롱한다. 그 조롱의 대상은 이중적이다. 하나는 이미 이기적 계산이 사람 사이의 관계에 침투하기 시작하는 조선조 후기의 모순을 보지 못한 당대의 작가층이고 다른 하나는 '인권이 완전히 보장됐다' 고 풍자 당하는 현대 한국의 현실이다. 이런 풍자는 "동헌 뜰에 높이 앉은 암행어사가 갈 데없는 서방님 이몽룡이거니 한 춘향의 아름다운 환상은 얼굴을 들라 소리에 기다렸다는 듯이 올려다 보는 참에 쉽사리 깨어졌다"(275면)는 작가의 내놓은 개입에 의해 한층 강화된다. 다시 말해 작가는 고전 「춘향전」의 설정이 너무 낭만적이고 환상적이어서 비현실적인 것임을 노골적으로 드러내는 것이다.

그러면 최인훈이 파악한 「춘향전」의 참다운 진실은 무엇인가. 그것은 춘향과 이몽룡이 밤도망을 친 뒤의 상황 전개를 통해 암시된다. 춘향과 몽룡은 도망을 친 뒤 소백산맥의 산기슭에 숨었다. 이곳을 길을 잘못 든 한 산삼꾼 노인이 들르게 된다. 이 노인을 대접하는, "세상사람 같지 않게 아름다운"(276면) 아낙네가 춘향이다. 이 아낙이 노인에게 쉴 곳을 마련해 준 뒤 그의 남정네―이몽룡―와 두런거리다 내뱉는 거친 말투에 최인훈 「춘향뎐」의 비밀이 숨어 있다.

　　　"씨팔놈의 세상일 알아서 뭐할랍디여?"(277면)

　　이런 상욕을 내뱉는 춘향은 위에 언급한 세상사람 같지 않다고 미화된 춘향의 인물 성격과 모순된다. 그러나 이 모순이 최인훈이 설정한 춘향의 성격을 대변한다. 춘향은 상스럽고도 고결한 존재라는 것이다. 춘향의 상스러움은 그녀가 '열'이라는 유교적 이념으로 신분상승과 행복을 성취했다는 일반의 상식을 깨뜨리려는 장치이다. 그녀는 열녀가 아니라 단지 자신의 순수, 다시 말해 월매와 어사가 내통해 자신을 취하려는 천박한 현실―'씨팔놈의 세상'에 저항한 한 평범한 민중이었다는 것이다. 그 순수를 지키기 위해 그녀는 소백산맥의 깊숙한 기슭에 숨어들어 있다. 그러기에 그녀는 세상사람 같지 않은 아름다움―천박한 현실에 대비된 순수로 빛난다는 것이다. 열녀 춘향이 아닌 '정녀(貞女) 춘향'으로 인물이 재정립되는 순간이다. 춘향에 대한 이러한 해석은, 이 작품의 마지막에 산삼꾼 노인이 다시 춘향의 움막을 찾았을 때 그곳에는 춘향들이 사라지고 여인의 허벅다리 같은 산삼만이 발견되었다고 하는 상징적 처리에서 더욱 심장한 의미를 획득한다. 이는 정결한 순수성을 가진 아름다운 여인 춘향을

"탈인격화되고 육감적 이미지로 전환"[18] 시킨 것에 해당하기 때문이다. 그러나 이러한 상징처리는 춘향의 신비화를 위한 것이 아니다. 육감적 이미지를 가진 에로틱한 상징으로 춘향을 기호화한 것은 이기적 계산이 판치기 시작하는 세속에서 시정의 사람들이 보편적으로 사랑할 수 있는 영원한 연인으로 춘향을 해석하고자 한 작가의 의도가 담겨 있다고 봐야 하는 것이다. 한국적 문화형의 정립이란 관심이 고전의 변용을 통해 또 한 번 선명하게 부조되는 순간을 우리는 다시 한 번 목도한다.

3) 「옹고집뎐」 - 인간 소외 현실의 풍자

「옹고집뎐」은 앞서 언급했듯이 「열하일기」식 변개 방법과 「놀부뎐」식 변개 방식이 복합된 패러디 작품이다. 주인공은 고전 작품의 주인공 이름 그대로 '옹고집'이다. 그러나 작중 상황은 '60년대의 서울이다. 이 작품은 작가의 고전 작품의 방법적 변용 의도가 그렇게 첨예하지 않은 것 같다. 다시 말해 고전을 패러디한 의도가 그렇게 심층적이지는 않다는 것이다. 근대화가 본격적으로 진행되어 감에 따라 나타나는 도시화와 그 속의 인간 소외 정도를 문제삼고 있다. 분량에 있어서도 200자 원고지 50매 정도의 소품이고 창작 의도도 비교적 명백히 드러난다.

현대판 옹고집이 옹고집인 이유는 다른 데 있지 않다. 그의 고지식하고 융통성 없음 때문이다. 그는 별다른 기술이나 가진 재산도 없는 변두리 서민이다. 처가에 손을 벌리면 도움을 받을 수 있는데도 자신이 진정 내키지 않으면 차마 입을 벌리지 못하는 위인이다. 이런 점에서 옹고집이라

---

18 한혜선, 「최인훈의 '춘향뎐'을 읽는다」, 김현실 외 『한국 패러디 소설 연구』(국학자료원, 1996), 126면 참조.

는 것이다. 그러니 인색하고 욕심많고 반인륜적이서 불교의 도승에게 징계당하는 고전 주인공 옹고집과는 딴판이다. 이 가난한 서민 옹고집이 직장을 구하다가 집에 돌아와 보니 이미 다른 옹고집이 자신의 단칸 셋방에서 가족들과 즐거운 한때를 보내고 있다. 아내도 자신을 알아보지 못해서 하릴없이 서울 역전을 헤매다 다시 돌아오니 다른 옹고집이 나와서 진짜 옹고집을 나무란다.

> 「왜 그리 옹고집이요, 옹고집이? 옹고집만 버려요, 옹고집을」「네.」「모르겠소?」「아, 그.」「그게 못쓴단 말이요. 아 그 옹고집을 버리라니깐.」「옹고집을 요?」「암마.」「옹고집을 버리라, 나를 버려라, 이런 말씀이지요?」「그렇대두요. 아 이 딱한 양반아. 그래 임자가 꼭 옹고집이어야 할 게 뭐란 말이요. 그 옹고집만 싹 버리고 나면 만사는 끝나는 일이 아니겠소.」[19]

이래서 또다시 역전으로 나와 서성인다는 설정인데 이는 물질 위주의 삶을 사는 자본주의 사회에서 현실적 자아와 본질적 자아의 분열을 경험하는 현대인의 내적 상황을 우의한 것이다. 그리고 이런 분열이, 한참 도시화가 진행되어 가는 서울의 한 복판에서 일어나고 있다는 상황 설정이 물량화/계량화되어 가는 근대화의 부정적인 음영임을 드러내고 있다. 고전의 옹고집이 인색하고 욕심 많아서 징벌을 받는다면 현대의 옹고집은 근대화의 중심인 서울에서 오히려 고지식하므로 - 교환가치를 추구할 줄 모르는 문제적 인간이어서 겪는 소외상을 고전과의 대비 하에 코믹하게 부각시킨 작품이다.

---

19 「옹고집면」, 『최인훈 전집9 - 총독의 소리』(문학과 지성사, 1980), 195~196면.

4. 고전 변용의 궁극적 의도

이 글의 의도는 최인훈이 근대성을 온전히 성취한 작가임을 규명하는데 있음을 서문에서 밝힌 바 있다. 이제 논의의 초점을 이곳에 모을 차례이다. 이러한 문제를 규명하기 위해서는 근대성의 개념 규정부터 선명히 해 둘 필요가 있다.[20]

근대성은 말할 것도 없이 근대사회의 특성을 나타내는 개념이다. 근대의 형성과 그에 따른 근대성이란 개념이 서구에서 먼저 이루어졌으므로 도리없이 그쪽의 사정을 살펴보지 않을 수 없다. 근대 사회는 16세기경 서유럽에서부터 출현하기 시작하였지만, 근대성이란 개념 자체는 18세기 계몽주의 철학 속에서 그 확실한 이념적 내용을 갖추게 된다. 19세기에 이르면서 근대성은 산업주의를 근간으로 하는 사회적, 경제적, 문화적 변동들과 같은 뜻을 지니게 되며, 그 이후에는 전지구적 현상으로 자리잡게 된다.[21] 한편 근대성이라는 개념이 이처럼 폭넓은 시대적 범주를 가지는 것과는 다르게 모더니즘 혹은 모더니스트라는 용어는 1890~1940년대의 예술과 문학에서의 실험적인 경향을 특정하게 지칭하는 개념으로 사용된다. 이때의 모더니즘은 근대 사회의 산업화, 합리화에 맞서 예술의 주체성, 자율성을 주장하면서 근대 사회가 초래하는 인간 소외 현상을 예술 속에 흡수, 예술에 몰두하는 자체로써 그러한 소외 현상을 극복하려거나 극복의 전망을 내놓으려는 사조라 할 수 있다.

---

20 필자는 근대성이라고 하고 있지만 이는 통상 우리가 모더니티의 번역어로 쓰는 용어이다. 이를 현대성이라 번역하는 이도 있지만 현대란 우리가 사는 현시대를 지칭하는 개념 쪽에 더 가까우므로 근대성이라 사용하여 쓰는 것이 옳고 또 대부분 그렇게 사용하고 있는 실정이다.

21 김성기, 「세기말의 모더니티」, 『모더니티란 무엇인가』, 16면.

이 글에서 다루려는 근대성의 개념은 위에서 언급한 내용 중에서도 산업주의를 근간으로 하는 사회적, 경제적, 문화적 변동과 관련된 것임을 먼저 밝혀야겠다. 그럴 때 우리는 근대성의 성격을 사회적, 문화(사상)적 측면에서 명백히 규정해 둘 필요가 있다. 사회적 측면에서 근대성은 아무래도 산업사회로의 이행이란 측면에서 규정하지 않을 수 없다. 한국 사회에서 산업사회로의 이행은 1960년대에 박정희 정권이 집권하면서 경제개발5개년 계획이 이루어지던 시기부터라 할 수 있다. 겨우 인구의 약 10% 가량이 공업생산 인구이던 일제강점기는 말할 것도 없고 '50년대까지도 우리는 원조물자에 의한 경제가 주를 이루어 자유당 말기의 산업구조는 1958~1959년도를 기준으로 제1차산업, 즉 농업의 비율이 43.5%, 여기에 종사하는 인구가 79.5% 등 여전히 전근대적 형태를 벗어나지 못하고 있었던 것이다.[22] 중화학공업, 에너지산업 등에 역점을 둠으로써 1차산업의 비중이 31.2%로 비중이 줄고 2차산업이 '50년대 말의 16.9%에서 25.7%로 증가한 것은 1차경제개발5개년계획이 끝난 '66년 무렵의 일이었다.[23] 다시 말해 한국사회는 '60년대부터 굴뚝형산업으로 불리는 2차산업체제로 변동하기 시작했던 것이다. 그리고 이때부터 전기자본주의 단계에 본격적으로 진입함으로써 도시집중화 현상도 야기되는 것이다.

문화적 측면에서 볼 때 근대성이라 함은 대상세계를 기초짓는 근거와 그 최후의 존재론적 규정원리가 주체적 자아에 귀착되는 조건을 갖춤을 이름이다. 다시 말해 대상 사물이 자아를 통해서 재현되고 재소개될 때에 근대적 주체는 성립하는 것이다. 대상 존재에 대한 자아의 우월성 혹은

---

22 山本剛士, 「1·2차 경제개발계획과 고도성장의 문제점」, 김성환 외저, 『1960년대』(거름, 1984), 272면 참조.
23 같은 글, 282면.

탁월성이야말로 근대적 주체의 필요충분조건인 것이다.[24] 이는 데카르트가 인식의 근거를 인간 외부의 어떤 힘으로부터 인간 주체에게로 끌어내린 이후로 근대성의 가장 명확한 지표가 된다. 이성을 가진 인간 주체가 세계를 이해하고 세계를 자신의 의지대로 조정할 때 산업화, 기계화로 대변되는 근대가 성립한 것이다.

　이러한 조건들에서 살펴 볼 때 최인훈은 여러 가지 측면에서 근대성을 제대로 이해하고 문학적으로 실현한 작가로 판단된다. 우선 최인훈은 바야흐로 산업화가 본격적으로 전개되던 '60년대 당대 현실을 문제 삼고 있다. 다시 말해 합리성과 문화적 정체성, 그리고 사회·경제적으로 자본주의적 세계인식이 결여된 자신의 시대를 문제삼고 있다는 것이다. 뿐만 아니라 「옹고집뎐」에서 보듯이 산업화, 도시화가 진행되어 나가는 현실의 불모성도 그의 폭넓은 근대적 투시경에 포착되어 있다. 그러나 우리는 최인훈이 당대 현실의 문제를 잘 포착해낸 작가라 해서 그를 진정한 근대인이라 규정하는 어리석음을 범해서는 안 되겠다. 이것은 문학이 당대 현실을 그리고 그것을 독자들에게 보여준다는 반영론적 관점을 넘어서지 못하는 것이기 때문이다.

　우리는 최인훈의 근대적 성격을 무엇보다 문화(사상)적 측면에서 찾아야 한다. 최인훈의 문학은 그 전체적 성격이 자아를 대상 세계보다 우위에 두고 대상 세계의 전모를 파악하기에 부심한 흔적 자체라 해도 과언이 아닐 정도이다. 이는 '창의 문학'이라 지칭되는 그의 문학적 특성이 그를 잘 대변하거니와, 『회색인』·『서유기』는 그러한 고심의 표본적 사례이고 이 글에서 다룬 패러디 작품들도 모두 그런 특성을 드러내는 작품들이다.

---

24 김상환, 「모더니즘의 책과 저자」, 김성기 편, 『모더니티란 무엇인가』, 122~123면 참조.

앞서 살펴본 바 최인훈의 패러디 소설들은 개인 주체의 집단적 현현인 민족적 자아 혹은 민족적 주체에 대해 고심한 흔적들의 산물이다. 「열하일기」에 나타난 화석 에피소드나 분녀와의 로맨스 등은 조선조부터의 한국의 역사를 성찰하고 한국의 고유한 문화형은 무엇일까를 탐색하고자 한 노력의 산물이다. '문화형'이란 어휘는 「열하일기」가 나온 1년 뒤쯤의 『회색인』에서부터 등장하기 시작하는 어휘이지만 최인훈의 고심은 온통 이 한국적 문화형, 달리 말해 한국인의 문화적 정체성 탐색과 정립에 바쳐져 있는 것이라 해도 과언이 아니다. 그가 일련의 시리즈를 이룰 만큼의 패러디 소설들을 창작한 것도 그러므로 한국적 문화형 찾기란 목표와 관련하여 여행을 한 방법적 흔적이요 그 산물이다. 그는 「열하일기」에서 사회·문화적 혼돈 속의 한국 내부를 기행하고 문화형을 탐색해야 할 이유를 개진하고 그 탐색의 결과로 전통적 가족애를 구현하는 놀부, 정녀 춘향들을 내 놓았던 것이다. 특히 그가 조선조와 그 중에서도 조선조 후기를 주목하고 이 시기의 작품들에서 창작의 소재를 찾은 것은 결코 우연한 일이 아닌 것이다. 그는 김만중 『구운몽』의 양소유를 관 속에서 끌어낸 이후로[25] 조선조와 현대 사회의 문제를 동시에 살피면서 조선조와 현대 한국 사회가 연맥될 수 있는 접점을 꾸준히 찾은 것이다. 그가 비판하는 것은 조선조 이래 사회, 정치, 경제의 분야에서 합리적이고 이성적인 질서를 정립하지 못한 한국 사회에 대해서이다. 「열하일기」에서 '이런들 어떠하리 저런들 어떠하리'의 정치를 꼬집은 경우가 그 대표적 사례가

---

25 최인훈 『구운몽』의 주인공 독고민은 먼지가 켜켜이 쌓인 관뚜껑을 밀고 현실로 걸어 나오는 것으로 설정되어 있다. 약 300년에 가까운 시간의 지층을 뚫고 양소유를 다시 등장시킨다는 설정이다. 얼마나 교묘한 트릭인가. 현대판 양소유의 의미에 대해서는 이 책에 실린 앞의 글, 「전통의 변용과 구원의 궤도」를 참조할 것.

될 것이다.

그러나 이러한 풍자와 비판도 중요하지만 보다 더 의미있는 것은 최인훈이 그것을 전통에 기대어 찾고자 한 방법 자체와 그로부터 가능했던 문화형의 도출이다. 최인훈이 고전에 기대어 자신의 문제의식을 표출하고자 한 것은 조선조와 현대 한국 사회의 지속성에 대한 명백한 의식을 가진 결과이다. 이는 달리 말해 최인훈은 한국적 자아 혹은 한국적 주체의 정립에 창작의 에너지를 모두 투여한 작가임을 증명한다. 그가 발굴해낸 전통적 가족애로서의 사랑, 이기적 현실에 맞서는 정녀 춘향 등은 완전치는 못하나마 그가 찾아낸 한국적 자아 ─ 한국적 문화형의 모델이다.

이렇게 본다면 「금오신화」에서 다룬 분단 현실에 매몰된 개인의 비극도 그의 근대적 주체의 자각이 민족의식에로까지 확장되어 산출 가능했던 문제의식이었음을 쉽게 알아볼 수 있다. 근대적 개인 주체가 대상 세계의 전모를 파악하려 할 때 분단문제가 인식의 그물망에 포착되지 않을 리가 없는 것이다. 이러한 측면에서 「금오신화」는 『광장』의 연장선상에 위치하는, 분단 현실에 희생된 무력한 민초(民草)의 일대기인 셈이다.

지금까지 언급한 이유들로 해서 최인훈은 근대성의 성격이 무엇인가를 분명히 자각한 작가이며 그것을 작품으로 확실히 체현한 작가라는 이 글의 의도는 입증되었을 줄로 믿는다. 특히 그가 근대성의 내포가 무엇인가를 명백히 인식하면서 그것의 부정적 음영을 극복할 수 있는 방안까지를 제시했다는 점에서 그를 일러 진정한 모더니스트라 칭함에 부족함이 없을 것이다.

5. 맺는 말

최인훈은 한국 문단에서 고전을 변용하는 창작 방식을 가장 두드러지게 활용한 작가이다. 일련의 시리즈를 이루는 그의 창작에는 무언가 작가 나름의 독특한 의도가 있을 것으로 보고 그것을 밝히기 위해 이 글은 쓰여졌다. 지금까지 논의된 바를 정리하면 다음과 같다.

「열하일기」와 「금오신화」는 작가의 문제의식을 선명히 부각시키는 대비적 효과를 얻기 위해 창작의 모티브를 고전에서 빌어 온 경우이다. 「열하일기」는 한국 사회의 전근대성을 풍자 비판하고 바람직한 문화형이 무엇인가를 모색하려는 작가의 시론적 의도가 담긴 작품이다. 당대 한국 사회에 결여된 합리성, 파행적 역사로 인해 착종된 문화적 정체성 등을 비판하고, 바람직한 문화형이 무엇인가를 제시하려 한 작품이 「열하일기」였다. 그러나 후자의 기획은 시도적 단계에 머물고 만 작품이 「열하일기」이다. 「금오신화」는 분단 현실에 압사한 한 이름없는 민초의 비극을 그린 작품이다. 이름 없는 주인공의 비극적 죽음이 단지 한 개인의 비극에 머무는 것에 아니라 민족의 의지와는 상관없는 냉전 이데올로기의 대립에 의한 부산임을 은근히 암시하여 분단 현실에 대한 날카로운 비판을 뒤에 숨기고 있는 것이 「금오신화」이다.

「놀부뎐」과 「춘향뎐」은 작품의 모티브를 고전에서 얻는 단계에서 더 나아가 고전의 주인공들을 새롭게 해석함으로써 문화형의 정립에까지 이르고자 한 작품들이다. 「놀부뎐」은 고전 「흥부전」의 주인공 놀부를 온전한 근대적 인간형으로 재해석하였다. 놀부는 근대 자본주의의 본질을 인식한 인간으로 그려졌으며 더 나아가 민족의 주체적 의지까지 설파하는 인간으로 묘사된다. 이는 작가가 실상 작가 당대의 한국인에게 계몽코자

하는 주제의식으로 파악된다. 이 작품에서 더욱 유의미한 것은 놀부가 보여 준 전통적 가족애에서 구원의 한 방식을 찾는 작가의 시각이다. 이는 작가가 아수라의 현실을 구원할 수 있는 보편적 가치를 한국의 문화 전통에서 찾았다는 것인데 최인훈이 모색한 한국적 문화형이 이로부터 단초를 보이기 시작하는 것이다. 「춘향뎐」은 열녀 춘향을 정녀 춘향으로 재해석한 경우이다. 춘향은 자신의 일편단심으로 신분상승을 이룬 행운녀가 아니라 이기적 타산이 인간들 사이에 침투하기 시작한 조선조 후기에 환멸스러운 현실을 오로지 사랑의 순수로 견뎌 냈다는 작가의 새로운 해석이 돋보이는 작품이다.

이러한 결과를 놓고 보면 최인훈은 결코 창작 아이디어의 결핍 때문이 아니라 아주 고차원적 의도에서 패러디 작품들을 생산한 것임을 알 수 있게 된다. 다시 말해 그는 당대 한국 사회의 전근대성을 비판하고 아울러 당대 한국 사회가 갖추어야 근대적 자질을 설파하기 위해 패러디 수법에 의존했다는 것이다. 또한 여기서 더 나아가 그는 고전과 연계하여 우리 고전 문화 전통 가운데서 바람직한 문화형을 정립하려는 노력과 그에 따르는 일정한 성과를 획득하고 있다. 이는 근대성의 덕목 가운데 가장 중요한 개인 주체의 정립에 해당하는 성과로서 이 글이 최인훈을 진정한 근대성의 구현자로 보는 이유가 여기에 있다. 물론 그가 진정한 한국의 문화형을 정립한 것은 고전 가운데서 구원의 소재를 찾고 그것을 작품으로 온전히 형상화한 「옛날 옛적에 훠어이 훠이」 같은 작품에서이지만 그가 방법적으로 문화형을 찾아나간 궤적으로서 또 그것을 어느 정도 구현한 작품으로서 상기한 작품들의 의의는 충분한 것으로 판단된다.

우리의 근대문학사를 돌이켜 보건대, 개인과 개성의 즉물적 발견에 황홀해 했던 이광수, 일본이라는 타자를 통하여 대타적 민족의식에 머물렀던 염상섭, 미성숙한 초기자본주의적 문화 현상을 두고 겁먹고 뒷걸음질 쳤던 이상 등은 근대성을 진정으로 이해하고 작품 속에 구현했다고 보기는 힘든 작가들이다. 해방과 동족상잔의 격동 속에서 생존이 지상과제이던 '4, 50년대를 지나 우리는 최인훈에 이르러 근대성이 무엇인지를 진정으로 이해하고 그것을 작품으로 구현한 작가를 얻은 것이다. 이 글이 최인훈을 일러 진정한 모더니스트라 일렀던 이유는 이로부터 충분한 근거를 확보할 것으로 믿는다.

한국적 문화형의 탐색과 구원
혹은 보편에 이르기
―『서유기』

1. 머리말

최인훈의 문학은 지적 사유의 높이와 그가 제기한 문제의식의 비중에서 두고두고 탐사해야 할 높은 험산준령이라 할만하다. 비평적 에세이 혹은 석·박사 논문의 형태로 제출된 그에 관한 작가론, 작품론이 수백 편에 이르는 것은 이를 잘 증명해 주는 사례이다. 그에 대한 탐사가 잇따르는 것은 특히 그의 문학이 지닌 난해한 담론성과 실험성 때문이라 할 것인데 이러한 특성을 대표적으로 드러내고 있는 것이 그의 패러디 수법의 창작물들이다.

최인훈은 그의 출세작인 사실주의적 경향의 『광장』을 발표한 이후로 「구운몽」(1962), 「열하일기」(1962), 「금오신화」(1963), 「놀부뎐」(1966), 「춘향뎐」(1967), 「옹고집뎐」(1969) 등 우리 고전을 패러디한 소설과, 동서양의 고전을 각각 패러디한 『서유기』(1966), 『크리스마스캐럴』(1963~1966) 등을 그의 소설창작이 가장 왕성했던 1960년대에 집중적으로 내놓는다.

이런 작품들은 소설의 내용과는 전혀 상관없는 제명의 난해함으로부터 비롯하여, 꿈의 기법을 차용한 환상적 형식, 처음과 끝을 알 수 없는 비사실주의적 구성, 무수히 출몰하는 그의 비평적 담론 등으로 해서 난해하고 실험적이라는 인상을 강력히 각인시켰다.

최인훈의 패러디 계열의 텍스트들이 지닌 난해성에도 불구하고 이들 텍스트로부터 연구자들은 분단시대의 지식인이 문학행위로서 그것을 극복하고자 한 노력,[1] 자아상실의 위기에 처한 현대인이 사랑으로써 구원에 이르고자 한 방법,[2] 그의 예술관의 특징[3] 등을 규명해낸 바 있다. 그러나 이들 텍스트에서 최인훈의 우리 전통에 대한 관심과 해석, 한국적 문화형을 확립하기 위해 바친 탐구의 노력에 주목한 연구는 눈에 띄지 않는다. 필자는 최인훈의 이러한 문제의식에 꾸준한 관심을 두고 패러디 기법에 의지한 텍스트들을 고찰해 온 바 있는데 필자의 고찰에 의하건대, 중세의 영웅적 인물인 양소유를 관뚜껑을 열고 불러 낸 『구운몽』에서부터 놀부를 자본주의제의 폐해를 이해하고 형제애(혹은 가족애)로 그것을 극복한 의리있는 인물형으로 그린 「놀부뎐」에 이르기까지 그의 우리 전통에 대한 관심과 주체적 문화형의 정립에 대한 관심은 일관되게 드러난다.[4]

---

1 송재영, 「분단시대의 문학적 방법」, 『서유기』해설(문학과 지성사, 2002 : 재판 3쇄).
2 김현, 「헤겔주의자의 고백」; 염무웅, 「상황과 자아」; 김병익, 「사랑 혹은 현대의 구원」. 이 글들은 이태동 편, 『최인훈』(서강대학교출판부, 1999) 소재.
3 황경, 『최인훈 소설에 나타난 예술론 연구』, 고려대 박사학위 논문, 2003.
4 필자는 최인훈의 패러디 계열의 소설 중에서 우리 고전을 패러디 한 소설들을 이미 분석한 바 있다. 석사학위 논문으로 『최인훈의 구운몽 연구』를 썼으며 (이 책의 마지막 장에 실려 있다.이 논문은 개고하여 「고전의 변용과 구원의 궤도」란 논문으로 이 책의 제일 앞머리에 실었다). 이책의 2장으로 되어있는 「근대성의 구현을 위한 방법적 변용」에서 「열하일기」, 「금오신화」, 「놀부뎐」, 「춘향뎐」, 「옹고집뎐」 등의 단편을 포괄적으로 다루었다.

필자의 고찰에 의하면, 이처럼 우리 고전들을 패러디하면서 그가 탐색한 한국문학의 전통과 주체성 탐색–한국적 문화형의 탐색이라는 문제의식을 동양 문학의 전통에까지로 연결시켜 자신의 문학적 탐색의 여정을 서양이라는 타자에 견주어 문학의 존재 방식과 그 의의를 탐구한 치열한 예술가소설(혹은 소설가소설)이 『서유기』이다. 『서유기』는 작가 스스로 밝히고 있듯이 그가 5부작으로 구상한 작품의 중간 지점에 위치한 작품이면서[5] 앞서 언급한 한국적 문화형 탐색의 중간 결산에 해당하는 작품이기에 최인훈의 문학적 전모를 이해하는 데 결정적 단서가 되는 작품이다. 또한 제목이 암시하는 바를 지금까지의 논의들은 대부분 간과했지만 이 작품은 서양에 호머의 『오딧세이』, 제임스 조이스의 『율리시즈』가 있음에 견주어 동양에 오승은의 『서유기』, 한국에 최인훈의 『서유기』가 있음을 현시하려는 작가의 야심과 웅지가 담긴 작품이기도 하다.

본고는 『서유기』의 이러한 비중을 의식하고 앞선 논의들이 간과한 독고준의 여정의 출발 이유, 여정에서 그가 만난 인물들의 의미, 작가가 난해하게 펼쳐놓은 문학적 담론들의 중핵, 『서유기』라 제명한 이유 등을 분석함으로써 한국적 문화형의 탐색으로 인간 구원의 방식에 이르고자 한 작가의 문제의식의 폭과 깊이를 면밀하게 조명하여 『서유기』 및 1960년대에 그가 생산한 패러디 계열의 소설들이 함유한 문학사적 의미망을 적시하고자 한다.

---

5 『광장』–『회색인』–『서유기』–『소설가 구보씨의 일일』–『태풍』 순의 연작으로 그의 작품들이 읽히기를, 이창동과의 대담 「최인훈의 최근의 생각들」, 『작가세계』 특집, 1990, 봄호, 62면에서 밝히고 있다.

2. 여정의 기원

『서유기』는 잘 알려진 바와 같이 『회색인』에 이어지는 속편 격의 소설이다. 속편이지만 이 작품은 작가가 소설(혹은 예술)에 대해 사유한 모든 것, 작가가 처한 1960년대의 사회적 상황에서 느끼는 문제적 현실에 대한 고찰이 통역사적으로 교직되어 있는 소설이다. 비록 한 권의 분량밖에 되지 않는 소설이지만 여기에 담긴 문제의식은 오히려 대하소설을 능가하는 방대함이 있다. 강한 담론성이 특징인 『서유기』는 독고준이 이유정의 방을 나와 자신의 방에 들어서기까지 몇 초 혹은 몇 분간의 사유를 여행기 형식으로 풀어 놓은 소설이다.[6] 이러한 여정을 추동하게 한 그의 문제의식의 원형 혹은 기원을 우리는 『서유기』에 여러 차례 등장하는 방공호 삽화에서 찾을 수 있다.

『회색인』에도 나오는 삽화이지만 독고준은 지도원 선생의 소집으로 W시로 들어갔다가 미군기의 공습으로 절체절명의 위기를 경험한다. 방공호의 천정이 무너져 내릴 정도의 극심한 폭격─세계가 가하는 원인 모를 폭력 속에서 어린 독고준은 방공호가 흔들리는 죽음의 공포에 맞닥뜨려 그를 방공호로 이끌어준 젊은 여인과 서로 부둥켜안고 공황 상태에 빠진 채로 결국 그 젊은 여인의 품속에서 기절한다. 이 경험이야말로 독고준의 원형적 체험이며 '운명을 만난 날'이다.[7]

---

6 독고준이 등장하는 최인훈의 소설은 『서유기』까지이다. 이는 최인훈이 『서유기』로써 그의 문학과 예술에 관한 담론의 한 매듭을 지었음을 의미한다.

7 독고준의 방공호 체험은 회색인에도 중요한 모티프가 되어 있는데 이 삽화에 대해 작가 자신은 그것이 실제 체험과 상당히 일치하는 것임을 김현과의 대담 「변동하는 시대의 예술가의 초상」, 이태동, 앞의 책, 27면에서 어렵사리 증언하고 있다.

운명을 만나지 않은 인간은 인간이 아니다. 그는 물건일 뿐이다. 그의 윤리는 물건들의 저 인색한 법칙을 따른다. (……) 그의 생애가 비록 모래 한 알처럼 미미한 것이라 하더라도. 나의 운명을 만난 날, 폭음의 여름, 저 강철의 잔인한 새들이 잔인한 계절의 장막을 열고 도시의 하늘에 날아온 그 날을. 오, 나는 얼마나 사랑하는가. 나의 생애의 자북(磁北)을 알리던 그 바늘의 와들거림을 나는 생각한다.[8]

독고준이 이 방공호 체험을 운명이라 여길 수밖에 없는 것은 예술가가 늘상 화두로 삼는 '죽음과 삶'의 이항대립적 요소가 그것에 한 묶음으로 얽혀있기 때문이다. 인간의 본능은 프로이트의 담론에 따르면 타나토스와 에로스로 구성되어 있다. 독고준은 미군기의 공습에서 인간이 가진 파괴적 본성에 충격 받음과 동시에 그 죽음의 순간 숨막히는 에로티즘 또한 경험한다. 이 에로티즘은 또한 그 속에 삶의 불연속성과 연속성－죽음과 삶을 동시에 내장하고 있는 것이다.[9] 삶에 게재한 공포의 극한과 열락의 극한을 경험케 한 그 여름의 방공호체험이니 만큼 이는 그의 '운명'이며 '생애의 자북(磁北)'이 아닐 수 없다. 이러한 이항대립적 성격의 체험은 독고준의 유년 시절을 관류하는 하나의 축이 되기에 더욱 중핵적이다. 『서유기』에서도 언술되고 그 전편 격인 『회색인』에서도 드러난 바이지만 중학교 시절 그가 경험한 지도원 교사로부터의 배척에도 이러한 이항대립적 성격이 잘 부각되어 있다.[10] 국어 선생인 그 지도원 교사는 독고준

8 최인훈, 『서유기』(문학과 지성사, 2002 : 재판 3쇄), 16~17면. 본고가 텍스트로 삼은 이 전집판은 1966년 『문학』지에 연재된 원본과 비교할 때 아주 드문 정도의 어휘 변화가 발견되었으나 본고의 논의에 영향을 줄 정도의 변개는 없었다. 따라서 위의 판본을 텍스트로 하고, 이하 본문을 인용할 시에는 면수만을 표기한다.

9 조르쥬 바따이유, 조한경 역, 『에로티즘』(민음사, 1999), 15~19면 참조.

10 이 사건 역시 작가의 실제 체험임이 『화두』에서 드러난다. 이 사건은 작가에게 상당한 정

이 제출한 '봄'이란 제목의 작문에서 반동 부르조아의 근성을 읽어내고 어린 독고준을 자아비판대에 올린다. 자신의 의사와는 상관없이 지도원 선생이 강제하는 바에 따라 소롯이 자신의 죄상을 토해낸 경험은 착한 모범생이던 그가 세계로부터 소외당하는 공포의 경험이 된다. 이로부터 사랑과 평화의 유년기는 균열이 가는 것인데 여기에도 폭력의 공포/삶의 열락이란 이항대립적 성격이 고스란히 게재되어 있음을 볼 수 있다. 이는 또한 최인훈의 패러디 소설 곳곳에 드러나는 헌병/간호원이란 인물의 대립항도 떠올리게 하는 바 여기서 헌병은 세계의 폭력성을 환유하는 인물이며, 간호원은 우리가 어릴 적에 대개 경험하는 순결한 간호원 이미지에 에로티즘과 화해의 이미지를 더한 인물형으로 해석된다.[11] 헌병에 의해 체포되고 구타당하는 장면들이 작품 곳곳에 등장하는 것을 볼 때 세계의 폭력성에 대한 독고준(혹은 작가)의 혐오와 공포는 무의식 깊은 곳에 가라앉은 그것이라 할 것이다.[12]

신적 외상이었던 것이, 『화두』의 거듭된 모티프로 등장하고 있음에서 확인된다.

『화두』는 자전적이지만 어디까지나 소설이므로 작가 생애의 실제적 근거로 삼기는 부적합할 수도 있다. 그러나 전체 스토리로 볼 때 상당 부분 작가의 실제경험이 반영된 것이라 봐야 한다. 왜냐하면 그의 작품 여러 곳에 나타나는 화소가 거듭 등장하는가 하면 그의 연보와 일치하는 사건전개를 보이기 때문이다. 이런 점을 참고하여 이 글은 『화두』를 작가의 자전적 연보의 보조자료로 활용한다.

11 간호원 이미지는 『화두』에서 작가가 어린 시절 감기 때문에 막내 삼촌과 함께 들렀던 개인 병원에서 만났던 "얼굴도 하얗고 굉장히 이뻤던" 간호원, 나중에 막내 삼촌의 아내가 된 그 간호원에서 받은 이미지와(『화두 II』, 민음사, 1994, 92면 참조), 방공호에서 경험한 미군기의 공습 뒤 병원에서 깨었을 때 그를 간호하던 간호원 이미지 등에서 얻은 것이 아닐까 짐작된다.

12 폭력에 대한 작가의 예민한 감각과 혐오는, 일제 점령군들이 피점령자 조선인들을 지위고하·장소여하를 막론하고 따귀부터 올려놓고 보는 것이 '기본동작'이던 그 막무가내식의 폭력, 이러한 폭력이 해방 후 북조선에서는 국유화되어 육체적 폭력이 일상생활의 장면에서 현저히 사라졌음을 지적하는 데서 잘 드러나고 있다. 『화두 I』, 34면, 참조.

그리하여 『서유기』에서 가장 마지막으로 삽입되는 것이 지도원 선생과의 논쟁이다. 여기서 독고준은 지도원 선생에 의해 '썩은 부르조아', '공화국의 적', '서푼짜리 예술가', '얼치기 과학자' 등 온갖 비난으로 매도당하지만 아버지 혹은 후원자를 상징하는 역장의 "잡담 제하고 독고준은 미친 사람"(286면)이라는 변론에 의해 구원을 받는다.

이렇게 보면 그 여름의 부름에서 시작되어 W시 교정의 재판에서 끝나는 『서유기』의 여정은 이 세계의 폭력성과 불연속성에 대항하여, 라캉식의 표현을 빌면, 잃어버린 고향 혹은 구원의 모성─대타자[13]에로 귀환코자 하는 여정기라 할 수 있다. 다시 말해 이 세계의 폭력성을 『회색인』에서 제시한 사랑과 시간으로 걸러내고 극복하고자 하는 여정인데 그러나 그 사랑의 의미가 단지 일원적인 해석으로 그칠 수 없는데 최인훈식 구원의 복잡함과 방대한 스케일이 스며있다. 이 세계의 폭력은 독고준이 어릴 적 경험한 원형적 체험들만이 아니라 더 확장컨대 한국근대사의 파행성과 균열성으로 연결되고 이를 사랑과 시간의 또 다른 이름인 문학예술로써 어떻게 견디느냐 또는 극복하느냐는 문제로 연결되기 때문이다.

3. 여정의 조우 인물들

『서유기』는 꿈의 특성에 기대 스토리가 배열되는 구성을 취하고 있다. 이는 왜곡·변형. 대치 등을 특성으로 하는 꿈의 성격에 특별한 관심과

---

13 정문영, 「라캉 ; 정신분석학과 개인 주체의 위상 축소」, 윤효녕 외, 『주체 개념의 비판』(서울대학교출판부, 1999), 71면 참조.

천착이 있었던 작가의 탐구욕의 결과이기도 하고[14], "한국 화석의 일반적 특징인 황폐성과 무질서성"을(『서유기』의 「작가 서문」) 드러내기에 적합한 형식적 조응성과, "순수한 과학자 치고 계몽을 좋아할 사람이 있겠"느냐고(같은 곳) 눙치긴 하지만 넘쳐나는 문학적 담론을 수용하기에는 그만한 형식을 발견치 못한 작가적 고안의 산물로 판단된다.

'그 여름' 혹은 'W' 시로의 꿈의 형식을 빈 귀환 여정에서 독고준은 여러 인물들을 만나는데 그들은 논개, 이순신, 이광수, 역장 등이다. 이들은 작가가 유년 시절에 깊은 인상이나 영향을 받은 점이라는 점에서 공통적이다. 학교에서의 학습이나 혹은 작가 자신의 독서 편력, 또는 실제 체험에서 만난 것임을 짐작케 하는 이들 인물들은[15] 『서유기』에서 작가가 문제삼는 '화두'의 성격을 암시하는 바 이들을 간략히 살피고 넘어 가는 것은 『서유기』의 주제 의식을 밝히는 선결 작업이면서 예비 작업이다.

1) 논개, 조봉암

논개나 조봉암은 독고준의 여정 중 만난 순서에 관계없이 한 묶음으로 묶일 수 있는 인물들이다. 이들은 실천적 투사형 혹은 정치적 실천형이라

---

14 김현과의 대담에서 김현이 "정신분석에 대해서는 실제로 우리나라 작가들 중에서 최선생님 정도로 관심을 가지고 깊이 탐구해 들어간 작가들이 거의 없"는 것으로 안다는 지적을 하자, 최인훈은 프로이트, 프롬은 물론 클라게스, 장 피아제까지 읽은 자신의 독서력을 피력한다. 주 7)과 같은 글, 26~27면 참조.

15 논개나 이순신은 작가가 유년 시절에 국민윤리 교과적 학습에서 각인된 민족의 영웅형 인물들임이 독고준의 구렁이 우화(192면)에서 암시된다. 역장은 작가가 실제로 만났던 인물임이 『화두 II』, 139면에서 증언되고 있다. 조봉암은 이런 증거 자료가 없으나 1959년 진보당 사건으로 간첩 누명을 뒤집어쓰고 억울하게 처형당한 인물이어서 작가가 젊은 시절 강렬한 인상을 받았을 인물임은 어렵지 않게 짐작할 수 있다.

는 점에서 유형성을 지닌다. 그런데 이들에 대한 독고준의 태도는 논리적 판단에 따른 것은 아니지만 비동조적(非同調的)이다. 가령 논개는 고문 연장이 즐비하게 늘려 있는 어두운 방에서 "숱한, 어두운, 피비린내 나는 세월을 기다리면서 오직 당신을 기다리면서 나는 버텨"왔다고 호소하며 독고준에게 자신과 함께 살아줄 것을 간청한다. "사람의 도리를 지키기 위해서", "민족을 사랑"했기 때문에 "겨레를 위해서 던진 목숨 아깝지도 않"지만, 3백년을 참아 온 "내 성욕의 슬픈 고독"을 참을 수 없으니 나를 풀어 달라는 논개의 간청에(39면) 독고준은 마음이 심란해지고, "국민학교 시절에 국경일 예식에서 애국가를 부를 때에 가슴이 찡"하던(43면) 기분을 느끼지만 그 여름의 은은한 폭음 소리가 들려오자 "저는 지금 그럴 사정이 못"된다고 논개의 쇠된 비명을 뒤로 한 채 그곳을 떠난다. 한편 조봉암에 대해서는 죽어가는 조봉암을 보살피던 간호원이 이 사람의 자리를 대신 맡아 달라고 간청하지만 "내가 조봉암이 아닌데 어떻게 조봉암이 되란 말"(147면)이냐면서 그 제의를 거절한다. 간호원이 "두려우신가 보죠?"라고 다그치자 "두렵습니다."라고 대답해 "유다는 염치까지 버렸구나. 뻔뻔스럽게 그 흉악한 속을 감추지도 않다니."라는 비난까지 받는다. 그럼에도 독고준은 "남의 일 때문에 내 일을 망치고 싶지 않습니다."라고 완강히 거부하고 그 자리를 떠난다. 독고준의 이러한 거절은 민족을 위한 지사적 투쟁이나 정치적 행위 등에는 몸담을 수 없다는 그의 의지를 보여준다. 이는 모든 것에 쉽게 결론을 내리지 못하는 사색인의 특성이 반영된 행위이기도 하면서 문학예술가의 성격에 대해 남다른 결론을 가지고 있는 작가의 사유의 결과물이기도 하다. 다시 말해 문학예술가는 현실에 대해 어떻게 참여하고 자신의 존재 의의를 담보하는가 하는 작가 나름의 고찰이 따로 예비되어 있다는 말인데 이는 뒷장 '문

학예술론과 문화형'에서 상론할 것이다.[16]

2) 사학자, 이순신

독고준이 논개 다음으로 만나는 인물은 사학자와 이순신이다. 이들과의 만남에서 문화형이란 어휘가 중요한 개념어로 떠오르는데 이야말로 『서유기』의 핵심어이다. 이 어휘를 제안하는 인물은 꿈속의 열차 칸에서 등장하는 사학자이다.

---

16 한편 이들과의 만남에서 독고준이 논개에 대해 보이는 반응 중에는 별도의 언급을 요하는 부분이 있다. 독고준은 논개를 떠나면서 그녀의 대의에 대한 헌신도 헌신이지만 무엇보다 그녀의 어글어글한 눈, 풍성한 검은 머리, 살찐 어깨 등 그녀의 육체가 발하는 풍염한 에로티즘 때문에도 옮기기 쉽지 않은 발걸음을 떼어 놓는다. 이는 독고준이 이유정의 육체를 탐하여 그녀의 방에 들어갔다가 그대로 물러 나온 것으로 설정된 이 작품의 결말과 관련하여 되새겨 볼 부분이다. 이성과의 농염한 에로티즘이 예비된 순간에 그 욕망을 거두는 독고준의 행위는 결국 그의 여정이 여성과의 사랑이나 에로티즘을 구하는 데 그 궁극이 있는 것이 아님을 말해 준다. 남녀간의 사랑이 "출렁거리고 흔들리는 현실에 닻을 맬 수 있는 그 무엇"(주 5의 「이창동과의 대담」, 54면)이라는 모티프는 『광장』, 『구운몽』, 『가면고』등의 추동력이기도 하고 또 그것으로 최인훈 식 구원의 방식을 읽어낸 평론이 있기도 하지만(주 2의 김병익, 「사랑 혹은 현대의 구원」) 그러나 이는 작가가 제시하는 구원의 방식의 즉자적 계기일 따름이고 그의 궁극적 지향은 지적인 편력과 탐구로써 흔들리는 한국인의 삶을 정초시키려는 노력—더 큰 사랑의 방식을 찾는 것에 있다 해야 할 것이다. 그렇다고 하는 것은 독고 준이 W시로의 여정으로 진입할 때 통과하는 굴 속의 정황이 마치 여성의 질을 닮은 데서 찾아 볼 수 있다. 어둡고 미끌미끌하고 뭉글뭉글하고 젖은 벽이면서 가끔 미역같은 것이 손에 얽히는 굴 속 정경은 여지없이 프로이트적 의미에서 여성의 질을 닮아 있다. 물론 이는 독고준의 관념적 여정이 이루어지는 뇌 속의 장기(臟器)를 묘사한 것으로 해석될 수도 있지만 필자는 정신분석학에 대해 상당히 천착한 작가가 전자의 의미로 삽입한 의도적 장치로 해석하고 싶다. 다시 말해 독고준의 여정—한국근대사와 문화에 대한 탐색—은 에로티즘의 쾌락과 동일한 것이며 결국 이것은 문화예술적 행위란 에로티즘의 승화된 표현이라는 프로이트식 담론의 의뭉스런 차용에 해당하는 것으로 볼 수도 있다는 생각이다.

한마디로 본인은 민족성이라는 실체의 존재를 부정하고 싶다는 말씀입니다. 이렇게 말 할 때 저는 중요한 단서를 붙이고 싶습니다. 그것은 본인은 민족성의 논의를 생물학적 차원으로부터 문화사적 차원으로 옮기고 싶다는 것입니다. (……) 본인은 오랜 연구를 통하여 민족성이라는 개념이 아무 것도 풀이하지 못하는 불모의 개념이며 요화이며 신기루에 불과하다는 것을 발견하였습니다. 그러한 방황 끝에 문화형이라는 개념에 도달하였을 때 본인은 비로소 현실의 지평선을 발견하였습니다. 모든 것은 생각하는 형식 여하에 달려 있습니다. 본인이 말하는 문화형이란 이 '생각하는 방식'을 말하는 것입니다. 만일 어떤 국민이 실패를 했다면 그것은 그들에게 뛰어난 '생각하는 방식'이 없었기 때문입니다. (112면)

사학자의 이러한 논리에 담긴 것은 1960년대까지 한국사학계의 화두였던 이른바 식민사관의 극복을 위한 작가 특유의 담론이다. 우리의 민족성이 의존적이며, 분열적이며, 정체적이어서 일본의 식민통치를 받지 않을 수 없다는 식민사관은 작가에 의하면 "민족성이란 말을 종돼지의 주둥이 모양이며, 털빛깔이며, 새끼낳는 힘"(112면) 같은 생물학적 차원에서 생각하는 '야만적'이고 '비문화적'인 독단이다. 그보다는 생각하는 방식—즉 그 민족의 문화적 담론의 특질이 민족의 성패를 규정해 왔다고 보아야 한다는 것이다. 실상 문화란 것이 관념과 형식, 이미지나 상상의 형태로써 제국주의의 확산에 기여했으며 여기에는 심지어 학자나 문인(문학)조차 기여했다는 것을 참고하면[17] 최인훈 식 '문화형'의 개념의 착목은 매우 참신하고 선진적이다.

사학자에 따르면 조선조의 정치 감각은 동양3국의 현상을 자연적이고

---

17 에드워드 사이드, 김성곤·정정호 역, 『문화와 제국주의』(도서출판 창, 1995), 52~55면 참조.

합리적인 균형상태로 보았다는 것이다.(113면) 이러한 감각의 철학적 근거는 사학자가 초대한 이순신의 담론에 의해 보강되는데 이순신에 의하면 '천하는 천하의 것'이다. 여기서 이순신이 말하는 천하는 '천'(天)으로 대치될 수 있는 개념이며 그것은 『중용』의 첫 구절에 나오는 바로 그 '천'으로서[18] 사람이 따라야 할 본성의 길―선성(善性)의 길이다. 따라서 그것은 성현과 군자가 추구하는 '도'(道)이다.

이 도는 다시 사학자에 의하면 '자연과 인성의 됨됨이'(121면)로써 이 '천'이 동양 3국의 현상을 자연적이고 합리적인 상태로 파악했기 때문에 이순신은 설사 왜의 수군을 깨뜨린 여세를 몰아 일본 본토에 상륙할 수 있는 여력이 있었어도 '무명지사(無名之士)요 패도(覇道)'(118면)인 그 길을 따를 수는 없었다고 주장한다. 이는 욕망을 배설하기보다는 억제하는 데 그 수양의 목적을 두었던 유교적 세계관의 실천이며 이러한 유교적 세계관이 정통적이고 정의에 합당했던 조선조로서는 타국을 침입할 염은 내지도 못했고 서구의 제국주의를 먼저 수혈받아 '저만 살고 남은 죽으라는 개 심사'(262면)를 발휘한 일본인에 의해 식민통치의 굴욕을 당했다는 것이다. 이처럼 우리 근대사를 왜곡과 파행에 빠져들게 한 결정적 계기를 문화형의 차이에서 발견한 작가는 '문화가 왜 변하는가? 어느 것이 가장 바람직한 문화형인가? 이것이 우리의 과제'(125면)라고 사학자의 입을 빌어 문제를 제기하는데 이는 『서유기』의 핵심을 이루는 문제의식으로서 이에 대해서는 최인훈의 문학예술관을 다루는 뒷장에서 자세히 검토할 것이다.

---

18 "天命之謂性 率性之謂道 修道之謂敎"―하늘이 부여한 것(선한 본성)을 '성'이라 하며 이를 따르는 것을 '도'라 하고 도를 닦는 것을 '교'라 한다. 『중용』에 나오는 이 첫 구절은 인간과 세계의 본질이 선성에 있음을 언명하는 유교적 세계관의 기초이다.

3) 이광수

이광수는 남독에 가까웠던 광범한 독서력을 가진 작가에게 어린 시절 깊은 감동과 인상을 남긴 작가였을 것이며 커서는 그런 작가이자 지식인인 이광수의 이력이 문학을 택한 작가에게 반면교사의 대상이었을 것이므로 등장케 된 인물임을 짐작할 수 있다.

이광수가 기차에 치인 '정선'을 지키고 있는 것으로 설정된 장면에서 비평가 역할에 가까운 성격의 헌병이 등장해[19] 이광수를 옹호하는 논변을 길게 쏟아 놓는다. 헌병은 근대문학과 정치의 필연적 상관관계를 거론하면서 이광수를 "고통스러운 근대인의 드라마를 곧바로 걸어간 사람", "동시대 동료들이 탐미로, 복고로, 은둔으로, 풍월로, 서민 취미로 비켜섰을 때, 근대문학의 결론의 예각(銳角)한 창 끝으로 곧바로 걸어"(177면) 간 사람으로 옹호한다. 이에 일제의 제국주의적 야욕에 동조하여 씻을 수 없는 치욕을 남긴 이광수는 일본의 강압에 맞서 "절필하거나 《흙》의 속편을 쓰거나"(172면) 했어야 했는데 당시의 정세로서는 일제가 서구에 대적하는 대표격으로 보였고 장차 대일본 제국이 성립될 것으로 보고 미리 민족의 앞날을 위해 젊은이들이 황군에 지원할 것을 독려하는 천추의 죄를 지었다는 자탄을 토한다. 이광수와 헌병의 논변을 보면 최인훈은 어린 시절에 깊은 인상을 남긴 이광수의 처지를 연민으로 동조하면서 또 비판적 시각을 개진한 것을 알 수 있다. 다시 말해 작가는 "근대문학의 정상(頂上), 정치문화의 발 밑에는 죽음의 검은 사화구"(177면)가 있음에도 불구하고 그 길을 걸은 이광수를 이해하면서도 시대인식의 오류를 항상 범할

---

19 하필 헌병이 비평가 역할을 하는가, 이런 의문이 생길 수 있다. 이는 비평이 작가에게 하나의 억압적 기제로 작용할 수도 있다는 발상의 고안물로 파악된다.

수 있는 문인 - 일상의 인간이 정치적 행위에 적극적으로 몸담는 것을 경계하는 것이다. 이는 앞서 논개와 조봉암을 만났을 때 독고준이 보여준 태도의 근거이면서 현실과 정치를 바라보는 작가의 자세가 암시되어 나타나는 부분이다.

4) 역장

역장은 독고준이 W시로의 여정을 떠나기 위해 도착한 석왕사 역을 지키는 인물이다. 이 역장은 구렁이 우화에서는 독고준이 학교의 소집령을 받고 철길을 가다 일사병 증세로 잠깐 쓰러졌을 때 그를 돌봐 준 것으로 나와 있는데, 독고준이 맨 처음 이 역에 들어설 때는 중학교 수학여행 시절의 역을 떠올리는 것으로 봐서 아마 작가의 이 두 가지 실제 체험이 복합되어 변형된 인물로 보인다.[20] 어쨌든 이 역장은 독고준이 귀환하려는 W시로의 귀환을 번번이 지체시킬 뿐 아니라 독고준을 자기 역에 머물게 하려고 집요하게 설득한다. 역장은 독고준이 가려는 길을 "젊은 때는 그럴 수 있고 사실 그래야지만" "세상은 자네 혼자 살고 있는 게 아니고 남하고 같이 살아야"(73면) 하는 곳이고 "여기만 해도 괜찮은 곳이고 온갖 이야기책도 있으니 여기서 같이 살자"(141면)고 독고준을 꾸준히 설득한다. 그러나 독고준은 다소의 망설임이 없는 것은 아니지만 W시로 가는 기차에 굳이 오른다. 이는 독고준이 자신의 운명의 성격을 밝히겠다는 의

---

20 이 점은 『화두』에서 작가가 증언한다. "실지로 목격한 역장의 모습이 스며들어 있기는 하지만 그 이상 아무 근거가 없다"고 작가는 말하는데 중학교 시절 수학여행을 갔다가 탈이 나서 역장의 보호를 받았는지 아니면 소집령에 응해 학교를 가던 중 보호를 받았는지는 명확히 밝히고 있지 않다. 그러나 이 역장과 관련된 부분의 양이 상당한 걸 보면 작가의 역장에 대한 인상은 상당히 깊었던 모양인 것을 짐작할 수 있다. 『화두 II』, 139면 참조.

지의 표현이요, 또 그 운명을 감내하겠다는 의지의 표현으로 읽을 수 있다. 그러나 그 길이 문학예술을 택한 이들이 걷는 외롭고 험난한 길이기에 이를 굳이 막는 역장은 문학예술을 이해하는 사람이면서 독고준의 보호자, 그러므로 아버지의 이미지를 지닌 인물이다.[21] 이러한 인물이 독고준을 설득하는 분량이 상당히 길 뿐만 아니라 독고준이 위의 다른 인물들을 만나는 기차에 오르기 전마다 등장하여 의문을 불러 일으키는데 이는 앞서 말한 역장의 이미지를 대입하면 풀리게 되는 의문이다. 다시 말해 문학을 택한 작가에게 생활인의 책무를 다하지 못하는 데서 오는 번민이 그만큼 컸다는 것이고 특히 장남인 작가가 아버지와 가족에 대한 부채의식이 얼마만했던 것이었음을 반영하는 부분이 바로 역장의 빈번한 출현 이유가 되는 것이다.[22]

4. 문학예술론과 문화형[23]

앞장에서 살핀 인물들과 독고준의 만남의 성격을 정리해 보면 다음과

---

21 작가는 이 부분에 대해 『화두 I』, 139면에서 그 자리는 작문 선생님, 조명희, 낙동강의 박성운이나, 로사, 하느님이나 부처님, 아버님 누구든 대치할 수 있는 자리임을 밝히고 있다. 이들은 고난에 찬 운명의 성격을 아는 사람이어서 그런 운명을 사서 택하려는 사람에 대한 염려와 연민을 가질 성격의 인물들이다.

22 『화두 I』에 실제로 자식을 혼자 고국에 남겨둔 이민자 아버지의 노심, 또 그 아버지와 형제들에 부채의식을 깊이 고민하는 작가의 내면이 절제된 톤으로 형상화되어 있다.

23 『서유기』는 난해한 담론의 조합물일 뿐 소설적 구성을 지닌 작품, 다시 말해 서사물이 아니지 않느냐는 해석을 하기 쉽다. 그러나 『서유기』를 잘 분석해 보면 작가가 나름으로 전통적 서사 구성을 염두에 두고 작품을 제작했음을 알 수 있게 된다. 독고준이 이유정의 방을 나와 사유 여행에 들어가는 부분이 발단, 논개 등의 역사적 인물들을 만나는 부분이 전개, 이 장에서 언급하고자 하는 예술론과 문화형에 관한 논의 부분이 절정, 독고준이 법정에서 무죄임을 증명받는 부분이 대단원 — 이렇게 정리할 수 있는 것이다.

같이 된다. 독고준은 문학예술을 택한 사람이기에 현실정치에 직접 관여할 수는 없으며 따라서 문학예술가의 자리는 따로 있는 것이다. 특히 한국의 문화예술가는 한국이라는 조건에 부합하는 문화형을 찾아야 한다. 그러나 이러한 추구는 너무 힘들고 고난에 찬 길이다. 그럼에도 운명의 부름을 받은 독고준은 그 여정을 멈출 수 없다.

여기서 문학예술가의 길이 고난의 여정이라 지적하는 것은 상투적인 표현일지 모르겠다. 이제 우리들에게 문학예술인의 길이 소외의 길이란 것은 푸코의 『광기의 역사』 등에 의해서 자명하게 인지된 바이고 에리히 프롬도 광인이란 말의 어원에는 소외라는 의미가 스며있음을 진작 언명한 바 있기 때문이다.[24] 이 글의 2장 '여정의 기원'에서 밝힌 것처럼 독고준이 이러한 소외를 운명으로 사는 인물이라는 것은 역장의 "잡담 제하고 독고준은 미친 사람이우다"란 옹호에 잘 드러나 있지만 이것만이 고행의 전부가 아닌 것은 그는 문학예술은 무엇을 위해 어떻게 존재하는가를 규명해야 하는 사람이기 때문이다. 또 여기에는 항상 출렁거리는 삶을 살아온,[25] 다시 말해 함흥에서 원산으로 또 남한으로, 남한에서도 목포로 부산으로 서울로 정주지(定住地)를 찾아 부단히 이동해야 했던 공간적 출렁거림과, 일제강점·해방·분단·6·25발발·4·19혁명의 실패 등 역사적 출렁거림을 한 소시민으로 관통해온 한국인이 시공간적 자기 정체성을 찾아 문학예술이 목표하는 보편적 구원의 방식에 이르러야 한다는

24 푸코의 담론은 이미 광범하게 소개되어 있는 터여서 별도의 주가 필요 없을 것으로 본다. 프롬의 경우, 소외라는 말에 정신이상자란 의미가 스며 있음을 그가 1955년에 펴 낸 『건전한 사회』, 이규호 역(삼성출판사, 1982), 332면에서 이미 거론하고 있음을 볼 수 있다.
25 『작가세계』, 1990, 봄호, 이창동과의 대담에서 이창동이 잘 알려진 최인훈의 LST 체험에 대해 묻자 "삶이라고 하는 것이 출렁거린다고 하는 이미지는 아마 내 피부에 제일로 와닿는 느낌"이라 진술하고 있음을 볼 수 있다. 『작가세계』, 50면 참조.

문제의식의 하중이 실려 있는 것이다. 따라서 '고행의 여정' 이란 말은 상투적 이해를 넘어서서 적어도 최인훈에게 있어서는 삶의 구체적이고 전폭적인 경험의 투사로 이해해야 할 필요가 있는 것이다. 그러므로 난해하기 짝이 없는, 관념적 담론 투성이의 이 『서유기』도 작가에게는 그 이상 사실적일 수밖에 없는 표현 형식이 된다.[26]

그러면 최인훈이 정리한 문학의 존재 방식, 그 의미는 무엇인가? 독고준의 노트 형식을 빌어 작가는 문학의 존재 방식에 대해 수사와 비유에 가득한 특유의 담론을 상당한 분량으로 개진하고 있는데 요약하면 다음과 같다.

세계는 내·외공간으로 분할된다. 안은 정신을 말하고 밖은 이른바 자연계─현실계이다. 이 내·외공간은 각자 별개의 존재이지만 내공간은 외공간을 이미지화 함으로써─관념화·추상화함으로써 외공간을 인식하고 외공간과 일체화에 이른다. 이것이 가능한 것은 언어가 있기 때문이다. 내·외공간은 언어라는 에텔에 잠겨 있는 것이다. 그리하여 우리는 언어로써 나와 세계를 인식할 수 있다. 그러나 우리가 인식한 나를 또 지켜보는 탄력점이 있으니 그것은 데몬·무의식·일자(一者)·물자체·절대정신·가치·이데아·로고스라 불릴 수 있는 성질의 것이다. 이 탄력점은 끊임없이 그에 이르려는 나를 튕겨낸다. 문학은 말의 조화된 다이나믹한 파도를 타고 존재의 굳센 망막인 탄력점에 부딪쳐 가는 일 또는 그것이 되고자 하는 탐구의 하소연이자 짝사랑이다.

26 최인훈은 그가 경험한 현실을 정리하고 문제의식에 대한 답을 얻기 위해 『회색인』, 『서유기』등을 썼음을 밝히면서 특히 『서유기』를 쓸 때 "나는 소설을 쓰게 된 이후로 가장 정직하게 내 마음이 움직인다는 믿음을 가졌다"고 술회한다. 『화두 II』, 175면 참조.

여기서 읽을 수 있는 작가의 문학론의 특징은 이러하다. 우선 작가는 문학이 현실을 인식할 수 있는 중요한 매재로 간주하면서 언어에 큰 의미를 부여하고 있음을 볼 수 있다. 그의 언어관은 기의와 기표의 긴밀한 조응을 인정하는 소쉬르적인 그것이다. 그는 이성을 절대적으로 신봉하는 근대주의자로써 이는 그가 진리의 구극을 일자 · 물자체 · 절대징신 · 로고스라 명한 데서 잘 드러나는 사실이다.[27] 그러나 유의해 둘 점은 그가 이성주의자이긴 하지만 열린 이성주의자라 할 수 있다는 점이다.

그는 진리의 구극에 이르는 데 필요한 것은 시간이라고 말한다.

> 신은 역사의 시간 속에 한꺼번에 육화하여 나타나는 일은 없다고 생각하는 사람이 과학자입니다. 그는 자신있게, 노한 음성으로 외치는 혁명이라는 신의 목소리에 당황하고 괴로워합니다. 그의 논리로서는 찬성도 불가능하거니와 반대도 불가능하기 때문입니다. (……) 해결은 하나 뿐, 시간입니다. 시간은 육화의 원립니다. 시간이라는 빛이 생겼을 때 과학이라는 사진기에는 비로소 대상이 인화됩니다. (246면)

이처럼 진리에의 제대로 된 인식은 지연될 수밖에 없는 것이기에 시간이 필요하다. 그리고 "쓴 것을 달다고 우기며 혀를 학대하기를 강요하는 시대의 거짓 기호를 바로잡는 것이 영혼의 미각(美覺)자인 시인의 임무"(283면)이기에 그는 부정의 변증론자가 된다. 독고준이 논개와 조봉암을

---

27 독고준이 도달한 W시의 토치카에서 잡아든 수화기에서 흘러 나오는 다음과 같은 구절 "오늘날 과학(문학 혹은 제학문을 의미; 필자 주)은 이미 어느 계급, 어느 국가에도 봉사할 의무를 갖고 있지 않습니다. 만일 봉사할 대상이 있다면 그것은 오직 이성에게만입니다. 왜냐하면 이성이야말로 영원한 계급, 영원한 국가이기 때문입니다. (……) 현실의 집단은 이 정신에 얼마나 가까운가에 따라서 그 가치가 규정되는 것이며 그 역(逆)은 아닌 것입니다." 『서유기』, 245면을 참조할 만하다.

피하는 이유도 이러한 맥락에서 "내일, 혁명이 압제가 안 되리라는 것을 보장할 수 없"(247면)음을 이미 인식하고 있기 때문이다. 이러한 측면에서 본다면 그의 문학관은 1960년대 중반의 상황에서 매우 진보적인 그것이라 해야 할 터인데 민족의 정체성 확립과 관련한 그의 민족주의적 관심이 민중주의로 흐르지 않은 것도 예술가의 이러한 성격에 대한 자각 때문이다.[28]

부정의 변증론자인 독고준이 문학예술(가)의 이러한 존재 방식에 의거하여 출렁거리는 한국인의 삶을 정초시키기 위하여 선택한 방법이 사학자의 입을 빌어 표명한 '한국적 문화형 찾기'이다. 이는 파행과 분열로 얼룩진 한국근대사 속에서 자아를 정립하지 못한 한국인이 필연적으로 해결해야 할 과제이며 이야말로 시간 속에서 사랑을 실현하는 보편적 구원의 방식이 된다.

독고준이 W시에 도착했을 때 토치카의 수화기에서 흘러나오는 '대한불교 관음종 방송'을 빌어 표명되는 한국적 문화형의 수원지는 유교와 불교이다. 왜 작가는 이들에 주목했을까? 우선 유교에는 기독교의 절대자 · 예호바 · 천국 · 이상사회에 비견되는 '천(天)'의 개념이 설정되어 있다. 이 천의 개념은 어떤 상대적 현실 정치도 절대화되고 실체화되는 것을 부정하는 절대 부정의 원리를 가진다. 또 유교는 특정의 혈연이나 가계를 옹호하는 점이 없는 점에서 훌륭하게 종교로도 간주될 수 있는 이념형이다. 이 유교가 근세의 시련기에 새 상황에 대처하는 데 실패한 것은 사고형 자체의 논리적 결함에서 온 것이 아니고 특수와 분열을 대외적인

---

28 이는 김우창이 「남북조 시대의 예술가의 초상」, 『소설가 구보씨의 일일』의 해설에서 잘 지적해 놓은 바 있다.

y

최인훈의 패러디 소설 연구

84

계기에서 경험하지 못한, 다시 말해 타자를 가지지 못한 보편이었기 때문이다. 유럽은 당초부터 잡다한 보편의 잡종으로 세계를 생활하였고 그들의 중상주의적인 생활경험으로 국제주의가 되었던 반면에 중국과 한국은 오랫동안 생활권의 고정과 그 속에서의 생활양식의 비모험적 성격이 상업형 문화의 이동성에 직면해서 보인 무력함의 진정한 원인이었다. 따라서 유교는 그 논리적 결함 때문에 새 사회의 원리가 못 된 것이 아니라 논리를 구사하는 사람의 경험 부족으로 그렇게 된 것이라 함이 작가의 유교에 대한 해석이다(267~288면).

그렇다면 유교가 천의 이념에 입각하여 자기를 정복하는 데 힘쓴 하나의 문화형이라 할진대 이의 현대적 적용은 어디에서 가능할 것인가? 이는 불교에서도 마찬가지지만 속세의 기쁨이 아니라 속세에 대한 불쌍히 여김을 기본으로 하는—이런 태도는 순수 사변 속에서나 예술의 경지로서는 가장 뛰어난 것이지만 현실의 논리로서는 패배주의로 귀착하게 마련이지만—동양의 위대한 행동자들의 심리적 본질에서 찾을 수 있다.

유교를 오늘의 문화형으로 주목하는 작가의 담론은 여기까지이다. 그러나 필자의 생각으로 작가가 유교의 실천태로써 내세운 것은 가족애 혹은 유교의 효제(孝悌)의 정신에서 찾을 수 있는 것으로 본다. 최인훈은 외견상으로는 "우리는 이렇다. 가족이 없다. 그러므로 자유다. 이것이 우리들의 근대선언이다."[29]이라 표명한다. 하지만 이러한 선언은 서구열강이라는 타자에 비추어 주변인임을 자의식하는 독고준의 자조적 단언에 불과한 것이다. 이는 『회색인』의 독고준이 그의 조부의 사촌이 사는 마을이면서 자신의 고향이 되는 P마을을 찾고 나서 '뿌듯한 감회'를 느끼고 "평범한 인

---

29 『회색인』(문학과 지성사, 1977), 110면 참조.

간은 역시 전통의 품에 안겼을 때가 제일 푸짐한가 보다"[30]고 술회하는 데서 알 수 있는 사실이다. 그러나 그렇다 하여 독고준이 "유교의 원리는 곧 가족의 윤리"[31]라 할 때 그 가족의 윤리란 것이 가문이나 씨족을 따지는 그런 혈통주의가 아니라 앞서 말한 효제의 정신, 즉 어버이와 형제에 대한 사랑이라는 점에서 그가 유교적 전통을 생각하는 것이라 봐야 한다. 이 효제의 정신은 공자가 말한 바 인(仁)의 근본이며 이것이 확대되어 집에 있어서 원(怨)이 없고, 나라에 있어서도 원이 없게 하며, 나아가 중생을 구제하는 한 방편이 되는 것임을 생각한다면[32] 이는 사랑의 한 실현으로써 작가가 착목하는 오늘의 문화형이 되기에 충분한 것이다. 사회의 한 기초단위인 가족에 대한 작가의 애착과 관심은 『서유기』에서는 구렁이 삽화에서 독고준이 그의 아우들인 숙과 철이에게 가지는 애정 혹은 부담감으로, 단편 「놀부뎐」에서는 도둑질한 흥부를 구하려다 같이 옥사하는 놀부를 통해 형상화되고 있다.[33] 또 작가의 자전소설인 『화두』에서는 장남인 작가가 부친과 형제에게 가지는 사랑과 부채의식으로써 표현되기도 한다.

이와 같은 효제의 정신은 『회색인』에서 황선생이 논파하고 『서유기』에서 불교 관음종 방송에 의해 설유되는 불교 정신에 의해 더욱 강화 · 확장된다. 우리 민족의 전통 가운데서 가장 저력이 있으면서 확실한 이치인 것으로 황선생에 의해 논변되는 불교는[34] 우선 연기설에 담긴 인연의 정

---

30 같은 책, 251면.
31 같은 책, 99면.
32 윤사순, 『동양사상과 한국사상』(을유문화사, 1983), 59~60면 참조.
33 이 책에 실린 「근대성의 구현을 위한 고전의 방법적 변용」을 참고할 것.
34 『회색인』의 황선생은 기독교가 서양에서 시작되지 않았지만 이천년 동안에 그들의 것이 되었듯이 불교도 우리 것─우리 자체라 논변한다. 『회색인』, 176면 참조. 새삼 거론할 필요없는 내용을 부기하는 것은 불교가 우리 민족으로부터 시작된 것도 아닌데 우리의 전

신으로 자기에게 가장 가까운 타자에게 사랑을 베풀라는 입지점으로부터 사랑을 시작한다. 이것이 사해동포의 이상에 어긋나는 것이 아닌 것은 그러기 위해서는 바로 곁의 사람부터 사랑해야 하는 매우 실천적이고 구체적인 사랑의 방법이기 때문이다.[35] 특히 이것이 보편적인 인류애로 승화할 수 있는 것은 불교의 공관(空觀)에서 비롯한다. 불교는 색즉시공(色卽是空) 공즉시색(空卽是色)이라는 명제에 담긴 바 공과 색의 상보적 운동 속에 무한한 자기 부정을 가르침으로써 속세의 정의를 거부하고 우주적 해탈을 지향한다. 그럼으로써 이는 인간의 미망과 집착을 거부하여 우주적 사랑에로 나아가며 동시에 이 체험에 입각해서 그 밖의 삶의 형식을 비판할 수 있게 되는 것이다.[36]

작가가 논변하는 이러한 공관에는 작가 특유의 슬픔에 대한 성찰, 실존주의적 사고도 묻어 있음에 유의할 필요가 있다. 이 슬픔은 예의 공간론에서 피력하는 바 내외공간이 도대체 무엇 때문에 존재하는지 알 수 없다는 '쓸쓸함'에서 일차적으로 오는 것이며[37] 그럼에도 유한이 무한을 측량하려는 데서 오는 실수와 비극 때문에 비롯하는 슬픔이다.[38] 이 슬픔을 동반한 공의 사상이기에 그것은 문학이 행위의 음악으로 전화할 수 있는 근거를 마련해 주며 혁명하지 않되 세상의 모든 미망을 비판하고 부정하는 근거가 되어준다.[39] 최인훈이 열린 이성주의자가 될 수 있게 하는 데

통이냐고 시비하는 사람도 있는 까닭이다. 그런 관점에서 보면 유교도 우리의 전통이 아니다. 문화의 상호 주체적 성격을 고려할 때 있을 수 없는 시비이다.

35 『회색인』, 176~177면.
36 『서유기』, 270~272면.
37 『서유기』, 203면.
38 같은 책, 204면. 안톤 슈낙의 '우리를 슬프게 하는 것들'이란 에세이를 57~60면에서 패러디하고 있는 것도 이런 정서의 발현이라 해야 할 것이다.
39 같은 책, 271~272면.

는 이러한 불교적 사유 또한 중요한 자양분이 되었을 것이다.

   그러므로 독고준이 W시로 진입했을 때 집체주의적 정치 현장의 상징인 원형경기장이나 전쟁 시설—폭력의 상징인 토치카가 허물어져 먼지부스러기로 화하고 마는 것은 송재영이 지적했듯이 부르조아 지식인의 자유주의적 성향[40] 때문만이 아니라 그 보다는 슬픔의 정조에 기반한 공관의 사상,[41] 달리 말해 문학이 가진 부정의 정신과 사랑의 힘에 의한 것임을 우리는 이 대목에서 확인할 수 있다. 이렇게 볼 때 『서유기』는 한국인의 정체성을 모색하고 확인하기 위하여 치열한 문화적 탐색과 모험을 기도한 담론의 총화이며 또 문학적 형상화까지도 일정 부분 성취한 작품임을 알 수 있게 된다. 필자가 최인훈의 패러디 소설에 대한 앞선 연구에서 거듭 지적했듯이 우리 문화의 특수성과 보편성을 지적 논변이 빠진 순수한 창작물로 육화시킨 것은 「옛날 옛적에 훠어이 훠이」같은 작품임은 분명하다. 하지만 『서유기』가 기울인 한국적 문화형 탐색의 노력과 그 성취는 당대의 어떤 작가에서도 유례를 찾아볼 수 없는, 매우 선도적인 성취인 점 또한 분명하다. 그의 선도성은 그와 활동을 같이하면서 최인훈 문학의 지형을 정밀하게 작성한 비평가들조차도 『서유기』에 담긴 우리 문화형 찾기의 실체를 오독하여 최인훈이 유교를 낡아버린 이념형으로 간주한 것으로 해석하는 데서도 입증되는 것이다.[42]

---

40 송재영, 「분단시대의 문학적 방법」, 『서유기』해설, 306면.

41 독고준이 여정의 출발지로 삼은 역의 이름이 석왕사(釋往寺)역이라는 점은 시사적이다.

42 김현, 「헤겔주의자의 고백」, 이태동 편, 『최인훈』, 92~93면과 이선영, 「지식인의 의식구조」, 이태동편, 같은 책, 179면 참조.

5. 『서유기』인 이유, 그 의의

이제 우리는 한국적 문화형 찾기의 여정기가 『서유기』임을 알게 되었지만 하지만 이를 하필 '서유기'라 제명한 이유는 무엇일까란 궁금증을 석명해 볼 때가 되었다. 그 단서를 중국판 『서유기』에 대한 작가의 찬사로부터 찾아볼 필요가 있다.

> 『서유기』의 사상은 깊다. (……) 생명없는 물건이, 혹은 제 분수를 넘은 동물들이 부처의 뜰에서 도망쳐 나와 소동을 피운 끝에 부처의 호통 한 마디로 쥐구멍을 찾듯 본모습을 드러낸다는 그 이야기는 훌륭한 자연철학이며, 논리학이며, 신학이다. 목숨없는 물건이 환상 속에서 '나'를 참칭하고 부처의 뜰을 벗어나 헤맨 끝에 부처의 노여움, 혹은 부르심으로 깨어 본래의 자리에 돌아간다는 것은 그대로 기독교의 창조·죄·구원의 이야기가 아닌가. 서유기는 위대한 책이다. (221면)

위의 인용문에서 우리는 두 가지 논의점을 발견할 수 있다. 우선 『서유기』가 위대한 이유다. 그것은 진리의 성격, 또는 진리의 구극을 찾는 자들의 자세를 잘 드러내고 있기 때문이다. 진리란 우리가 쉽사리 파악할 수 없는 것으로 따라서 우리는 그 앞에서 겸손해야 하는 것인데 『서유기』는 그 진리를 장악한 자─공간론에서 말하는 바 탄력점, 창조주, 절대정신, 로고스, 무엇보다 공관을 발견한 부처─앞에서 죄를 짓고 마침내 깨달은 자로 돌아간다는 과정이 이야기의 형태로 훌륭하게 설파되어 있기 때문에 『서유기』는 위대하다는 것이다.

또 하나는 『서유기』에 대한 찬사 그 자체로써 서양이라는 타자 앞에서 그에 맞설 수 있는 동양적 문화형을 부각시키고 싶어 했음을 읽을 수 있다. 이는 '60년대까지도 주변부 의식에 침윤되어 있던 당대 지식인들의 열패감을 의식적으로 극복코자 한 의도의 산물로 판단되며 이는 이 글의 머리말에서 서양의 『오딧에이』, 『율리시즈』에 맞서 동양에 오승은의 『서유기』, 한국에 작가 자신의 『서유기』가 있음을 내세우려 했다는 해석의 근거가 된다.[43] 물론 이러한 대안적 문화형을 내 세움에 있어 최인훈은 치열한 이성적 담론을 개진함으로써 이성의 우월성에 감복하는 헤겔주의적(서구적) 세계관에 기대고 있다는 아이러니를 발견할 수도 있지만 그러나 이 방법론의 극점에 그는 불교의 공관을 예비하고 있음으로써 열린 이성주의자가 된다.

이러한 맥락에서 최인훈은 『서유기』를 그 형식면에서도 차용하고 있다. 중국판 『서유기』는 삼장법사와 손오공들이 천축국에 이를 때까지의 수많은 모험과 위기를 다룬 소설이다. 여기에는 각종의 괴물, 요괴들이 등장하는데 이들은 동물들이기도 하고 사람이기도 하며 심지어 옥황상제의 시종들이기도 하다. 손오공은 온갖 도술과 마법으로써 이들을 퇴치하는데 이것은 이른바 요즘 환타지 소설의 선행 형식이라 할 만한 것이다. 최인훈은 이러한 환타지적 성격을 그의 작품에서는 꿈의 형식으로 대체시켜서 문학예술의 근본을 묻고 동시에 실천하는 한 편의 예술가 소설을 완성시킨 것이다.

이렇게 본다면 작가 스스로 의식하는 '패러디 감각선의 이상분비벽'(242면)은 창작 능력의 부족 때문임은 물론 아니다. 이는 과거와 대화하고 그 과거로부터 오늘에까지 이어진 기억 또는 사고의 동일성으로써 파탄과 분열에 이른 한국인의 정체성―나아가 동양의 정체성―을 확립하

---

43 그러나 작가가 이처럼 자득에 넘친 의도를 현시하고자 한 것으로 읽는다면 이는 『서유기』라 제명하여 진리 앞에 몸을 낮추고자 한 작가의 의도를 잘못 읽는 것이 되겠다. 이는 다만 필자의 해석이다.

려한 매우 전략적 산물이기 때문이다. 그리하여 작가의 다음과 같은 술회는 필자가 일찍이 최인훈의 패러디 계열 소설에서 파악했던 의도가 틀리지 않았음을 잘 입증하고 있다.

> 「구보씨……」라는 이름으로 모작을 씀으로써 나는 우리 문학의 연속성의 단절에 항의하고, '민족의 연속성'을 지킨다는 역사의식을, 문학사의 문맥에서 실천하고 싶었다. 그것이 나의 구체적인 역사의식이었다. 그뿐만 아니라, 일련의 고전 명칭 차용 작품들을 쓴 나의 미학적 문제의식과도 관련되는 표현행동이었다. 문학사의 연속성이라는 것은 선후 작품들 사이에서 부르고, 받고, 그렇게 대화하는 관계—하나하나의 문학작품들이 된 드라마의 형식으로 존재한다는 믿음이다.[44]

우리는 이로부터 최인훈에게서 학문적 관심과 통찰력이 뛰어난 한 명의 문학사가적 면모를 확연히 읽을 수 있다. 판소리 소설에서 근대적 단초를 찾고 고전과 근대의 이분법을 극복하려는 문학사적 노력을 기울이기 시작한 조동일·임형택 등의 노력이 1960년대 중반부터 시작되었고, 최인훈이 문학사와 민족의 연속성이라는 문제의식 하에 고전 소설을 패러디한 것이 1960년대 초반의 『구운몽』부터였음을 상기한다면 그는 창작에 있어 매우 전위적인 작가였을 뿐만 아니라 한 명의 국문학자로서도 탁월한 선견을 구비한 인물로 평가되어야 마땅할 것이다.

6. 맺는 말

이 글은 최인훈의 패러디 계열의 작품 중 가장 난해한 『서유기』가 그의 문학적 실체를 밝히는데 결정적 단서가 되는 작품일 뿐만 아니라 한국적

---

44 『화두 II』, 51면. 밑줄 필자.

문화형을 정립함으로써 보편적 인간 구원의 방식에까지도 이르려 한 작품이라는 전제를 입증하기 위한 의도로 씌어졌다. 지금까지 논의한 바를 정리하면 다음과 같다.

『회색인』의 속편 격인 『서유기』는 이유정의 방을 나온 독고준의 탐색적 사유의 여정기이다. 그의 여정의 기원은 그가 죽음과 에로티즘을 동시에 경험한, 6·25 당시 유년 시절의 고향인 W시에서의 방공호 체험이다. 예술의 영원한 소재인 죽음과 에로티즘을 동시에 경험함으로써 그에게 영원한 대타자 혹은 구원의 모성이 된 고향 W시로 돌아가면서 한국인의 삶과 역사에 게재한 파행성과 균열성을 극복하는 사랑의 방식을 찾아내는 것이 독고준의 여정의 추동력인 것이다.

독고준은 그의 여정에서 논개, 이순신, 이광수, 조봉암 등을 만나는데 이들은 독고준이 여정 중에 해결해야 할 화두를 암시한다. 이들과의 만남에서 드러나는 바 독고준은 실천적이고 지사적인 투쟁가의 삶보다는 문학예술가의 삶을 지향하는 자이며 특히 그는 가난한 문학예술가로서 한국적 문화형을 모색해야 하는 지난한 운명의 소유자임이 암시된다. 그리하여 그는 자신의 비망록 형식으로 된 노트에서 문학예술론과 한국적 문화형에 대한 방대한 담론을 개진한다.

이에 따르면 문학은 말의 조화된 다이나믹한 파도를 타고 데몬·무의식·일자(一者)·물자체·절대정신·가치·이데아·로고스—존재의 굳센 망막인 탄력점에 가까워지고자 하는 탐구의 하소연이자 짝사랑이다. 그러나 진리는 항상 지연되는 것이기에 진리의 구극에 이르기 위해서는 시간의 육화가 필요하며 시대의 거짓 기호를 바로잡는 영혼의 미각자가 시인이어야 할 것을 아는 그는 그러므로 부정의 변증론자이자 열린 이성주의자가 된다. 이러한 바탕 위에서 그가 한국 역사의 파행성과 균열성을 극복할 수 있는 문화의 수원지로 내세우는 것은 유교와 불교이다.

유교에서 그는 효제의 정신으로부터 현세의 증오와 폭력·불화를 걷어낼 수 있는 사랑을 찾아내고, 불교에서는 인간의 미망과 집착을 넘어서서 우주적 사랑을 구현할 뿐만 아니라 속세의 정의를 비판하고 극복해낼 수 있는 공관의 사상을 읽어낸다. 이러한 사유의 결과는 최인훈의 작품 속에 벌써 어느 정도 형상화를 얻고 있어 작가는 전위적 창작가이자 한 명의 국문학자로서도 매우 앞선 성취를 이루었다는 평가를 가능케 한다.

동양의 고전 『서유기』에서 동양적 사유의 전통과 문학적 형식의 탁월성을 발견하고 이를 패러디하여 자신의 작품을 거기에 빗대 보인 것은 서구의 『오딧세이』와 『율리시즈』에 자신의 사유의 행로를 비견하려는 최인훈의 웅지의 발로임도 본고는 확인하였다. 그의 이러한 성취가 더욱 온전히 이루어진 것은 그의 희곡 창작에서인 것은 필자의 앞선 연구들에서 언급했는데 이에 대한 규명은 후고를 기약하고자 한다.

근대적 풍속의 정립을 위한 고뇌의 여정기

─『크리스마스 캐럴』

1. 머리말

최인훈의 『크리스마스 캐럴』 연작은 그의 다른 패러디 소설들과 마찬가지로 매우 난해한 작품이다. 부자간의 논리비약적이며 유희적인 대화가 그렇고 때로는 환상과 현실이 뒤섞인, 이른바 비사실주의적인 소설이어서 접근이 쉽지 않다. 특히 캐럴 연작에 드러난 부자간의 대화는 난삽하기 짝이 없고 말장난에 그치고 있는 것 같아 해석의 의의가 있을까 싶은 회의조차 들게 할 정도이다. 이런 이유때문인지 그의 『크리스마스 캐럴』(이하 '캐럴'로 약함) 연작에 대한 접근은 매우 드물다.[1] 필자 역시 그

---

1 부분적으로 언급한 글들은 꽤 있지만 본격적으로 「크리스마스 캐럴」을 논의의 대상으로 삼은 글은 매우 드물다. 김현, 「풍속적 인간:〈크리스마스 캐럴〉을 중심으로」, 『현대한국문학의 이론─김현 전집2』(문학과 지성사, 1991)(이 글의 원 발표 시점은 『한국문학』 1966, 가을·겨울호이다) : 이동하, 「통행금지 시대의 문학─최인훈의 〈크리스마스 캐럴 연작〉」, 『소설과 사상』, 1995, 12월호 : 양윤모, 「서구문화의 수용과 혼란에 대한 연구─최인훈의 〈크리

의 패러디 소설들에 대한 일련의 논구를 거듭해 왔지만 같은 이유로 '캐럴'은 뒤로 미루어 왔는데 재독을 거듭한 결과 이동하가 지적한 바 있듯이 '만만치 않은 수준의 성취를 이룬 작품임에도 불구하고 성취에 상응할 만큼의 관심을 끌지 못한'[2] 작품이라는 확신을 얻기에 이르렀다. 이 작품 역시 그의 다른 패러디 소설들과 마찬가지로 한국사회와 한국문학의 근대성을 깊이 고민하면서 당대 한국사회의 문제를 기법적으로 탁월하게 용해시킨 사례임을 충분히 확인할 수 있었기 때문이다. 이 작품의 난해성은 기법과 작가의 문제의식이 어떻게 연관되어 있는가를 밝히자 비교적 선명하게 해소되었다. 이를 기반으로 우리는 '캐럴' 연작의 핵심적 문제의식이 무엇이며 그가 한국 사회에 제기하고자 한 첨예한 전언이 무엇인가를 읽을 수 있게 된다. 이 글은 그 난해성을 용해시키는 과정을 드러내면서 그의 첨예한 문제의식과 전언을 규명하기 위해 쓰여진다.

'캐럴' 연작은 1963년에 1편(『자유문학』, 6월호), 1964년에 2편(『현대문학』, 12월호)이 산발적으로 발표되다가 1965년에 3편(『세대』, 2월호), 4편(『현대문학』, 3월호), 5편(『한국문학』, 여름호)이 연이어 발표된다. 연작의 성격상 이 단편들은 각각의 주제와 소재들을 달리하고 있지만 동시에 일관된 문제의식을 가지고 있기도 하다. 개별적이면서도 전체적인 연작들을 읽어내기 위해서는─특히 최인훈처럼 고도의 지적 소피스티케이션으

스마스 캐럴〉연구」, 『우리어문연구』, 14집, 1999, 정도가 이 작품을 집중적으로 다루었을 따름이다. 이 글들 중에서도 양윤모의 경우가 『크리스마스 캐럴』의 문제의식을 가장 심도 있고 폭넓게 다루었고 작가의 의도에 적중한 것으로 보이는데 이는 앞의 두 글이 비평 형식의 짧은 글들이기 때문이기도 하고 시간적으로도 양윤모의 글이 나온 시기는 우리문학이 근대성, 주체성 등의 담론을 내면화시킬 수 있었던 때에 해당되기 때문이라 생각된다. 이 글들의 의의와 문제는 논의를 진행하면서 본론에서 언급키로 한다.

2 이동하, 주1의 글, 243면.

로 작품의 주제의식을 엮어내는 경우는ー연작의 씨줄과 날줄을 잘 얽어 연작을 분석해야 한다. '캐럴'의 경우 연작의 씨줄이 되는 작품은 4편이 다. 이 작품은 다른 네 편과 달리 전통적 서사 형식, 즉 리얼리즘 기법을 구사한 내용이어서 주제의식이 명료하기도 하거니와 다른 연작들의 저변 에 깔린 문제의식을 대표적으로 드러내 준다. 이로부터 문제해결의 단서 를 마련하고 해명이 용이한 1, 2편을 거론한 뒤 이 작품의 기법적 특징을 규명하여 특히 난해한 3편과 5편에 대해 논의할 것이다. 이런 과정을 거 치면 '캐럴' 각편의 문제의식과 전체적 주제의식이 지금까지의 논의들과 는 다른 각도에서 규명될 것이며 작가가 '크리스마스 캐럴은 기독교를 측심추로 사용한 우리 시대의 지적 풍속의 탐사'[3]라 언급한 진술의 세부 가 무엇인지 드러날 것으로 본다. 아울러 작품 발표의 시간적 순서에 따 른 작가의식의 변모 양상도 살필 수 있을 것이다.

2. 풍속화한 문화 부재의 한국: '캐럴' 4

'캐럴' 4는 유럽으로 서양사를 전공하러 간 한 사학도가 R이란 도시에 서 겪은 충격적 에피소드를 중심화소로 하는 작품이다. 가죽 표지로 된 성경을 늘 끼고 다녀 거주 아파트의 수호성녀라고까지 불리며 마을 사람 들의 외경을 얻던 한 할머니의 정체인 즉 젊은 시절 사별한 연인의 추억 을 지속하기 위하여 죽은 연인의 살갗을 떼 내어서 성경의 표지로 씌운 엽기적 행위의 주인공이었다는 것이다. 화자 주인공은 그곳의 가톨릭이 '고국에서의 무당'에나 맞먹는 것임을 인지하고 그곳의 학문은 "코즈머

---

3 최인훈, 「원시인이 되기 위한 문명한 의식」, 『꿈의 거울』(우신사, 1990), 245면.

폴리턴하며 관념적인 것이 아니"라 그 도시의 고유 산업에 종사하는 제 혁업자들이 하는 수공업과 마찬가지로 "손가락으로 주무르고 꿰메고 이기고 하는 몸에 익은",[4] 달리 말해 풍속 그 자체를 구현하는 것임을 선이 해하고 있었으면서도 그 할머니를 외경했던 자신에 대해 충격과 부끄러움을 동시에 느낀다. 유학 당시 사권 그곳의 현지인 친구가 보낸 편지로 그 진실이 밝혀지는 마침 그 시간에 여동생은 친구들을 불러 모아 팻분의 크리스마스캐럴을 틀어놓고 질펀한 파티를 벌이고 있어 그는 참을 수 없는 토기(吐氣)를 느낀다. 그 토기는 그가 유학 당시 아파트 계단에서 할머니와 부딪혀 성경책이 떨어졌을 때 그 노파가 보이던 경악과 증오의 표정을 보고 느끼기도 했던 그것이다. 왜 그는 토기를 느꼈는가? 자신으로부터, 또는 자신이 딛고 선 지반으로부터 소외되었기 때문이다.[5] 그는 서양의 카톨릭이, 또는 프로테스탄티즘이 "구가(舊家)의 가헌(家憲)처럼 질기고 고집스러운, 결국 교수들의 손가락 마디나 구두창"('캐럴' 4, 89면)처럼 삶과 일체화한 풍속임을 이해하였으면서도 애인의 살가죽으로 성경을 싼 할머니의 엽기적인 행동을 성화(聖化)시켜 이해한 주변부 지식인의 오류에 혐오를 금할 수 없었던 것이다. 이것은 작가 스스로 직접적으로 고백한 다른 어휘를 빌면 '열등감'[6] 이다. 그는 고등학교 시절 『죄와 벌』을 읽

---

4 이상의 인용은 '캐럴' 4, 「크리스마스 캐럴/가면고」(문학과 지성사, 1998:재판 2쇄), 88~89 면. 발표 당시의 작품과 이 판본은 차이가 없으므로, 같은 작품 인용시는 이후 편명과 면수만 본문에 표기함.

5 최인훈 소설에 나오는 '토할 것 같음'은 작중 인물이 그가 속한 세계나 그 자신으로부터의 소외를 경험할 때 등장하는 중요한 모티프이다. 남쪽으로 피난 당시 경험한 LST 선상에서의 그것, 미국 체류 당시 귀국을 결정치 못하고 동생과 함께 콜로라도에서 보낼 무렵 "지금 앉아 있는 이곳이야말로 현실의 삶의 자리가 아닌 야외촬영무대 같은 느낌에 사로 잡혀"(『화두 I』 민음사, 1994, 443면) 헛구역질 한 경험 등이 그런 경우에 속한다.

6 최인훈, 「세계인」, 『꿈의 거울』, 83면.

고 제대로 이해하지 못한 것이 기독교였음과 그것 앞에서 느꼈던 '열등 감에 사로잡힌 동양인의 심리'를 고백하면서 "한국인(혹은 동양인)이 스스로의 정신적 주체성을 굳히는 최대의 장애물은 기독교 그것"이라[7] 토로한다. 왜냐하면 기독교는 유럽적 (DNA)'[8]로서 유럽인이 되지 않고서는 속속들이 체득 할 수 없는 하나의 문화적 이데올로기기 때문이다.[9] '캐럴' 4에서 작가가 드러내고자 한 것은 바로 이처럼 서구 문화에 주눅 든 지식인의 자의식이다. 이것은 달리 말해 우리 자신이 전유한 풍속으로서의 '문화형'을[10] 가지지 못한 1960년대 초 한국 지식인의 내면 풍경이다. 최인훈이 찰스 디킨스의 『크리스마스 캐럴』을 패러디 한 이유도 우리는 이 점에서 가장 선명히 파악할 수 있다. 디킨스의 '캐럴'은 인색한 수전노인 스크루우지의 개심 과정을 그리고 있지만 그것은 실상 어려운 삶 가운데도 이웃과의 사랑을 나누고 즐거워하는 당대 영국 하층민 사회의 풍속—그리스도의 구원을 삶 속에서 하루만이라도 기리고 실천하는 풍속도를 그린 작품이다.[11] 그러나 그러한 문화적 전통이 '상실된'[12] 한국 사회는 이 날을 파티하고 노는 날 쯤으로 여기고 있을 따름이다. "하느님을 구실로 암숫이 재미보기"('캐럴' 4, 103면)란 표현까지 나오는 것은 작가

---

7 같은 곳.

8 문화의 원형질이라 할 만한 개념에 해당하는 최인훈 식의 표현 기호이다.

9 최인훈, 「문학과 이데올로기」, 『꿈의 거울』, 78면 참조.

10 '문화형'이라는 용어는 『서유기』에 등장하는 용어인데 작가 스스로는 '생각하는 방식'이라 했거니와 문화적 이데올로기 혹은 이념이란 용어와 동의어라 할 만한 성격의 최인훈 식 창안이다. 『서유기』(민음사, 2002), 112면 참조.

11 찰스 디킨스, 김세미 역, 「작품해설」, 『크리스마스 캐럴』(문예출판사, 2006), 164~165면 참조.

12 '상실된' 것이라고 함은 원래는 있었던 전통을 잃었던 까닭이다. 이에 대해서는 6장을 참조할 것.

의 이러한 문제의식으로부터 기인하는 것이다.

'캐럴' 연작은 이러한 문제의식에 기반하여 당대 한국 사회의 문제적 풍속도를 탐사하고 나름의 해결책을 추구한 작품들이다.[13] 1960년대 초반에 작가가 포착한 이러한 문제가 오늘까지도 명료하게 해결되지 않은 해묵은 과제로 이어지고 있다는 점에서 '캐럴'은 우리의 오늘까지도 새삼 돌아보게 하는 한국사회의 심상지리로서 유효성을 지니는 작품이라 할 만하다.

3. 문화 정체성 혼란과 분단 현실: '캐럴' 1, 2

'캐럴' 4의 문제의식에 입각하면 '캐럴' 1, 2의 주제는 어렵지 않게 파악할 수 있다. 이는 달리 말해, '캐럴' 1, 2가 다룬 주제의식이 심화되어 '캐럴' 4와 같은 작품으로 형상화되었다고 할 수 있는 것이다.

'캐럴' 1은 크리스마스이브 날 친구들과의 모임에 나가겠다는 딸 옥이를 결국 주저앉히는 아버지의 계략(?)과 그에 어쩔 수 없이 호응한 주인공 철이가 벌이는 에피소드이다. '남의 제사에 가서 곡'('캐럴' 1, 14면)하는 격이나 다름없는 크리스마스이브 즐기기의 풍속을 좇는 숙이를 통해, 그리고 이를 "옛날에 한 종족이 다른 종족에 굴복했다는 증거는 정복자

---

13 김현이 '캐럴' 연작이 발표된지 얼마 되지 않은 시점에 "크리스마스라는 괴상한 의식을 통해서 서구적인 풍속과 토속적 풍속 사이에서 고통을 겪고 있는 풍속적 인간"을 그린 것이라 이 작품의 의미를 지적한 것은 역시 날카롭다. 그러나 최인훈의 지향이 "경험적인 것을 결코 선험적으로 받아 들이려 하지 않은데 있다"고 지적한 데 그친 것은 아쉬움을 남긴다(김현, 주1의 글, 362, 365면 참조). 이 글은 약 40년을 격하여 '캐럴'에 대해 새로 쓰는 만큼 최인훈의 지향한 바를 새롭게 규명할 수 있게 되었다. 이 글의 이어지는 논의를 참조할 것.

의 신을 섬기는 것"(같은 곳)이라 힐난하는 아버지를 통해 이 작품이 제기하는 문제를 포착하기는 어렵지 않다. 이는 문화적 정체성을 상실한 한국 문화의 혼란을 보여주려는[14] 작가의 의도에서 비롯한 것이다. 아버지가 옥이를 주저앉히기 위해 하필 일본 노름인 화투를 동원한 것도 작가의 이러한 의도를 더욱 선명히 부각시킨다. 요컨대, '캐럴' 1은 문화적 주체성이 확립되지 않은 당대 한국 사회를 풍자한 작품이다.

'캐럴' 2는 '캐럴' 1과는 달리 부자간의 시국 토론에 골몰하다 이번에는 옥이에 더하여 어머니까지 합세하여 교회로 달아나버린 것을 놓치고 만다는 결말이다. 그들이 눈 위에 찍어놓은 신발 자욱을 보고 "그들은 이 시대가 우리들한테서 잡아 간 볼모냐?", "사랑은 양보합니다."란('캐럴' 2, 53면) 체념과 양보의 언사로 부자는 그들의 탈주를 용인한다. 여기서 부자가 열중한 토론은 이산가족인 신금단 부녀를 다루는 당시 정부와 언론의 대응 방식에 관한 문제이다. 논점은 전체주의적인 북한 사회 속의 개인인 신금단의 처지를 고려하지 않고 선정적 보도와 근시안적 문제 해결에 집중한 남한 사회의 대처 방식이 통일을 위한 '인신공양'('캐럴' 2, 38면)이냐 아니냐 하는 것이다. 통일신중론 편에 선 아들은 신금단의 처지를 고려하지 않고 언론에 무차별적으로 노출시킨 남한 사회는 결국 신금단이라는 무력한 개인을 전체를 위한 제물로 삼았다는 주장이고 아버지는 미온적이긴 하지만 민족이 처한 현실을 부각시킨 점

---

14 양윤모, 주1의 글, 130면. 양윤모의 연구는 앞에서 지적한 것처럼 '캐럴'의 문제의식을 가장 체계적이고 명료하게 논의하였다. 이 작품이 당대 한국 사회의 정체성 상실을 비판했다는 그의 지적은 옳으나, 기법적 특징과 주제의식을 결합하여 '캐럴'을 읽게 되면 근대성을 획득키 위하여 기울인 작가의 암중모색과 작가가 목표한 근대성의 지평까지를 새롭게 규명할 수 있다.

에서 남한 사회의 대처방식을 옹호하는 입장이다. 왜냐하면 신금단 사건이 통일의 필요성과 분단의 비극성을 환기시키는 것이었기 때문이다. 이 대목에서 우리는 두 가지를 파악할 수 있다. 첫째, 신금단 사건을 민족을 위한 인신공양으로 비판하는 아들의 시각은 실상 근대 사회의 성립을 가능케 한 개인주의와 자유주의를 옹호하는 작가의 그것이란 점이다. 이는 아들의 주장이 더욱 강하고 길게 언술되어 있는 데서 확인될 수 있는 사항이다. 둘째로 미온적이긴 하지만 아버지가 토로하는 문제의식은 최인훈이 우리 시대의 가장 비극적 문제인 남북분단의 문제를 운명적으로 고뇌한 작가였음도 선명히 예증한다. 신금단 부녀의 비극적 상봉 그 자체를 이처럼 문제 삼은 작품은 드물기 때문이다. 이것은 작가 자신이 '삶이라고 하는 것이 출렁거린다고 하는 이미지'[15]를 운명적으로 껴안게 된 월남민이어서도 하겠지만 민족 분단이 된 상태에서는 진정한 근대국가가 성립될 수 없다는 논리적 인식 때문이기도 하다. 온전한 근대국가의 성립을 위해서는 통일된 민족국가가 성립되어야 한다는 사실을 서구의 근세사를 통해 그가 이미 갈파하고 있음이 그의 비평에서 확인된다.

> 근대라는 좋은 사상이 식민지 신민이라는 불행한 주체성 때문에 근대화가 되지 못했던 것이 아니다. 유럽적 근대사상에는 무엇보다 먼저, 그 '사상'의 주체는 독립된 국민이라는 전제가 들어 있는 것이다. 오늘날 우리는 분단된 두 개의 주체가 각기 근대화를 위해 각기의 길을 가고 있다. 분단된 상태에서 근대화라는 것이 과연 가능한가, 라는 문제다.[16]

15 이창동, 「최인훈의 최근의 생각들」, 『작가세계』, 1990, 봄호, 50면 참조.
16 최인훈, 「역사와 상상력」, 『유토피아의 꿈』(문학과 지성사, 2000), 140면.

'분단이 현실인 이상 그래도 근대화는 행해져야 한다'[17]는 유보를 두기는 하지만 분단된 상태에서 진정한 근대의 성취가 가능하느냐는 생각, 그리고 앞서 언급한 자유주의적이며 개인주의적 사고에서 우리는 최인훈이 한국 사회의 근대성 혹은 주체성 획득이란 문제에 대해 얼마나 논리적이고 지적인 담론성을 소유한 작가인가를 충분히 알 수 있다. 작가의 이러한 사유에 따르면 우리는 전근대적인 상황에 살고 있는 셈인데, 상황의 이 같은 문제성에도 불구하고 크리스마스를 맞아 교회로 달아난 모녀는 당대 한국 사회가 얼마나 희화적 풍속을 연출하고 있는가를 여실히 보여주는 대목이다. 그러나 작가가 이들 모녀의 행위를 신랄한 비판적 시선으로 그리지 않는 것은 "외국문화는 어떤 것이든지 받아들여도 좋다. 다만 원물형으로 받아들일 것이 아니라 그것을 요소로 분해해서 구조식을 알아내고 소재는 국산 자재든 수입 자재든간에 완제품을 국내생산"[18] 해야 한다는 그의 열린 주체적 인식에 바탕한 것이다.

이렇게 본다면 '캐럴' 2는 남의 잔치에 미혹하여 자신의 문제를 망각하고 있는 한국 사회에 대한 비판이며 반성을 담은 작품이다. 달리 말해 한국 사회가 근대성을 획득하고 진정한 근대국가가 되기 위해서는 통일이라는 과제가 선결되어야 하며 그 통일도 국가 동원의 전체주의적 담론 처리 방식이 아니라 "남쪽에서건 북쪽에서건 제정신을 가지고 서로 힘을 삼가고 극단주의를 피해"('캐럴' 2, 24면) 신중하게 접근하고 해결되어야 한다는 것을 자유주의에 바탕한 열린 이성으로 신중한 경고음을 발한 것이 '캐럴' 2이다.

---

17 같은 글, 141면.
18 최인훈, 「원시인이 되기 위한 문명한 의식」, 『꿈의 거울』, 245면.

4. '캐럴'의 문제적 기법

'캐럴' 1, 2는 위에서 살핀 것처럼 비교적 작가의 주제의식이 요연하게 해명되는 작품이긴 하다. 그러나 우리가 이런 점만을 지적하고 나서 작품의 문제의식을 제대로 규명했다고 한다면 '캐럴' 연작의 의미를 반밖에 이해하지 못한 것이 된다. '캐럴' 연작은 연작의 핵심적 문제의식을 전통적 서사기법으로 뚜렷이 드러낸 4편을 제외하면 1편부터 5편까지 시종일관 아버지와 아들의 언어유희적이며 선문답적인 난삽한 대화가 주된 사건 전개 방식으로 등장하는데 왜 하필 부자 관계라는 인물 설정을 통하여 스토리를 이끌어 나가는지, 또 이들의 대화 방식의 특징은 무엇인지, 이들이 연작 전체에서 차지하는 의미 연관과 비중은 무엇인지를 규명해야 우리는 '캐럴' 연작을 제대로 이해하는 길로 들어설 수 있다. 다시 말해 부자간의 대화는 이 연작의 핵심적 주제 발현 기법으로, 이를 규명하는 것은 '캐럴' 연작의 난해성을 해체할 수 있는 중요한 키포인트에 해당한다.

1) 아버지의 양가성(ambivalence)

'캐럴' 연작은 4편을 제외하면 아들 '철이'의 일인칭 시점으로 이야기가 전개된다. 다시 말해 일인칭 화자 시점인데 그러나 철이의 시점으로만 작가가 전하려는 문학 담론이 드러나는 것이 아니고 철이에 대한 아버지의 반응, 때로는 철이의 주장을 압도하는 아버지의 견해가 '캐럴'이 조성하는 담론의 핵심적 요인으로 작용한다. 다시 말해 일인칭 화자 철이가 이 연작들에서 작가의 입장을 대변하는 페르소나(persona)로 착각하기 쉽지만 사실은 아버지 또한 작가의 또 다른 페르소나라 할 수 있는 것이다. 가령 아버지는 늘 철이를 자기 방으로 불러 대화를 청하는 연장자이자 오십 중반을 넘은 기성세대이지만 '캐럴' 3 같은 작품에서 보듯이 행운의 편지를 참칭하여 전근대적인 방식—미신적인 방식으로 개인의 안위를 위협하는 불합리하고 비이성적인 행위에는 그 편지를 과감하게 불살라 버리는 식으로 대처하는 단호한 이성적 주체이다. 그리고 '캐럴' 2에서 드러난 바와 같이 아버지는 아들의 통일신중론에 대하여, 신금단 사건은 민족의 양단이라는 비극을 환기시킨 의미 있는 사건이라며 반대 논리를 개진할 줄 아는 인텔리의 면모를 지닌 인물이다. 그는 일제 식민통치기를 살고 그리하여 일제 고물 시계를 아직도 가지고 있긴 하지만 단순한 구세대로만 볼 수 없는 캐릭터인 것이다. 다시 말해 아버지는 전근대적이며 불합리한 풍속을 비판하고 처결하는 지식인 작가의 또 다른 분신으로서의 비판적 자아이면서 동시에 작가가 제기하고자 하는 근대 담론의 또 다른 한 축으로 기능하는 인물이다.

그러나 아버지가 이처럼 지식인 캐릭터로서의 페르소나로서만 기능하는 것은 아니다. 그는 당시로서는 기성세대이자 구세대적 인물로서 일상적 아버지의 이미지를 가지도 있기도 한 캐릭터이다. 가령 그는 1편에서 옥이의 크리스마스 외박을 막을 양으로 "나는 쉰다섯이다. 나는 너보다 인생을 더 살았다. 그러니까 내 말이 옳다. 응 알았지? 내 옥이 사달라던 인형을 사주지. 알았지? 인젠 네 방으로 가거라."('캐럴' 1, 15면)며 가부장적 권위로 딸을 윽박지르기도 하며 신금단에 관해 부자가 대화를 나눌 때 딸 옥이가 끼어들자 민족의 대사를 논하는데 "옥이가 끼어서는 깊은 얘기를 못"('캐럴' 2, 46면)한다는 봉건적 사고를 드러내는 구세대적 인물이다. 가부장의 권위를 내세우며 남성 우월적 사고를 보이는 점에서는 1960년대에 있을 법한 일반적 아버지 상이기도 한 것이다. 요컨대 아버지는 양가적 성격을 가진 캐릭터인데 이러한 양가성은 부자간 대화의 내용에서도 드러나는, 서사 전개의 중요한 모티프를 이룬다.

2) 부자유친 속에 숨은 양가성

그런데 아버지와 아들이 나누는 대화의 내용이나 방법들을 보면 해괴하기 짝이 없다. '캐럴' 1에서 아버지의 부름에 응한 아들과 아버지가 나누는 대화의 첫머리부터가 그렇다. "얘 내가 너희 오래비를 불렀던가?" 하는 아버지에 응수하여 "아버님, 저를 부르셨든 않았든, 저는 조금도 상관 않습니다. 저는 여기 이렇게(나는 손바닥으로 내 무릎을 가볍게 두들겼다) 존재하니깐요. 즉 존재는 본질에……"('캐럴' 1, 9면) 운운으로 대꾸하는 아들부터가 일상적 부자 관계의 양태가 아니다. 더구나 아버지가 오늘이 무슨 날이냐 묻자 아들은 "저어, 혹시 할아버님 제삿날이 아니었던가요?" 하고 "참 너두 너구나. 나도 모르는 할아버지가 또 계시는 모양이구나"로 아버지는 비꼬고 아들은 다시 "설령 제가 실수했기로서니 그렇게 놀리시는 건 어른답지 않으십니다."로 받고 "싸우지는 말자. 여태껏 우리들의 우정으로 봐서라두 요만일로 서로 언짢아져서야 되겠니."(10면)라는 식으로 대화를 주고 받는 데서는 작가가 일상적 부자를 등장시키려는 의장이 아님을 우리는 충분히 짐작할 수 있다. 여기서 우리가 읽을 수 있는 것은 흔히 부자유친으로 대변되는 유교적 이데올로기를 풍자하려는 작가의 의도이다. 그렇다는 것은 마침 대화를 나누는 시점이 서구 문화와 풍속의 상징인 크리스마스이브이기 때문이고 아버지와 아들은 하필 이 날 현실적으로 있을 수 없는 희화적 부자관계를 연출하고 있기 때문이다. 한국 사회가 무분별한 서구 문화 추종을 전형적으로 구현하는 이 날에 권위적이며 가부장적인 아버지의 모습을 한껏 비틀고 거기에 동문서답하는 아들까지 배치하여 작가는 우리들의 전근대성을 은근히 꼬집는 것이다.

그러나 작가는 단지 이들 부자를 통해 우리의 유교이데올로기와 문화 정체성의 혼란을 풍자하기만 하는 것은 아니다. 가령 다음과 같은 대목을 보자.

> "부자유친. 엄격한 옛사람들이 하필이면 부자지간을 말하는데 유친을 말했다는 것은 의미심장한 일이야."
>
> "그렇습니다."
>
> "어떻게 된 일일까?"
>
> "서양 사람들은 반대인 것 같아요. 외디푸스 왕의 이야기로부터 시작해서. 아버지와 아들은 적대 관계에 있지 않습니까? 경쟁자로서 말입니다. 유친이 아니라 유원(有怨)입니다."
>
> "내 생각은 아마 이렇다. 부자지간은 서로 도(道)를 더불어 이야기할 수 있는 상대로서, 말하자면 도우(道友)라 할까, 그런 점으로 본 것 같단 말이야. 옛사람들은 사람과 사람 사이의 여러 관계 가운데서 철학적인 담화를 나눌 수 있는 사이를 으뜸으로 친 모양이야. 말하자면 부자간을 길동무로 보았단 모양이지."
>
> "옳습니다. 서양 사람들은 아마 섹스의 관계를 으뜸으로 본 것이죠. 부자지간은 그런 까닭에 서로 경쟁할 처지에 있는 수컷과 수컷으로 본 것입니다. 박력있는 견햅죠?" ('캐럴' 3, 64면)

아들은 프로이트의 담론이 잘 상징하듯이 서양문화가 가지고 있는 냉철한 자연주의적 성격 또는 비정한 기계주의적 성격을 은근히 비꼰다.[19] 서양문화의 이러한 비정성과 자연주의적 성격, 그것이 가질 수 있는 동물성에 대비하여 아버지는 유교를 부자유친의 관계, 즉 친할 수 있는 휴머니스틱한 관계로 보며 나아가서 도를 나눌 수 있는 관계로 파악한다. 이 때의 도(道)는 중용(中庸)의 가장 첫머리에 나오는 "하늘이 부여한 것(선한 본

---

19 서양문화의 이러한 기계적이고 자연주의적 인간관이 약육강식의 논리로 전환할 때 드러나는 제국주의적 성격은 '캐럴' 5에서 권총을 예찬하는 외국인 남자의 논변으로 풍자되고 있다. '캐럴' 5, 144~145면 참조.

성)을 '성'이라 하며 이를 따르는 것을 '도'라 하고 도를 닦는 것을 '교'라 한다(天命之謂性, 率性之謂道, 修道之謂敎)"고 할 때의 그 도이다. 즉 도란 '하늘의 길(天理)'을 따르는 것인데 하늘의 길은 성리학이 주장하는 인간 본성의 선함이니 유교는 인간을 이상적인 존재로 파악하고 그 이상적 인간성의 구현을 설파한 동양적 이데올로기인 것이다. 요컨대 이런 대목에서 우리는 유교이데올로기를 서구의 자연주의적 인간관에 비해 따스한 온기를 가진, 보다 인간적인 그것으로 파악하는 작가의 시선을 본다. 이렇게 볼 때 작가는 유교에 대해서도 양가적인 시선을 가진 것으로 파악된다. 우리의 전근대적 현실을 결과한 비이성적이면서 그러나 더 없이 인간적인 이데올로기로 유교를 파악하는 것이다. 이러한 태도는 『회색인』에서도 발견되는데, 가족에 대한 성찰 끝에 '우리의 근대선언은 효로부터의 해방'이라는 에피그램을 마련하는 주인공 독고준이 그러나 결국 자신의 뿌리를 찾기 위해 자기의 고향이 되는 P마을을 찾고 나서 "평범한 인간은 역시 전통의 품에 안겼을 때가 제일 푸짐한가 보다"[20]고 술회하는 데서 이러한 사실을 확인할 수 있는 것이다. 우리는 허구로 포장된 작가의 이러한 언술에서 작가의 의식이 우리의 전통적 이데올로기와 문화 쪽에 더 선택적 친화성(selective affinity)을 가지고 있음을 알 수 있다. 이는 기독교의 절대자 · 천국에 비견되는 '천'의 개념이 유교에 설정되어 있고 그것이 특정의 혈연이나 가계를 옹호하는 점이 없을 때 훌륭하게 종교로 간주될 수 있는 이데올로기라는 『서유기』의 논변에서도 다시 확인된다.[21] 그러므

---

20 『회색인』(민음사, 2002), 110면.
21 『서유기』(민음사, 2002), 271~272면 참조. 그런데 『회색인』과 『서유기』, 『크리스마스 캐럴』은 상호텍스트성이 두드러진 최인훈의 대표적 작품들이다. 이들의 발표 시기는 「크리스마스 캐럴」 1과 『회색인』이 같은 1963년, '캐럴' 3,4,5가 『서유기』와 같은 1966년이다.

로 부자간의 대화가 '캐럴'에서 담론의 표명 방식으로 채택된 것은 유교의 가족주의에 담긴 정의(情誼)적 성격이 우리 사회를 전근대적으로 이끄는 요인임을 풍자하면서도 서구 문화에 대한 우리 전통에 대한 선호, 그것의 의의를 간접적으로 제기하고자 한 작가 자신의 양가적 의도를 살리는 데 적합했기 때문으로 판단된다.[22]

3) 언어유희에 내포된 사유와 미(美)의 성격

다음으로 우리가 이들 부자의 대화 방식에서 눈여겨 볼 것은 언어유희적으로 전개되는 논리 비약적 대화이다. 앞서 인용한 부자간의 대화에 연이어지는 다음 부분을 보자.

> "그래서 넌 찬성이란 말이냐?"
> "글쎄올습니다."
> "뜨뜻미지근하구나."
> "참 딱하십니다. 찬성이구 불찬이구 어디 있습니까. 소는 뿔로 받고 말은 뒷다리로 차기로 되어 있지 않습니까?"
> "또 딴소리를 하는구나."
> "딴소리가 아닙니다. 하느님이 그렇게 정했으면 그런 것이지 군소리는 쓸데

작가 자신은 『회색인』, 『서유기』 다음에 3부작을 만들 계산으로 '캐럴'을 썼다고 말하고 있으나(「원시인이 되기 위한 문명한 의식」, 244면 참조) 발표시기 상으로는 『서유기』가 가장 뒤인 것을 보면 작가가 기억상의 착오를 일으키고 있는 것이 아닌가 보인다. 그렇지 않다 하더라도 어쨌거나 이 텍스트들은 비슷한 시기에 창작되어 상호 연관성을 가지면서 최인훈의 핵심적 담론을 교직해 내고 있는 것은 명백한 사실이다.

22 이 점에 있어서는 『회색인』을 분석하면서 독고준의 향수가 "원주민의 자유와 혈통으로 연결된 가족주의 그리고 그것의 연장으로서의 민족주의에 의해 구조적으로"뒷받침된 것이라는 이태동의 지적을 참고할 만하다. 이태동, 「사랑과 시간, 그리고 고향」, 이태동 편, 『최인훈』(서강대출판부, 1999), 243면 참조.

없는 그런 처지에 우리는 있다는 그런……"

"알겠다. 만은 그렇더라도 결론이랄까 판가름 같은 걸 내려 볼 수 없겠니?"

"정 소원이시라면 그야 쉬운 일입니다."

"어떻게?"

"양편이 모두 옳다는 것입죠."

"황희 정승의 흉내를 내는구나."

"네 너도 옳고 나도 옳다, 그러므로 다 옳다."

"음 황희 정승도 옳기는 옳아."

"아버님도 옳습니다."

"너도 옳다."

우리는 박장대소하면서 앙천대소하였다. ('캐럴' 3, 65면)

이 대목에서 주목되는 것은 어떤 사안에 대한 손쉬운 판단을 내리지 않는 판단 지연의 태도와 동·서양 문화의 특성에 대한 판단지연의 태도가 양시론(兩是論)→황희 정승 고사→부자간 추키기→박장대소 앙천대소로 이어지는 논리비약적 대화 방식이다. 먼저 판단지연의 태도는 『회색인』을 쓸 때 "제목에 쓴 '회색'이라는 비평적 형용 속에 나는 나 자신에게도 확실치 않은 말은 적어도 하지 않겠다는 것과, 그러면서도 상황을 분석하려는 노력"[23]을 담아 내려 했다는 데서도 알 수 있듯이 철저한 사유인으로서의 작가적 특성으로부터 말미암는 것으로 파악된다. 다시 말해 사물에 대한 이분법적 인식을 넘어 현상의 본질에 닿으려는 작가의 신중함이 이런 대화를 가능케 했다는 것이다.[24] 다음으로 논리비약적 대화는 앞의 신중성과 연관되는 것이지만 표층의 논리를 떠난 심층의 근원이 달리 있

23 「원시인이 되기 위한 문명한 의식」, 앞의 책, 244면.

24 이러한 특징은 작가의 처한 입지가 '한국적이면서 제3세계적 입장'의 그것이기에 더욱 두드러지는 것이 된다. 양진오, 「소설가 소설의 한국적 모델과 완성」, 『작가연구』(깊은샘, 2002), 154면 참조.

다는 인식에서 비롯하는 선불교의 문답 방식과 닮아 있다. 주지하다시피 선불교는 경전이나 계율과 같은 문자나 언설이 불성을 자각케 하는 데 방해가 된다고 보고 불립문자(不立文字), 직지인심(直指人心)의 세계를 추구하는 불교의 한 갈래이다.25 논리를 초월하는 선문답은 선승들의 화두에서 잘 드러나지만 '캐럴' 전편의 사건 진행을 추동하는 이들 부자들의 대화 방식도 선문답식의 논리비약을 일삼고 있음이 특징이다. 이들이 담론을 생산하는 방식에 개입된 이와 같은 불교적 요인은 최인훈이 심층의 근원―혹은 깊은 문제의식을 신중하게 제기하는 데는 선문답적 대화방식이 유효했다고 생각했기 때문이며, 유교뿐만 아니라 불교 또한 우리가 서구에 내놓을 수 있는 대자적 문화정체성이라 파악한 주체적 사유에 기인한 것으로 판단된다.26 물론 작가의 이와 같은 사유가 '캐럴' 연작 전편에서 그의 다른 작품들에서처럼 직접적으로 논변되는 것을 찾아볼 수는 없다. 이는 판단의 지연을 특성으로 하는 신중한 사유인인 그로서, 그리하여 사물과 세계의 양가성에 충분히 유의하는 그로서 외국문화도 원물형이 아니라 국산화된 완제품을 만들어 내면 좋다고 하는 입장에서 서구의 문화풍속인 '크리스마스'를 대자적 요인으로 의식하고 쓰는 소설에서 선택할 만한 방법은 아니었기 때문으로 생각된다. 그러나 작가가 선문답식의 언

---

25 한자경, 『불교철학의 전개』(예문서원, 2003), 178~179면 참조.
26 최인훈이 불교의 의의를 강조하는 것은 「열하일기」에서 관음선사의 법문대목, 『회색인』에서 황선생이 김학에게 우리 문화의 주체적 특성을 설하는 대목, 『서유기』에서 철이의 비망록 형식의 에세이 대목 등으로 종종 드러난다. 이는 불교로부터 현대인이 구원받을 수 있는 가능성을 찾는 작가의 인식과 깊은 관련이 있다. 작가 자신은 이태동과의 대담에서 신자는 아니고 친불교적이라는 정도의 완곡한 언급을 하고 있지만, 이분법적 판단을 기피하는 신중한 인식론자인 작가의 캐릭터를 감안할 때 그가 불교를 우리의 중요한 문화적 전통으로 간주하는 것은 이만한 육성으로도 확인되는 사실이다. 이태동, 「최인훈과의 대담」, 이태동 편, 『최인훈/가면고』(지식더미, 2007), 186면 참조.

어유희로써 불교적 소인을 개입시킨 것은 부인할 수 없는 사실로 볼 수 있을 것이다.[27]

이러한 사유에 기반하여 그는 이들 부자의 언어유희를 놀이적 담론 확산 방식으로 이끈다. 놀이(유희)는 세계를 새롭게 창조하고 질서지우는 방법이며 그것은 미학적으로 완성되려는 충동을 근원적으로 가진 것이므로,[28] 크리스마스라는 대자적 풍속에 착안하여 한국적(혹은 동양적) 문화 이념을 기층으로 삼은 이들 부자의 언어유희(놀이)로써 당대 한국 사회의 지적 풍속을 탐사하고 한국적 문화 이데올로기의 모색에 애쓴 것은 창작 기법상의 묘를 적실하게 얻은 경우라 해야 할 것이다.[29] 부자간의 언어유희는 이 작품에서 하나의 시적 모호성을 획득하면서 골계미를 효과적으로 이끌어내고 있다는 점에서 더욱 그러하다.

---

27 여기서 우리는 최인훈의 담론 전개 방식의 특징인 '양가성'을 다시 한 번 정리할 필요가 있다. 이는 물론 그의 회색인적 지성의 특질로부터 비롯한 것이다. 그러나 이것은 정히 막스 베버인 사유의 특질과 통한다. 베버 역시 근대성의 특질로 엄격한 이성주의, 합리주의를 주창하였으면서도 낭만주의와 신비주의적 생의 철학에 공감하는 양면성을 보여 준 사상가이다. 이처럼 근대주의자들인 이들의 양가성은 그러나 베버가 니체에 영향받음으로 비롯하였다면(브라이언 터너, 최우영 역, 『막스 베버―근대성과 탈근대성의 역사사회학』, 백산서당, 2005, 9~30면 참조), 최인훈의 경우 불교로부터 그 열린 사유의 바탕을 얻는 데서 다르다. 최인훈은 그의 『서유기』에서 불교의 '색즉시공(色卽是空) 공즉시색(空卽是色)'이라는 명제로부터 공과 색의 상보적 운동 속에서 무한한 자기부정과 이를 통한 우주적 해탈을 연역해낸다(이에 관하여는 이 책의 「한국적 문화형의 탐색과 구원 혹은 보편에 이르기」를 참조할 것). 그가 크리스마스라는 대자적 조건을 의식하면서도 그것을 배제적 타자로 처리하지 않는 것은 이러한 불교적 사유와도 상당한 관련이 있는 것으로 볼 수 있을 것이다.

28 호이징하, 권영빈 역, 『호모루덴스』(홍성사, 1981), 20~26면 참조.

29 우리 문화의 정체성에 대한 최인훈의 관심은 1960년대에는 이처럼 탐사와 모색의 성격이 짙다. 유교와 불교에서 찾은 그의 한국적 문화형에 대한 확신이 육화된 형상화를 얻는 것은 「옛날 옛적에 훠어이 훠이」 같은 희곡들에서이다. 이 책의 「최인훈의 옛날 옛적에 훠어이 훠이 연구」 참조.

5. 의식과 제도의 전근대성에 대한 경계: '캐럴' 3

지금까지 언급한 부자간 대화의 특성을 남은 작품들에 주입하면 이들 작품의 난해성은 훨씬 쉽게 용해된다.

먼저 '캐럴' 3을 살펴 보자. 이 작품의 경우 작품의 첫머리와 중간과 결말은 전혀 연관된 직접적 화소가 없어 매우 산만하고, 그리하여 작가가 과연 작품의 구조적 완결성을 의식하고 쓴 작품일까 하는 의심까지 갖게 한다. 작품의 처음은 집안 식구들의 칫솔이 없어진 것을 두고 가슴이 덜컥 내려앉는 철이의 불안, 특히 이 사건이 옥이에게 알려질 때 옥이의 놀라움을 생각하여 이 사실을 결사적으로 덮어두려는 철이의 노력이 중심이다. 칫솔이 없어진 것이 무슨 그리 대단한 일인지 알 수도 없거니와 왜 그것을 숙이에게 결사적으로 숨기려는지도 의문인 채 이 장면은 행운의 편지를 받고 이것의 처리 여부를 고심하는 부자간 대화 장면인 중간부로 넘어가 버린다. 사건의 맥락성은 완전히 증발되어 버리는 듯한 양상을 보이는 것이다. 결말부도 처음·중간부와의 연결성 없이 철이의 밤외출로 이어져서 철이를 암행감사 나온 고위관료로 착각한 순경의 우스꽝스러운 행태를 묘사하는 것으로 끝난다.

이처럼 산만하고 분절적으로 보이는 이 작품의 화소들은 부자관계에 더해 부인물로 등장하는 옥이의 성격을 규명하면 훨씬 명료하게 재구성된다. 1, 2편까지는 시중의 풍속을 자각없이 따르는 젊음 정도로 부각되다가 3편과 5편에서 그 성격이 변질되는 숙이의 인물성격은 1960년대 소설들이 아버지와 어머니의 세계와는 별도로 종종 설정하곤 하던 제3의 영역에 속하는 인물이다. 특히 김승옥 소설에서 대표되는, 성적 욕망과 은밀하게 관계되어 있고 지극히 개인적인 영역이라 할 수 있는 것이 누이 혹은 여동생의 위치이다.[30] 그러나 '캐럴'의 숙이는 제3의 영역에 속하긴 하지만 이런 성격과는 다르게 사랑하는 형제라는 외피를 입고 있으면서 뚜렷한 역사의식이 부재한 민중 혹은 대중이라는 내포를 큰 특질로 한다. 이는 다음과 같은 논리비약적 부자의 대화에서 짐작된다.

> "듣고 보니 그렇다. 헌데 네가 얘기한 지금 그 사꾸라 이론이 네 생각에는 희한한 발견인 줄 아는 모양이다만 실상 그런 건 아니다."
> "저도 압니다. 새옷을 입은 낡은 진리라고 생각할 뿐입니다."
> "결국 세상은 해 먹게 마련이란 말이지?"
> "네, 숙맥들이 그걸 홀랑 까놓고 싶어하는 법이지 양식있는 사람들은 점잖게 쉬쉬하는 법이죠."
> "네 말대로라면 양식이란 즉 쉬쉬란 말이렷다."
> "옳습니다."
> "그래 넌 양식의 편이냐 숙이의 편이냐." ('캐럴' 3, 76면)

인용문의 마지막에서 보는 것처럼 아버지는 양식, 즉 쉬쉬로 암유되는 위선적 비위꾼들의 행태를 비꼬면서 갑자기 숙이를 개입시켜 너는 누구 편이냐고 묻고 있는 것이다. 매우 뜬금없는 아버지의 질문에 아들은 '괴롭습니다. 아버님'이라 답하는데 이 또한 뚱딴지같은 답이긴 마찬가지다. 이러한 대화 속의 숙이에게 민중 혹은 대중이라는 함의를 대입하면 의문이 어느 정도 해소될 수 있다. 즉 작가는 자신의 허구적 분신인 부자를 통해 스스로에게 위선적이며 허위적 지식인으로 살아갈 것이냐, 아니면 시대감각과 역사의식이 미흡한 대중들의 편에 서서 그들과 부대끼며

---

30 차혜영, 「성장 소설과 발전 이데올로기」, 상허학회 편, 『1960년대 소설의 근대성과 주체』 (깊은 샘, 2004), 151면 참조.

살아갈 것이냐를 묻는 것이다. 이것은 '캐럴' 5에서 파마늘 통증을 앓기 시작한 철이가 달을 쳐다보며 밖에 나와 있을 때 부자가 나누는 대화―아마 '캐럴' 5의 대화야말로 가장 논리성을 비약한 부분일 터인데 이는 다음 장에서 밝힐 것이다―중 철이가 '그저 여러 사람이 다치지 않고 좋은 게 좋은' 식으로 사는 게 자기는 제일 좋다는 말을 하자 아버지가 "네 에미 생각도 그렇고 옥이 의향인즉 물어 본적이 없으니" 운운하고, 이에 철이가 "한치 사람 속은 모른다지만 옥이를 그렇게까지 의심해서야, 어떨까요?" 하는 대목에서도 확인된다. 즉 옥이와 같은 대중(여기에는 어머니도 포함된다)의 의식을 미심쩍어하기도 하며 기대하기도 하는 작가의 인식이 얹혀 있음을 확인할 수 있는 것이다. 이것은 5편에서 철이가 파마늘 통증을 못이겨 밤나들이를 하다가 4·19를 주동한 젊은 학생 유령들과 만나는 환상적 장면에서 이들을 희화적이면서도 진지한 행태를 보이는 집단으로 그리고 있는 것에서도 확인될 수 있는 사실이다. 요컨대 작가는 판단의 지연을 특질로 하는 지식인으로서 민중(혹은 대중)들에게 전적인 신뢰나 불신을 바치지 않는 양가적 사유를 여기서도 드러내는 것이다. '캐럴' 5에서 종로 삼가나 양동에 특히 많은 창녀들을 순결한 동정녀로 풍유하면서 그녀들을 찾아가고 싶은 마음이 꿀떡같지만 포기하는, 이들 천사들과 천사들의 남자 친구들 앞에서는 가만히 있는 날개를 언급하는 대목 같은 데서는 특히 이런 양가적 감정이 잘 드러나고 있다.[31]

31 1960년대의 최인훈, 이청준, 박태순 등은 오늘날처럼 세계의 일부를 자신의 계층과 기질에 투영시켜 분업적으로 반영하는 자들이 아니라 시대와 세계 전체에 대해 발언하는 자여서 이들의 작품에 작가의 실존적 모습이 깊이 투영되어 있다는 임경순의 지적은 최인훈이선 이와 같은 지점을 이해하는 데 좋은 참고가 된다. 임경순, 「1960년대 소설의 주체와 지식인적 정체성」, 상허학회 편, 『1960년대 소설의 근대성과 주체』, 33면 참조.

숙이라는 캐릭터가 내포한 이런 성격을 이해하면 3편은 좀 더 명료해진다. 우선 첫머리에서 작가는 한국 사회의 민중들을 근심하고 애착하는 자신의 태도를 동기간인 숙이에 대한 애정으로 표현한다. 중간에 등장하는 행운의 편지 사건은 한국 사회에 숨어 있는 의식의 불합리성을 풍자하는 대목이다. 행운의 편지는 아버지에 의해 기독교인다운 장난이라고 폄훼되지만, 철이가 혐오해 마지않는 것처럼 이조 시대의 궁중 비사에나 나오는, 궁녀들이 바늘로 허수아비를 찌르는 것과 같은 주술적 행위이다. 그리하여 이런 짓은 '우부들이 멋대로 한' 짓이라며 편지를 불에 태워버리는 아버지는 막스 베버가 정의한 근대의 특징 중 하나인 탈주술화[32]를 문자의 정의에 부합하게 행하는 인물이다. 마지막 부분에 크리스마스 날 외출한 철이를 감찰 나온 고위관료로 알고 아부하는 순경을 그린 것은 아직도 근대적 제도와 의식이 풍속화되지 못한 한국 사회를 풍자하기 위한 것이다. 이렇게 본다면 첫머리의 칫솔 사건과 숙이에 대한 근심은 칫솔이 없어진 것 정도로 하루의 불안을 예감하는 의식의 주술적 비합리성이 숙이로 대변되는 민중에게는 퍼지지 않으면 좋겠다—혹은 퍼뜨리지 말아야겠다는 우려를 담고 있는 것으로 짐작된다. 이로 볼 때 작가는 한국사회 전반에 퍼져있는 전근대적 요인—주술적 수준을 벗어나지 못한 의식의 불합리성, 근대적 제도의 불비 등을 비판하면서 동시에 작가 자신에게 스며있을 수도 있는 전근대성을 경계하고 있음을 알 수 있다. 아버지가 행운의 편지를 불태우면서 "군자는 홀로 있어도 예를 지킨다"고 한 구절은 이 점에서 서구의 합리적 의식과 타자를 배려하고 근심하는 동양의 휴머

---

32 브라이언 터너, 앞의 책, 316면 및 막스 베버, 전성우 역, 『막스 베버의 사회과학 방법론』
(사회비평사, 1997), 11면 참조.

니즘을 결합한 실천적 아포리즘이라 할 만하다.

6. 주체 정립을 위한 고뇌의 여정기: '캐럴' 5

이제 우리는 부자간의 대화가 가장 난삽하며 환상과 현실의 경계마저 넘나드는 '캐럴' 5를 살펴 볼 때가 되었다. 여기서 우리가 먼저 해결해야 할 것은 철이가 겪는 파마늘 통증의 정체이다.

파마늘 통증은 1950년대 말 어느 밤중 갑자기 철이를 공격하는 것으로 되어 있다. 잠을 못 자게 고통스러운 그 통증은 그런데 방 밖으로 나오면 씻은 듯이 없어진다. 방 안에서만 발생하는 통증인 것이다. 여기서 우리는 일단 철이의 통증이 시대와 사회에 대하여 고뇌하는 지식인의 고뇌가 아닐까 짐작할 수 있다. 앞의 연작들에서 보았듯이 작가는 의식과 제도 양면에서 아직도 근대를 풍속적으로 성취하지 못하고 있는 한국사회와 그 속의 개인을 깊이 고민하고 있기 때문이다. 이 점은 통증 끝에 마침내 주인공의 겨드랑에 솟아오른 새끼 까마귀의 그것만한 조그만 날개로 더욱 선명해진다. 그것은 한국 사회의 현실을 관념과 이성으로 치열하게 고민한 끝에 얻은 지성의 초월성, 그러나 거대한 현실 앞에는 무력하고 위축된 이상(李箱) 식의 날개인 것이다. 지식인이 갖는 이러한 대사회적 고뇌로서의 성격 외에도 파마늘 통증은 한 가지 더한 고통을 갖는데 그것은 매우 사적인 성격의 것이다. 대사회적 고민은 우리가 쉽게 유추할 수 있으나 이 사적 측면의 고통은 특히 부자간의 논리비약적이고 유희적인 대화 속에 은폐되어 있어 작품의 난해성을 한껏 높인다.

이를 이해하기 하기 위해서는 철이가 파마늘 통증을 느끼고 달을 보러 나와 아버지와 나누는 대화 중에서 유별나게 누구에게 '맡긴다', '맡는다'는 어휘가 많이 등장하고 "늙기도 서러라커늘 짐을 조차 지라는 말이 구나"라는 아버지의 말에 "아닙니다. 제 짐을 제가 진다는 말입니다"라는 (116면) 철이의 답에서처럼 '짐'이란 어휘 역시 많이 등장하는 점에 유의 해야 한다. 여기서 짐은 무엇이고 맡는다는 것은 무엇을 맡는다는 말이겠 는가? 우리는 이 작품이 1960년대 초반에 쓰인 것, 또 작품의 서두가 1950년대 후반이란 것을 유의할 필요가 있다. 이 시기는 작가가 서울대 법과를 접고 군에 입대한 후 문학에 입문하고 또 유명세를 얻는 그런 시 점이다. 그러나 이때는 동시에 입신출세가 보장되는 법(法)을 포기하고 군 입대를 한 시기이기도 하다. 이러할 때 끝내 아무런 꾸중을 하지 않고 침 묵을 지킨 아버지, 또한 현실적인 삶의 아픔들을 자신만이 감당할 것으로 알고 생활의 공포를 혼자서 부담한 아버지에 대해 느끼는 평생 갚지 못할 마음의 빚을 졌다는 작가의 자전적 술회를 참조하면[33] 우리는 위의 의문 을 해소할 수 있게 된다. 아버지가 "너는 말이 날 때마다 심중에는 그렇 지만도 않은 모양이다만 나만 하더래두 이리 돌렸다 저리 돌렸다, 만리 성 쌓고 허물기를 눈뜨고 편히 앉아서 순시에도 헤아릴 수가 없단 말이 다. 나무라는 게 아니다. 객기도 아니야. 푸념도 아니야"(120면) 운운하 면, 아들이 "글쎄라고는 하지만 제가 그걸 모르겠습니까? 용렬하게 여기 신다는 말씀도 아닙니다. 야속하다는 것도 아닙니다. 어느 쪽으로 가라 말아라도 아닙니다. 너는 너, 나는 나, 네게 네 것이구, 내 몫이 내 몫이 래서야 어느 누가 곧이 듣겠습니까?"(121면) 운운으로 선문답을 하는데 이는 사실은 지식인이면서 생활인의 고뇌─특히 장자(長子)로서 가족에

---

33 이에 대해서는 『화두 Ⅱ』, 211∼213면을 참조할 것. 최인훈은 4남2녀의 장남이었는데(김종 회, 「문학적 연대기─관념과 문학, 그 곤고한 지적 편력」, 『작가세계』, 1990, 20면 참조) 아 버지와 어머니, 가족에 대해 느끼는 장자로서의 책임의식은 『화두』곳곳에 표백되어 있다.

대해 느끼는 책임감, 또는 부채의식을 부자간의 선문답식 대화에 담아 놓은 것이다. 이것은 파마늘 통증이 "아버님 방과도 똑 같은 관계가 있"(124면)음을 마침내 확인해 내는 철이의 행동에서도 증명된다. 여기서 우리가 다시 한 번 주목하게 되는 것은 가(家) 혹은 가족에 대한 배려를 기초로 하는 유교 이데올로기에 대한 작가의 관심이다. 『화두』에 이르면, 유교란 공동체적 이성과 감성이 혼용된 실천 존중의 경향으로 유가들에게는 감정과 이성이 통합되어 있었다, 그러한 통합이 1919년 이 땅의 마지막 왕이 죽었을 때 이러한 통합이 무너졌다는 진술로 명백히 표명되는 유교에 대한 애착은[34] '캐럴'의 발표 당시에는 부자간 언어유희의 배면에 숨어 있는 것을 알 수 있게 되는 것이다. 그리하여 지금까지의 논의를 고려할 때 우리는 파마늘 통증이란 한국사회의 지식인이 대사회적으로 그리고 개인적으로 겪는 온갖 고뇌의 한국적 질료를 알레고리화한 그것임을 알 수 있게 된다.

이러한 고뇌를 "견디다 못해 담을 넘어"(130면)서는 것이 그의 밤 외출이다. 금지된 산책을 행하는 것이다.[35]이 산책을 통하여 그는 한국은행, 중앙우체국, 명동성당, 시청 앞 광장, 종로 삼가, 양동 등을 순례한다. 고독한 산책자 혹은 은둔자의 '심미적 잠행'(146면)이다. 이 잠행에서 만난 한 외국인의 입을 통하여 작가는 "원주민 인텔리란 건 우리 눈에는 양식 호텔의 보이와 다를 것 없어요. 우리들의 매너를 알고 있으니까 편리하다

---

34 『화두 II』, 357~358면 참조. 우리에게 전통이 없었던 것이 아니라 '상실된' 것이라 보는 작가 의식은 이러한 진술에서 확인된다.

35 김현이 주인공의 금지된 산책을 통금으로 상징되는 한국적 구속을 벗어나려는 시도로 해석한 것은 정곡을 찌른 것이다. 그러나 그 행동이 추구한 것이 '서구적인 자유로운 삶'이라 한 것은 일면은 맞고 일면은 틀리다. 작가는 자유주의자인 동시에 우리의 전통에 대해 깊이 유의하고 있기 때문이다. 김현, 주1의 글, 363면 참조.

는 것뿐이죠. 가방 맡기고 코트 맡기고 사창가나 안내시키는 거죠. 에익, 퉤.”(143면) 침까지 뱉으면서 서구 문물의 중개상 노릇에 급급하는 한국 지식인의 행태에 혐오를 드러내기도 하며, 권총을 평화이면서 전쟁, 권리이면서 침략, 검은 십자군의 피묻은 도끼, 더러운 정욕과 영양(營養)으로 길러진 저자로 묘사하여 서구 문화의 공격성과 탐욕성을 비판하기도 한다. 그리고 이 잠행에 4 · 19를 주도한 학생들을 광장에서 만나는 환상적 장면을 삽입하기도 한다. 이들은 희화적이고도 진지하게 묘사되어 작가의 양가적 시각이 드러나기도 하지만 날개가 찍소리 없는 걸로 보아 이들은 적성(敵性)이 아니라는 판정을 하는 것을 보면 4 · 19를 통해 '섬광처럼 빛났던 근대에의 희망'을[36] 가졌던 것을 확인할 수 있게 한다.

그런데 이런 잠행을 통해 무엇보다 필자에게 주목되는 것은 주인공 철이가 “날개의 성화가 없는 데도 내가 밤거리를 사랑하게 되었다는 사실은 좀 놀랍다.”는 정도로 '하렘을 순시하는 술탄' 처럼 '밤의 서울에 홀려' (153면) 버렸다는 사실이다. 한국은행의 벽돌담, 창경원의 고풍한 담, 허름한 가로등, 광장, 심지어 서울역 광장의 공중변소, 골목에 버려진 연탄재까지도 사랑하게 되었다고 한다(153면). 이것은 작가가 지식의 중개상 노릇이나 하는 지식인을 넘어서 진정한 주체성을 구비한 근대 지식인의 면모를 얻기 위해서는, 그리고 우리 문화에 근대성이라는 품격을 부여하기 위해서는 우리 고유의 문물과 풍속을 사랑해야 가능한 것을 자각했기 때문으로 판단된다. 아니, 이것은 자각 이전의 직관이랄 수도 있겠다. 주인공 화자는 “날개의 성화가 없는데도 내가 밤거리를 사랑하게 되었다”고(같은 곳) 고백하고 있기 때문이다. 요컨대 크리스마스를 한국 사회

---

36 권오룡, 「시간이여, 강낭콩 꽃빛으로 흘러라」, 『문학과 사회』, 1999, 가을호, 1301면.

와 문화가 안고 있는 여러 문제를 파악하기 위한 대자적 요인으로 설정하고 작가가 이른 사유의 끝은, 누추하지만 고유의 역사와 전통을 담은 한국의 현실과 문화에 대해 애정과 관심을 투여하는 것이 진정한 근대성 획득을 가능케 한다는 인식, 그것이었던 것이다. 그러나 아직도 '캐럴' 연작 전편에서 드러나듯이 한국사회는 근대와 전근대 사이의 어디쯤에 위치해 있는 형편이어서 인식이 바로 그 사랑의 실천으로 이어지기는 어려운 단계이다. "나의 이 같은 풍류가 아직도 완전한 자유의 유희―즉 멋이 아니고 타율적이며, 고통에 묶여 있다고"(154면) 고백하는 데서 우리는 아직도 인식과 실천, 혹은 이념과 현실이 행복하게 합일되지 않는 한국적 상황 속에서 고뇌하는 작가의 괴로움을 읽을 수 있는 것이다. 그러나 1960년대 초에 한국문화의 근대성을 이만큼 깊이 있게 고민하고 또 근대성 획득의 단초가 결국 우리의 것에 대한 관심과 애정에 있다는 사유에 닿은 것은 인식과 형상화 양면에서 최인훈의 작품이 얼마나 첨예한 것인가를 증거한다. 소장 국문학자들이 우리 문학의 주체적인 전개 양상을 규명하기 위하여 조선조 후기의 판소리소설에 주목하면서 고전과 현대문학사의 연속성 회복이라는 담론을 내놓기 시작한 것도 1960년대 중반 이후였던 것이다.[37]

7. 맺는 말

이 글은 부자간 언어유희의 난해함, 환상과 현실을 오가는 비사실성 등으로 인해 논의의 대상에서 거의 제외되어 오다시피 한 최인훈의 『크리

---

37 당시로서는 소장학자였던 조동일·임형택 등이 이런 관점의 연구논문을 내놓기 시작한 것은 1965년부터였다.

스마스 캐럴』연작의 난해성을 해체하여 첨예한 문제의식 및 그 의의를 규명키 위하여 쓴 것이다.

연작 형식을 취한 이 작품의 해결을 위한 단서로 이 글은 먼저 '캐럴' 4를 분석하였다. 분석의 결과 '캐럴' 4에서 우리는 크리스마스가 서구적 문화 이데올로기의 전형이자 그 풍속화의 결정인 것으로 인식하는 작가의 태도를 엿볼 수 있었다. 이로부터 연역할 때 우리는 '캐럴' 연작이 크리스마스를 대자적 조건으로 하여 고유의 문화적 전통 혹은 그것의 전유된 풍속을 상실한 한국 사회의 문제적 풍속도를 드러내고 해결책을 모색하기 위한 의도로 쓰여진 것임을 확인할 수 있었다.

'캐럴' 1, 2는 작가의 이 같은 문제의식이 좀 더 정형화 되기 전에, 남의 잔치에 춤추는 한국 사회 또는 근대성 획득의 장애 요건인 분단현실이라는 불구성을 좀 더 풍속에 밀착하여 그려낸 작품들임을 확인할 수 있었다. 문화적 정체성을 상실한 한국 사회, 근대성의 조건인 민족국가로서의 성립을 결한 한국사회를 그린 이 작품들에서 우리는 역으로 한국사회가 근대를 성취하기 위하여 무엇을 문제삼아야 하는가를 확인하게 된다.

'캐럴' 연작 중 난해성이 가장 심한 3편과 5편을 규명하기 위하여는 이 연작의 기법상 키포인트인 부자간 언어유희의 비밀을 해체하여야 했다. 그 결과 부자간이라는 인물설정은 유교이념의 의의와 한계에 대해 날카롭게 인식하면서도 그에 대해 선택적 친화성을 가진 작가의 태도로부터 비롯한 것임이 판명되었다. 선문답적 언어유희는 심층의 진실을 드러내는 데 유보적이면서 양가적 사유의 여백을 가능케 하는 불교적 사유와 많은 관련성이 있는 것이었다. 작가의 인물설정과 담론 전개 방식에 원용한 이러한 사유는 우리 전통과 사상에 대해 치열하게 탐색하고 그로부터 비롯한 선택적 친화성이 작용한 결과라 할 것이다. '캐럴' 연작이 빚어내는 시적 모호성과 골계미 또한 이러한 사유에 바탕하여 완성된 것이다.

부자간의 대화에 숨어있는 이러한 비밀을 해독하자 3편과 5편은 좀 더 용이하게 해석될 수 있었다. 3편은 의식과 제도의 양면에 완강하게 또아리를 튼 우리의 전근대성을 서구적 합리성과 유교적 인간주의에 입각하여 해소하고자 한 작품으로 판명되었다. 5편은 '캐럴' 연작을 창작케 된 동기가 한국적 문화형과 그것의 풍속화를 모색하고자 한 지식인 작가의 개인적 · 대사회적 고심의 산물인 것을 드러내면서 결국 근대의 성취란 우리 고유의 문화와 현실에 대한 애정으로부터 가능할 것이라는 결론을 제시한 작품이었다.

이렇게 본다면 캐럴 연작은 한국적 문화형과 풍속이 부재한 당대 사회에 대한 문제 제기로부터 비롯하여, 누추할 수도 있으나 한국적인 것, 또는 주체에 대한 애정이야말로 한국사회와 문화가 근대성을 획득키 위한 핵심적 요인이라는 결론에 이르는 여정기라 할 수 있다. 그러나 '캐럴'의 여정은 아직도 탐사와 모색의 성격에 속하는 그것이었다. 그의 주체적 인식이 작품으로서 완전한 형상화를 얻게 되기까지는 「옛날 옛적에 훠어이 훠이」와 같은 희곡을 기다려야만 했기 때문이다.

『소설가 구보씨의 일일』에 나타난 작가의 일상·의식·욕망

1. 머리말

　최인훈의『소설가 구보씨의 일일』은 잘 알려진 것처럼 박태원이 쓴 동명소설의 패러디이자 이른바 소설가소설이다. 독신의 소설가인 주인공들이 자신들의 일상을 꼼꼼히 기록·묘사하고 있는 소설가소설인 점에서 이 작품들은 유사점을 드러내지만 그러나 이 소설들은 같은 소설가소설의 유형에 들지라도 유사점보다는 차이점이 더 많다. 물론 후대의 작가가 선배 작가의 작품을 패러디할 때는 나름의 창안을 가지고 임하는 만큼 그는 당연하려니와 최인훈처럼「구운몽」·「춘향뎐」·「놀부뎐」등 우리 고전소설 6편,『서유기』·『크리스마스캐럴』등 동서양 고전을 패러디한 장편을 2편이나 내놓았을 정도로 패러디를 창작의 중요한 전략으로 선택한 경우는 한층의 더 높은 심급에서 소설가소설을 제작하려 한 계기가 개입되어 있음이 분명하다 할 것이다. 이 점은 최인훈이 스스로『광장』-『서유기』-『회색인』-『소설가 구보씨의 일일』-『태풍』에 이르는 5부작의 하나로 『소설가 구보씨의 일일』을 비중있게 취급한 데서도 확인되지만[1] 그가 1960년대 내내 애써오던 패러디 소설 제작의 대미가 이 작품으로 마무리되는 것 또한 이 작품의 의의를 양각시키는 요소이다.[2]

이러한 시각에서 살피면 『소설가 구보씨의 일일』은(이하 '구보'로 약함) 작가가 1994년에 내놓은 『화두』의 예비작에 해당하는 것이며 '소『화두』'라 할 수조차 있다. '구보'와 『화두』 두 작품이 모두 소설가의 존재양상, 존재의의, 시대환경, 문학예술의 성격과 존재양상 등에 대한 사유등을 다루고 있기 때문에 이러한 지적이 가능한데, 다만 『화두』의 방대한 분량에 비해 '구보'가 상대적으로 소규모인 것은 이 작품이 그의 작가생활 중턱에 쓰인 탓일 따름이다. 이에 더해 '구보'는 앞서 말한 바처럼 작가가 1960년대에 펼친 창작활동을 중간 마무리하면서 1970년대의 희곡창작으로 들어가기 전 하나의 매개작으로 기능하는 성격을 가진다. 이런 점들을 참조하여 이 작품의 성격을 새롭게 규정할 필요가 있다.

필자는 지금까지 최인훈의 패러디 소설에 대하여 전반적인 고찰을 해온 바 있는데[3] 이에 의하면 최인훈의 패러디 소설들은 우리의 문학 전통에 기초하여 한국문학의 정체성을 확립코자 한 의도의 산물이었으며 이

---

1 최인훈/이창동 대담, 「최인훈의 최근의 생각들」, 『작가세계』, 1990, 봄호, 62면 참조.

2 최인훈의 패러디 벽은 그 스스로도 『서유기』에서 '패러디 감각선의 이상 분비'라(문학과지성사, 2002 : 재판 3쇄, 242면)지칭 할 정도로 유별나지만 최인훈의 소설 창작이 가장 활발하던 1960년대에 제출된 그의 소설들 중 절반가량이 패러디 소설인 점을 감안하면(『크리스마스 캐럴』은 연작이니만큼 이 연작들을 단편으로 칠 때) 그에게 패러디란 창작 방법 이상의 중요한 의도가 내장된 것임을 알 수 있다. 그런만큼 『소설가 구보씨의 일일』은 그의 패러디 소설의 대미를 이루는 작품이라는 관점에서 다룰 필요가 있다.

3 「고전의 변용과 구원의 궤도」, 『어문논집』 27집, 1987 : 「근대성의 구현을 위한 고전의 방법적 변용」, 『우리어문연구』 15집, 2000 : 「한국적 문화형의 탐색과 구원 혹은 보편에 이르기 - 최인훈의 '서유기' 연구」, 『우리어문』 22집, 2003 : 「최인훈의 '옛날 옛적에 휘어이훠

는 우리 문학에 근대성을 주입코자 한 그의 한결같은 노력의 결과물로 파악되었다. 이러한 고찰을 반영하면 우리는 '구보' 가 최인훈의 창작 과정에 놓인 매개적 성격과 함께 이 작품이 가진 고유한 의의를 한결 선명하게 파악할 수 있다. 이를 위해 이 글은 이 소설이 1970년대 초라는 과도적 시기에 쓰인 것을 유념하면서 이 소설에 담긴 소설가의 일상과 의식, 그의 욕망이 어떠한 양식으로 표출되고 있는가를 규명하려 한다. 또한 '구보' 의 경우도 최인훈의 다른 소설들처럼 최인훈 식의 고유한 창작방식—관념의 연쇄적 작용을 위주로 전개되고 있는데 이 글은 그 관념이 산만한 나열에 그치는 것이 아니라 하나의 구심력으로 통제되는 것이며 그에 따른 구성의식도 개입되어 있음을 지적하면서 그의 관념들이 어떠한 담론의 체계를 구성하고 있는지를 밝힐 것이다. 이런 점들을 중점적으로 논의하면서 이 글이 자연스레 최인훈에 대한 새로운 해석을 더 하는 작가론에 이르기를 희망한다.[4]

2. 구보들의 출현 이유와 최인훈 구보의 특징

첫머리에 언급한 것처럼 최인훈의 '구보' 는 박태원의 동명 소설에 의지한 소설이다. 최인훈이 박태원의 소설로부터 창작의 모티브를 얻은

이' 연구」, 『한국문예창작』 12호, 2007 : 「최인훈의 '크리스마스캐럴' 연구」, 『국제어문』 42집, 2008 등이다.

4 최인훈의 '구보' 와 관련된 논의로 작품집에 실린 김우창의 해설, 「남북조시대의 예술가의 초상」 : 최혜실, 「'소설가 구보씨의 일일' 에 나타나는 산책자 소설 연구」, 『관악어문학연구』 1988, 12 : 최인자, 「최인훈 에세이적 소설 형식의 문화철학적 고찰」, 『국어교육연구』 1996, 3호 : 김영찬, 「최인훈 소설의 기원과 존재방식」, 『한국근대문학연구』, 태학사, 2002 등의 글이 많은 도움이 되었다. 이 글들 및 기타 관련 문헌에 관한 논의는 본론에서 다룬다.

것은 소설가의 존재 양상, 존재 의의, 그 욕망의 지향점 등과 관련하여서일 것이다. 소설가소설이란 바로 이런 물음에 답하기 위해 쓰여지는 것일 터인데, 시속의 표현을 빌면 '작가는 무엇으로 사는가'가 이러한 소설 유형의 근본적 문제제기일 것이다. 여기서 '무엇'은 생계의 방편, 작가의 지향, 사회적 인정의 수준과 관련된 욕망 등 다양한 함의가 담겨 있는 것으로, 이러한 문제제제기에 하중이 실리는 소설들은 대체로 한 사회가 과도기적 전환을 겪는 순간에 제출되는 경향을 보인다. 「소설가 구보씨의 일일」은 최인훈뿐만 아니라 1990년대 들어 주인석 또한 동명의 소설을 내놓은 바 있는데 이들 3인의 작품은 모두 작가라는 존재가 처한 대사회적 곤경 혹은 당혹감과 밀접한 관련을 맺고 있는 점에서 공통적이다.

우선 박태원의 경우, 그가 『소설가 구보씨의 일일』을 내놓은 1934년 무렵의 서울ー경성은 일제가 그들의 침략전쟁을 위한 병참의 전초기지화 및 보다 용이한 수탈과 소비시장의 형성이라는 목적의 수행에 따라 일제의 지방적 수도로 격하되고 축소되던 실정에 놓여 있었다. 이러한 과정 중에 일본은 그들의 이익을 위하여 서울 시내의 공간을 재조직화 하였던 바 이런 연유로 경성의 일부 지역은 건축미를 뽐내는 석조건물들이 집적되었으며 전차 등의 새로운 대중교통 수단이 등장함으로써 대중들에게 근대문명의 중심에 들어선 환각을 심어주기에 족한 여건을 갖추었던 것이다.[5] 무엇보다 이 시기는 일본을 매개하여서나마 도입된 근대

---

5 당시 경성의 은좌라는 호칭을 받기까지 한 본정통 입구에 화강암 석조건물인 조선은행, 조선 일류의 호텔이라던 조선호텔, 역시 석조건물인 경성우편국, 경성부청이 자리하고 있었고 인근에 구인회 동인들이 드나들던 낙랑팔라, 아서원 등의 카페와 식당, 엘리베이터까지 설비된 종로통의 화신 백화점 등이 있었다. 최혜실, 앞의 글, 197면 참조.

자본주의가 착근을 시도하던 시점이어서 '돈'의 문제가 지식인—특히 문인들에게 욕망과 경멸의 이중적 감정을 초래케 한 중요한 대상으로 부각되던 시기였다. 이상의 「날개」가 초기자본주의적 세례에 맞선, 빈한하지만 자존심 센 문학청년의 반발을 잘 보여주고 있거니와 박태원의 '구보' 또한 비록 경성 지리의 고현학을 도모하였다고 하지만 홀어머니를 걱정하게 만드는 백수인 주제에 교양과 지식없이 돈자랑을 하면서 여자를 후리고 다니는 옛친구들에게는 적의를 드러내는 주인공을 통해 생활 현실에서는 무력한 인텔리의 난감한 내면이 보다 인상적으로 노출되고 있는 것이다.

이처럼 초기자본주의적 상황에 나름의 대응력을 갖추고자 하나 알량한 문사의 자존심만을 가졌을 뿐인 지식인 작가의 곤경을 그린 것이 박태원의 '구보'인 반면 최인훈이 처한 상황은 박정희의 개발독재에 기인한 경제적 근대화—산업화와 함께 국내외의 정치 정세가 요동치던 시기여서 지식인 작가에게 자신의 존재 의미 및 위상에 대한 심각한 동요와 의문이 강요되던 시점이었다. 주인석의 경우 또한 1990년대 초 동구 공산권 및 소련의 몰락으로 인간성의 본질에 대한 의문이 부상됨과 아울러 국내 정치의 문민화, 자본주의제의 일방적 심화가 진행됨에 따라 미처 예상치 못한 시대상황의 변화에 맞닥뜨림으로써 작가란 존재에 대해 다시 질문하고 새로운 상황에 대한 대응 방안을 모색해야 하는 시기를 맞아 역시 구보를 등장시키지 않을 수 없었던 것이다.

소설가소설은 이처럼 문제적 시대 배경과 만날 때 쓰여지는 것임을 확인해 두고 우리의 논의 대상인 최인훈에게로 초점을 다시 모아 보자. 최인훈의 구보는 이제 산업화와 도시화가 본격적으로 진행되는 수도 서울의 중심부에 위치해 있다.[6] 차가 넘치는 도로와 이로 인한 대기 오염을 우려할 정도인 서울, 익명의 대중이 불어난 물살처럼 그를 스치는 근대 도시의 한복판에 섞여 있지만 정작 구보가 보여주는 생활의 양상은 단조롭기 그지없다. 원고쓰기, 출판사에 원고 전하기, 문학작품 심사, 강연 등이 그의 생업이자 주업이어서 그의 일상은 단조롭기 그지없다. 이에 더하는 일이랬자 문인 친구들과 만나 담소하거나 담론하는 일, 문인들의 경조사에 참례하는 일, 영화나 미술 전시 등을 감상하는 일, 동물원에의 고적한 탐방 등이 있을 따름이니 정치가라든지 경제에 종사하는 사람의 그것에 비하면 참으로 무위한 일상이라 할 만하다. 이처럼 한갓진 그의 삶은 그가 근대적 일상의 중심에서는 소외되어 있음을 의미한다.

> 자기 속셈, 자기 내력, 자기 궁궁이를 차곡차곡 싸 넣은 채 다른 모든 사람은 사람이 아니고 나무나 바위 같은 걸로 알고 바삐 걸어가는 사람들 틈으로 구보씨는 그 자신도 이름 모를 짐승처럼 걸어오는 것이었다. (……) 어디선가 쌓여가는 기름기가 어디론가 돌아돌아 이렇게 보다 산뜻한 창문과 보다 매끈한 지음새가 되어 번져나오는 모양이었다. (……) 그 집들 임자는 수없이 바뀌겠지만 아랑곳없이 집들은 살이 지고 개기름이 번드르르해가는 것이었다. (「남북조시대 어느 예술노동자의 초상」, 280면)

---

6 최인훈 구보의 거주지는 정확하게 지정되지 않고 있으나 제1장 「느릅나무가 있는 풍경」에 의하면 동국대학으로 추정되는 '자광대학'에 차로 10분 거리라 하니(민음사판 재판8쇄, 2003, 13면. 앞으로 같은 작품의 인용시는 본문에 면수만 밝힘) 시내의 중심부에 살고 있는 것이 틀림없고 그는 주로 안국동, 종로, 광화문 등을 중심으로 움직인다. 이 작품의 시간배경은 1969년의 겨울부터 1972년 초여름까지이니 이때 이들 지역은 서울의 최중심부임은 두 말할 나위없다.

인용문에 드러나는 것처럼, 바쁜 일상을 영위하며 경제적 부를 축적해 가는 대중들 사이에서 최인훈의 구보씨는 박태원의 구보씨가 그랬던 것처럼, '주체와 세계의 상호작용이 깨지고 불가해하게 되어가는 풍경의 주변부로 밀려나는 경험'[7]을 면치 못한다. 그러나 구보가 이처럼 주변부화 된 인물로 되어가는 것은 작가가 된 자로서 피할 수 없는 운명이다. 작가란 근대소설의 역사가 말해 주듯이 소외된 자들의 운명을 그려 주변부적 삶의 문제성을 독자들에게 제공함으로써 그들의 직업적 전문성을 획득하는 자발적 소외인이기 때문이다. 이런 탓에 이들은 "근대화에 의존하면서도 그것에 도전하며, 근대화를 반영하면서도 개입하며, 적응하면서도 반발하는 모순적 양상을 드러내는 존재들"[8]이 된다. 그리하여 최인훈의 구보씨는 표면적으로 보기에 매우 단조로운, 근대적 일상인들과는 다른 일상을 살고 있지만 그의 일상은 실상 그리 단조롭지 않다. 표피적 그의 일상에 비해 그의 내면은 들끓는 관념으로 하여 엄청난 마그마처럼 요동치고 있기 때문이다.

그의 관념은 마치 연쇄작용을 일으키는 중성자 모양으로 작동하는 식이어서 어떠한 환경, 어떤 장소에서도 샘솟듯 일어난다. 예컨대 불교 재단의 대학을 들르게 되면 불교의 현대적 의의와 그 의의를 방기한 우리 문화의 허점에 대해 반성하게 되고, 유년시절의 초등학교와 비슷한 어느 건물을 발견하게 되면 그의 행복한 유년과 그것을 좌초시킨 이념의 횡포에 대한 사념에 닿게 되며, 할리우드 영화를 보면 강대국의 오리

---

7 최혜실, 앞의 글, 193면.
8 황종연, 「모더니즘의 망령을 찾아서」, 김성기편, 『모더니티란 무엇인가』(민음사, 1994), 201면.

제
1
부
근대문학과 근대적 주체의 구현을 향한 간고한 여정

129

엔탈리즘을 비판하는 식으로, 그의 관념의 벡터는 멈출 줄을 모르는 것이다.

이처럼 왕성한 그의 관념 작용은 에세이적 소설 형식에 힘입어 기존의 이데올로기로부터 벗어날 수 있는 비판적이고도 이단자적인 특성을 가지며, 파편적인 것들의 대위법적 구성에 의하여 강력한 역동성을 갖는다는 최인자의 지적은 매우 설득력이 있다.[9] 그러나 최인자가 같은 글에서 언술하는 바와 같이 근대소설이 인과율, 시공간의 핍진성, 목적론적 서사 등의 기율에 의지함으로써 독자를 확보했음[10]을 상기한다면, 최인훈의 관념 자체는 그러할지는 몰라도 그의 소설 자체가 역동적인 것이라 할 수는 없게 된다. 앞서 언급한 것처럼 구보씨의 단조롭기 짝이 없는 일상, 인물들간의 관계를 그리는 데 있어서도 지나칠 정도로 절제된 묘사로 하여 '구보'에는 스토리를 인과적으로 추동해 나가는 인물의 행위가 거의 없기 때문이다. 이런 탓에 소설가의 일상을 엿볼 수 있지 않을까 기대하는 독자는 실망하기에 딱 좋을 판이다. 그러므로 최인훈이 때로는 요설에 가깝게 펼쳐놓는 관념의 성찬에 흥미를 가지지 못하는 사람에게는 그의 소설은 따분한 것이 되며 1960년대부터 그에게 얹혀진 반소설적, 반사실주의적 작가라는 지적은 이런 측면에서 그 연유를 찾을 수 있을 것이다. 그렇다 하더라도 구보의 관념 혹은 사유 작용이 그 자신에게 구극적으로 공허할 뿐만 아니라 독자들에게 본격적인 실감을 못주고 있다는 김우창의 지적은 이 소설의 성격에 부합되지 않는다. 김우창은 구보씨의 이러한 무력함이 역동적 사회역학의 주변에 위치한 지

---

9 최인자, 「최인훈 에세이적 소설 형식의 문화철학적 고찰」, 156~158면 참조.
10 같은 글, 156면 참조.

식인으로 그의 인식상의 무력함과 사회역학 속에서의 무력함이 반영된 탓이라 분석하고 있는데,[11] 그의 사회역학 상의 주변부적 위치가 그의 인식 상의 무력함을 초래한다는 지적은 지금에 와서는 설득력이 떨어진다. 왜냐하면 구보는 이 작품의 시대배경인 1970년을 전후한 무렵 이미 전업 작가로 살아가고 있는 존재이기 때문이다. 그는 "목구멍에 풀칠하기" (260면) 바쁜 소설노동자로 자신을 짐짓 비하하고는 있지만 홀몸을 돌보기에 그리 궁색하지는 않은 수입과 사업으로 살아가는 인물이다. 요컨대 그는 주변부적 인물이지만 그의 주변부적 성격이 그의 전문성으로 인정되는 시대를 만나 관념의 연쇄 작용만으로도 생활을 유지해 나갈 수 있는 여건이 된 것이고 그의 관념적 에너지의 벡터는 후일에 희곡 창작의 원천으로 이어지기조차 하기 때문이다.[12] 달리 말해 최인훈은 산업사회 또는 자본주의제가 주변부의 한 켠에 마련해 준 작가적 지위를 획득하여 근대에 도전하고 적응하며, 적응하면서도 반발하는 전형적 존재가 되어 있는 것이다. 그의 반발과 도전은 앞서 언급한 것처럼 그의 관념에 의해 이루어지는데 구보의 관념의 세부를 살핌으로써 우리는 이 소설의 성격과 작가 최인훈의 특질에 좀 더 깊이 그리고 더 명료하게 다가설 수 있을 것이다.

---

11 김우창, 해설, 352면.

12 예컨대 「느릅나무가 있는 풍경」에서 극작가 구보가 배걸과 만난 장면에서도 두 사람은 연극의 본질, 지향들에 대해 시적인 대화를 나누며 「홍콩 부기우기」에서 또 구보는 배걸과 연극과 소설의 다른 점, 세계연극의 동향 등에 대해 담론한다. 이러한 사유들이 그의 희곡 작업의 발판이 되었을 것이다.

3. 관념의 디테일과 구성 방식

최인훈의 '구보'는 관념의 자유연쇄적 증식에 의해 전개되는 특징을 가지고 있음을 우리는 앞서 확인한 바 있다. 그렇다 하여도 이 소설은 하나의 목적 지향이랄까 관념의 무분별한 폭발을 조절하는 구심점을 가지고 있다. 그것은 근대적 주체, 또는 근대 한국, 또는 근대적 예술(가)을 성취하고픈 작가의 강렬한 욕망이다. 이 하나의 구심력이 산만한 관념의 나열로 넘치는 것으로 보이기 쉬운 이 연작 소설에 구성의식이라 할 것을 불어 넣고 있으며, 관념이 서사의 주된 줄기가 되어 있어 서사적 역동성은 떨어지지만 일관된 목적 지향의 동역학을 가능케 하는 동인으로 작용한다.[13] 전체 15장으로 되어있는 이 연작소설은 작가가 약 2년여에 가까운 시기에 단편으로 발표했으므로[14] 전체적 구성의식이 떨어지지 않을까 의심하기 쉽지만 위에서 언급한 목적지향적 성격에 말미암아 이 연작들은 나름의 구성을 가지고 있으며 몇 개의 중요한 화소들이 이 소설을 추동한다. 아래에서 이 소설의 구성, 이 소설을 추동하는 중요한 관념의 다

---

13 박태원의 구보가 초기자본주의에 불만을 가지지만 단장을 가지고 산책자의 멋을 과시하는 멋쟁이라면 최인훈의 구보가 우울증 환자랄 정도로 진지하고 문제적인 사색가라는 김윤식의 지적도 최인훈의 구보가 보여주는 관념작용의 체계성과 깊이에 주목함으로써 나온 지적이겠다. 김윤식, 「구보계 글쓰기의 기원과 그 변모양상」, 『90년대 한국소설의 표정』(서울대 출판부, 1990), 220~225면 참조. 그러나 김우창이나 김윤식이 공히 지적한 것처럼 구보가 그렇게 우울해 보이지만은 않는다. 왜냐하면 그는 가야할 길이 있는 목적지향적인 인물이기 때문이다. 따라서 때로 날카로운 시니시즘을 보여주긴 하지만 그는 오히려 유쾌하기조차 하다. 가령 키신저와 주은래의 비밀회담에 관한 신문기사를 보았을 때 "흥하는 비양웃음도 아니고, 하하햐, 풍, 혹은 뱌뱌뱌, 퉁퉁퉁 ─ 이런 표기에 해당하는 웃음"(100면)을 웃었다는 식이다.

14 연작 1장은 『월간중앙』 1969, 12월호, 2장은 『창작과 비평』 1970, 봄호에 발표. 그 나머지는 1971년부터 『월간중앙』에 연속적으로 연재한 뒤 1972년에 단행본으로 간행된다.

발들을 살펴보기로 한다.

1) 주변부 지식인 – 작가 의식

작가는 어차피 주변부적 인물(marginal man)일 수밖에 없음을 앞서 밝혔 거니와 '구보씨'는 바로 그러한 작가적 자의식을 발동하는 것으로 그 첫 장을 시작한다. 이 소설의 제1장 「느릅나무가 있는 풍경」은 까치 소리 하나에도 자신이 처한 입장의 주변부적 조건에 민감하게 반응하는 구보의 내면 스케치가 도입부로 되어 있는데 이는 연작 전체의 발단부가 되는 기능을 동시에 행한다.

> 까치가 울면 좋은 일이 있다고 한다. 구보씨는 까치 소리를 들을 때마다, 기계적으로, 언제나, 틀림없이, 그 생각이 떠오른다. 떠오른다기보다, 절로 그렇게 된다. 그 느낌은 구보씨의 어떤 사상보다도 뚜렷하다. 자기가 정말 믿고 있는 것이란 까치 소리 하나뿐인지도 모른다, 하는 감상적인 생각을 그때마다 하는데, 영락없이 그러면 구보씨는 가슴인가 머릿속인가 어느 한 군데에 까치 알 만한 구멍이 뽀곡 뚫리면서 그 사이로 송진 같은 싸아한 슬픔이 풍겨나오는 것을 맡는 것이었다. (12면)

구보가 까치 소리에 이처럼 민감하게 반응하는 이유는 무엇 때문인가? 이는 까치로 환유되는 우리의 토속, 즉 우리의 전통에 자신이 강하게 연루되어있음을 깨닫는 때문이다. 그는 까치 소리에 연유하여 "감상에 빠질 만큼 젊은 사람도 아니고", "비과학적인 사람도 아닌"(13면) 합리적 이성을 가진 사람이다. 그럼에도 불구하고 그는 '까치 소리 = 반가운 손님'으로 치환되는 한 쌍의 환유 조합에 강하게 얽매어 있는 한국인인 것이다. 이것이 그에게 슬픔의 감정을 초래하는 이유는 까치라는 객관적 상관물이 합리성과 과학성—이것은 서구의 근대를 가능케 한 핵심적 요인이다—으로 살아간다고 자부하는 그의 의식의 모순성을 자각케 함으로써 주변부적 지식인의 위상을 예민하게 자의식케 하기 때문이다. 요컨대 까치 소리는 구보에게 대자적 조건으로서의 서양과 그들이 먼저 획득한 근대성을 환기시킴으로써 구보의 열패감을 자극하는 것이다.

이 소설의 서두는 이처럼 까치 소리로 하여 주변부적 지식인의 자의식을 드러내는 것으로 시작함으로써 이 연작을 수미상관한 구성으로 만든다. 왜냐하면 이 소설의 마지막 장은 이에 대응하는 것으로 한국의 문화형 혹은 동양 문화형의 기반이 되는 불교에 대한 자부심과 그로 인한 마음의 평정을 얻는 것으로 끝나기 때문이다. 관념으로 추동되기에 특별한 구성에 얽매이지 않을 것 같은 이 소설도 이처럼 도입부와 결말이 긴밀하게 상관되는 구성을 드러내고 있는 것이다. 이러한 서두와 결말 사이에 다채로운 관념의 동역학이 작용하고 있는데 특히 다음에 거론하는 내용들이 이 소설의 전개부와 결말의 구성에 긴요하게 작용한다.

2) 뿌리 뽑힌 자/신가(神哥)놈

'구보씨'에서 가장 중요한 관념의 한 축, 또는 동인이 되는 것은 피난민 의식이다. 이 피난민 의식이 최인훈의 창작 전반을 관류하는 중요한 모티브가 되어 있음은 여태까지의 최인훈에 대한 논의들이 거의 빠짐없이 거론하는 사항이다. 그러나 이 피난민 의식은 '구보씨'를 움직이는 중요한 모티브일 뿐만 아니라 구보가 걸핏하면 빈정거리는 '신가(神哥)놈'이라는 풍자의 대상과 밀접하게 관련되면서 이 작품의 톤(Tone)까지를 결정하는 중요한 요인이 되기 때문에 세밀하게 논의할 필요가 있다.

구보는 이 소설의 제1장에서 자광대학에서의 강연을 마치고 다음 일정까지의 틈새 시간을 메꾸기 위하여 들어간 한 다방에서 북한의 고향에 있던 국민학교 뒤뜰과 너무 닮은 한 풍경과 마주친다. 화교국민학교의 뒷마당으로 보이는 그 풍경은 그에게 '피난, 월남, 이십 년의 세월'(19면)을 떠오르게 하면서 그 이십년이란, 구보가 어질머리의 실마리를 풀어 온 세월임을 자각케 한다. "삶이라고 하는 것이 출렁거린다고 하는 이미지"[15]를 부여한 그의 LST체험을 여기서 우리는 상기하지 않을 수 없다. 피난선 속에서의 출렁거림, 그로 인한 어질머리는 그가 한국인의 일원이자 한 실존적 개인으로서 겪어야 했던 운명적 체험이다. 다시 말해 그는 그의 의지와 전혀 상관없이 전쟁으로 인해 고향을 등져야 했던 것이다. 그리하여 탈출 당시에는 자각할 수 없었던 이 체험이 후일 자아에 가해진 세계의 횡포라는 자각으로 틀 지워질 때 이러한 횡포─'어질머리'가 "대체 어떤 까닭으로 그렇게 얽혔는가를 알아보"(20면)려는 노력이 그의 운명적 노역으로 된다.

최인훈 소설의 인물들에게는 그들의 운명을 결정하는 원체험으로써 이 LST 체험 외에도 유년시절의 학교 체험, 방공호 체험 등이 공교로운 하나의 체험군을 이룬다. LST 체험이 전쟁과 분단이라는 폭력을 그들에게 각인시킨 체험이라면 유년시절 학교에서의 체험은 제도와 이념이 가하는 알 수 없는 폭력이었다. 『회색인』과 『서유기』의 독고준에서 볼 수 있듯이 최인훈의 어린 주인공은 학교에서 자신이 호감을 가지고 있던 국어 선생에게 제출한 글이나 선생의 질문에 대한 답이 부르조아적이라 지적받고 자아비판을 강요당함으로써 자신의 '인정욕망'이 무참히 꺾이는 좌

---

15 주1)의 최인훈/이창동의 대담, 50면.

절을 겪는다.[16] 이로 인해 독고준은 책으로의 망명을 하게 되고 거기서 자신의 좌절에 대한 보상을 얻는다. 그의 방공호 체험에도 역시 전쟁으로 말미암은 폭력의 공포가 새겨져 있다. 그는 비행기의 폭격을 피해 대피한 방공호에서 죽을 수도 있다는 절대적 공포를 경험한다. 그러나 이 순간 그는 자신을 감싸 안은 한 여인의 품안에서 극한적인 에로티즘 또한 동시에 경험한다. 폭력과 에로티즘, 다시 말해 죽음과 생명을 동시에 경험하는 이 순간이야 말로 그의 원체험 중에서도 가장 원형이 되는 체험이라 할만하다. 삶과 죽음은 모든 인간에게 공통된 실존적 과제이기 때문이다. 그러므로 『서유기』의 독고준이 그의 환상여행에서 고향으로 한사코 향하는 것은 그의 유년시절에 경험한 구원의 모성-대타자를 찾는 모험이 되는 것이다.[17]

최인훈은 그의 소설에 나타난 이러한 화소들이 실제 체험과 상당히 근접한 것임을 암시한 바 있는데[18] 글쓰기의 기원이 된 이러한 세계의 일방적 횡포, 즉 폭력은 '구보'에도 다양한 형태로 변주되어 나타난다. 구보씨가 홀몸의 피난민으로 부모형제를 북쪽에 두고 외롭게 살 수밖에 없고 그 고향을 자나깨나 그리워 하는 것, 일본 천황-스탈린-이승만으로 이어지는 헛된 우상들에 속아 산 세월을 탄식하는 것, 미국과 중국의 갑작스런 교류, 미국 기자의 북한 방문, 한국적십자사의 이산가족 교류 제안 등이 그를 어질머리 나게 만드는 횡포의 구체적 세목들이다. 개인의

---

16 이상의 논의는 김영찬, 「최인훈 소설의 기원과 존재방식」, 『한국근대문학 연구』(태학사, 2002), 289~291면 참조.

17 이 점에 대해서는 이 책의 「한국적 문화형의 탐색과 구원 혹은 보편에 이르기」 참조.

18 김현/최인훈 대담, 「변동하는 시대의 예술가의 탐구」, 이태동 편, 『최인훈』(서강대출판부, 1999), 27면 참조.

의지와는 관계없이 작동하며 멋대로 개인의 삶을 굴곡지우는 세계의 이러한 횡포를 구보씨는 '신가(神哥)놈'이라 부른다. "그저 두루뭉실한 답답함이라든지 아리숭한 것이라든지 한스러운 일이라든지, 장하다든지" (266면)할 때 '쯧쯧', '원 저런', '맙소사', '오냐 그러기냐', '그러면 그렇지' 등의 뉘앙스로 불쑥불쑥 나오는 이 말은 개인을 소외시키는 세계의 횡포, 또는 쉽게 드러나지 않는 총체성에 대해 던지는 유감스럽기 그지없는 작은 저항의 언표이다. 이 저항의 언표는 구보씨가 이처럼 굳이 정의해야 할 정도로 빈번히 등장하는데 이 언사에 이 작품의 톤을 엿보게 하는 몇가지 함의가 담겨있다. 그것은 1)총체성이 사라져 버린 세계의 횡포에 대한 시니시즘 2)총체성을 알 수 없는 인간 존재의 무력함에서 오는 슬픔 3)체념에서 오는 낙천 또는 해학을 담은 언사이다. 1)은 미국과 중공의 해빙이나 남북 적십자 회담 같은, 작가가 언감생심 관여할 수 없는 정치적 사안들을 만날 때 드러나는 반응이고 2)는 "무엇 때문에 이 고생인지 모르는" 삶을 살아야 하고 "그것을 알게 될 때까지 견뎌야 할 괴로움"(52면)을 자각할 때 오는 것이다. 이러한 슬픔의 정조는 원리를 알 수 없는 삶을 한하면서도 그 삶을 연민하고 포용하는 동정심에서 온다. 그가 안톤 슈낙의 '우리를 슬프게 하는 것들'이란 에세이를 패러디하는 것은 이러한 정조의 표현이다.[19] 3)은 키신저와 주은래의 경천동지할 회담 뉴스를 접했을 때 '뱌뱌뱌뱌, 보보보보' 하는 웃음을 웃었다든지 할 때와 특히 외로운 신세의 구보가 동물원을 홀로 돌면서 동물들에

---

19 제12장 「다시 창경원에서」에서 야간통금에 대한 유감을 안톤 슈낙의 패러디를 통해 드러낸다. 안톤 슈낙의 에세이에 대한 패러디는 『서유기』에도 등장하며, 통금에 대한 그의 유감과 개탄은 「크리스마스캐럴」 연작에 종종 표명된다.

대한 인상을 묘사할 때 잘 드러난다.[20] 이처럼 주체를 소외시킨 세계에 대한 시니컬한 공격, 세계에 좌절당했으나 그에 대한 연민과 체험으로부터 오는 슬픔, 해학적 요소들이 다양한 톤을 변주하여 관념의 연쇄로 이루어지는 이 작품을 채색하는 요인이 된다.

그러나 구보가 세계의 횡포에 대해 좌절하고 체념에만 빠져있는 인물이 아니라는 것은 그가 '알맞게 행동하고, 바르게 생각하고, 아름답게 꿈꾸는 것'(304면)을 포기하지 않는, 총체적 삶에의 지향을 버리지 않은 근대적 인물인 데서 잘 드러난다. 특히 그가 문학예술의 자율성과 독립성을 강하게 의식하고 옹호하는 데서 근대적 주체를 지향하는 문학예술인으로서의 그의 성격과 지향이 명백하게 드러난다.

3) 구보의 예술관

구보가 국내외의 정치적 정세에 말미암은 좌절과 당혹감을 사회구조 안의 모순과 갈등의 해결에서 찾으려 하지 않고 그의 좌절과 슬픔의 극복을 예술 내지 문화에서 찾으려 한다는 입장에 서 있음은 김우창이 이미 명료하고 날카롭게 지적한 바 있다. 그가 지적하는 것처럼 구보의 근본 관심은 정치에 의한 정치의 극복을 부정하고 역사와 정치에서는 소외되어 있지만 험난한 시대에도 시대의 험난함에 휩쓸리지 않고 행복과 향수의 공간을 만들어 낸 샤갈이나 이중섭과 같은 사람에 있다.[21] 여기서, 구

---

20 공작을 '원수의 땅에 잡혀 왔으나 정해진 시간에 자기 부족의 법식에 따라 예배를 드리는' 포로로 묘사한다든지, 칠면조에서 '사위가 오니 반갑다는 감정 때문에 닭모가지를 비트는' 우리 습속의 우스움을 읽어내는 것등이 그러하다. 창경원 산책은 2장과 13장에서 거듭되어 대칭적 구조를 이루는데 이것도 의도적 구성의 결과로 읽힌다.

21 「해설」, 334~336면.

보가 대변하는 작가의 최대의 불행이자 시대의 험난함은 남북의 분단일 것이다. 가령 그가 '신가놈'을 들먹일 때는 거의 예외없이 분단과 관련된 국내외 정세가 뉴스로 거론될 때이다. 심지어 샤갈전을 보고 나서, '동양 예술의 특질인 버림(혹은 비움)과 서양예술의 특질인 꿈이 제대로 된 한 쌍이 되어 인간에게 참다운 기쁨과 평화를 줄 수 있는 날은 언제일까?'를 상념하다가도 '남북이 통일 되는 것'이란 갑작스런 결론에 이르러 "이 마지막 결론이 어떻게 튀어나왔는지 알 수 없었다. 그래서 그는 어안이 벙벙했다."(제7장 「노래하는 사갈(蛇蝎)」, 143면)고 할 정도로 그에게 분단은 절대적 고통의 원천이자 허물 수 없는 현실의 장벽이다. 그의 어질머리도 바로 이러한 불행과 관련된 것임은 앞에서 이미 거론했거니와, 이러한 현실을 극복하는 방안으로서의 예술이나 문화에 대한 구보의 신념은 "삶은 그 속움직임을 알 수 없는 어떤 것이며 거기서 사람이 할 수 있는 것은 별로 없다는 인식—이것이 (…) 구보씨의 좁고 반복적인 인생을 테두리 짓는 것"[22]이라는 지적을 뛰어넘는 어떤 것이다.

그는 자신을 "이 세상에서 바르게 사는 이치를 알기 위하여 (…) 캄캄칠 야를 광솔불 한 가지를 들고 엎어지고 자빠"지는 '삼류 지식인'으로(제13 장, 「남북조시대 어느 예술가의 초상」, 285면), '목구멍에 풀칠하기' 바쁜 소설노동자로(12장, 「다시 창경원에서」, 260면), "입가진 사람마다 입 생긴 대로 풀이하는 세상에 (…) 그럴듯한 이야기 한 꼭지 지어내는 것이 어렵고 어려운 세상"(「노래하는 사갈(蛇蝎)」, 149면)에 사는 소설가로 자기를 비하한다. 그러나 동시에 "글을 지어서 남에게 보인다는 이 제도의 깊이"를 자긍하고 "사람이란 것은 괜찮은 것이 아닌가. 이런 야릇한 버릇을 가

---

22 같은 글, 340면.

졌으니"(제10장 「갈대의 사계」, 229면)라 탄복하는 예술옹호론자이다. 특히 그가 이중섭에게 보내는 다음과 같은 찬사,

> 모든 사람이 제 얼은 빠져서 유리처럼 부서지고 피비린내 나는 땅에서 귀신처럼 허덕일 때 그 속에 살면서 자기 목숨의 길을 잃지 않고 운명의 길목에서 만나는 것마다 그것이 소재든 수법이든, 사상이든, 신비이든 가리지 않고 모두 한 가지 주제, 그 자신의 목숨의 걸음걸이 속에 끌어 들여 그의 삶의 '삽화'로 만들었다는 것. 지금의 이 내가 있고 모든 것이 있다는 간단한 진리를 믿었다는 것. 그것이 이중섭의 위대함이다. (제13장 「남북조시대 어느 예술노동자의 초상」, 294면)

를 보낼 때 그는 세계를 인식과 형상의 양면에서 재주형하고 통합하는 예술가의 높은 자리를 확인함으로써 세계에 우위를 점하는 예술의 자율성과 독립성에 대해 단호한 믿음을 표명한다. 구보를 통해 펼치는 최인훈의 이러한 예술관은 실상 낯선 것이 아니다. 『서유기』에서 독고준이 논개나 조봉암처럼 현실에 적극적으로 투신한 인물의 간청을 뿌리치고 떠난다거나, 이광수를 '근대문학의 정상(頂上), 정치문화의 발 밑에는 죽음의 검은 사화구'가 있음에도 불구하고 그 길을 걸은 사람으로, 동정과 비판의 양가적 시선을 보내는 장면에서 그의 예술론은 이미 그 예각을 드러낸 바 있었다.[23] 이처럼 1960년대 내내 우리 사회와 문학예술의 근대성에 천착해 온 그는 「노래하는 사갈(蛇蝎)」에서 구보가 샤갈 전을 본 후, 조선의 대감들과 임금을 등장시켜 샤갈을 품평하는 환상적인 장면에서도 동/서의 문화적 특성을 인정하되 우리 것을 비하하지 않는다. 오히려 그는 경복궁의

---

23 이에 대해서는 역시 이 책의 「한국적 문화형의 탐색과 구원 혹은 보편에 이르기」를 참조할 것. 이광수를 문학인의 반면교사로 삼는 작가의 생각은 제5장 「홍콩 부기우기」(110면)에 다시 나타난다.

한 탑에서 한아름 가득히 극락의 기쁨을 실은 연꽃의 모습을 발견하고 정안(正眼)으로 정법(正法)의 모습을 담은 건축물이라 찬탄한다(164면). 근대성이란 것은 자신의 것을 사랑하고 존중하는 주체성에서 성립된다는 것은 이미 「크리스마스캐럴5」에서 선취한 인식이지만 그곳에서는 다소 자신없는 목소리인데 비해[24] '구보'에 나타난 그의 예술관은 이제 더욱 적극적으로 우리 문화의 미적 우수성과 고유성을 평가하는 수준에까지 이르러 있는 것이다.[25] 그의 이러한 문학예술론은 이 작품의 제13장에 배치됨으로써 관념의 성찬으로 이루어지는 이 작품의 절정을 이루는 대목이 된다. 서구의 근대에 뒤지고 그로 인한 열패감을 면치 못하던 제1장의 구보가 자신의 주체적 예술관을 최종적으로 정리함으로써 이 연작의 절정을 스스로 마련하고 있는 모양새인 것이다. 이 연작 소설의 제1장에서 제13장 사이에 다양하고 복잡하게 나열된 여러 관념들은 실상 이 한 점으로 모이는 것이라 해도 과언이 아니겠기 때문이다. 이러한 절정을 마련한 뒤 마침내 구보의 관념은 불교에 관한 친화적 태도로써 대미를 이룬다.

4) 구보 혹은 최인훈과 불교

구보는 불교에 대한 그의 애정을 이 연작의 제3장과 마지막인 제15장에서 분명히 드러낸다. 제3장 「이 강산 흘러가는 피난민들아」에서는 절에 대한 다음과 같은 사념으로 불교에 대한 친화성을 표한다.

---

24 이 책의 「최인훈의 '크리스마스캐럴' 연구」참조. '크리스마스캐럴5'를 발표한 1965년에만 해도 작가는 '철이'의 입을 빌어 서울의 낡고 구차한 구석구석까지도 사랑하는 "나의 이같은 풍류가 아직도 완전한 자유의 유희—즉 멋이 아니고 타율적이고 고통에 묶여 있다"고 고백한다.

25 '구보'에 이르러 작가는 우리 것에 대한 온전한 일체감과 애정을 얻은 듯하다.

절이란 데를 찾은 사람들. 그림도 그려주고 불경도 베껴보면서 객채에서 엎치락뒤치락하는 나그네들의 모습이 떠오른다. 그런 범절. 노예. 감옥에 있는 노예. 있던 노예. 반정(反正). 정난공신 사이의 권력 투쟁. 비주류파의 몰락, 멸족. 혹은 권력에서 밀어내는 것으로 그치고 목숨은 살려주는 경우. 절. 구름의 소식과 물소리만으로 보내는 절. (……) 그러한 삶의 범절. 운명의 애달픔과 삶의 두려움을 슬퍼하는 것만을 업으로 삼는 분업의 형식. (72면)

이러한 사념은 구보가 벗과 만나서도 날카로운 논리를 다투는가 하면 출판사의 편집장과는 진정성이 빠진 대화를 하고나서 마음이 어지러울 때 친구인 법신 스님이 있는 심등사에서 떠올린 것들이다. 절 이름이 심등사(心燈寺)인 것에서 알 수 있는 것처럼 불교가 삶의 애환과 고뇌를 씻어주고 정화시켜 주는 역할을 하는 것에 대한 애정을 확인할 수 있다. 여기서는 그의 마음을 정화시켜주는 사찰에 대한 애정 정도를 표하는 정도이지만 이 연작의 마지막 장인 「난세를 사는 마음 석가씨를 꿈에 보네」에서는 불교의 본질에 대해 깊이 공감하고 지지하는 태도를 표명한다.

참자기란 무엇인가, 하는 질문을 세우고 자기란 것은 없다고 깨달은 생각의 높이와 굳세기는 이 누리의 끝에서 끝까지의 지름보다 더 강하고 크다. 지금부터 이천 수백 년 전에 이 엄청난 생각의 우주여행을 마친 사람, 피골이 맞붙는 고통을 치르며 그 여행에서 가져온 보물을 혼자 누릴 수 없어 모든 벗들에게 나눠 준 사람. (……) 그것이 얼마나 힘든 일인가를 지금 우리는 그대로 느끼지 못한다. (322~323면)

불교의 본질인 공(空)이 존재의 본질을 밝혀주는 진리임을 언급하면서 이로써 삶에 대한 진정한 사랑을 베풀게 된 석가를 그는 찬탄하고 있는 것이다. 실상, 연기설에 기반한 인연의 정신으로 타자에게 사랑을 베푸는 불교를 우리민족의 전통 가운데서 가장 확실하고 저력있는 것으로 논변하는 것은 그의 『회색인』에서 이미 살펴볼 수 있다.[26] 그리고 『서유기』에서 불교에 대한 지지는 한층 강화된 내용으로 나타난다. 불교는 공과 색의 상보적 운동 속에서 무한한 자기부정을 실천함으로써 속세의 정의를 지양하고 우주적 해탈을 지향하는 종교로 정의되는 것이다.[27] 그러므로 '구보'가 지금은 사라진 절터를 찾아 석가의 정신을 되새겨 보는 것으로 마무리되는 구조를 가진 것은 최인훈이 비록 관념의 자유연쇄라 할 만한 방법으로 자신의 주제를 풀어 나가지만 그 관념을 상당히 의도적으로 배치하고 있음을 다시 엿보게 해 주는 증거이다.[28]

최인훈은 한 논자가 지적하는 것처럼 자아완성에 많은 관심을 기울인 작가이다.[29] 앞에서 이미 언급한 것처럼 구보는 어질머리 나는 세상의 원인을 규명하기를 열망하는가 하면 인간 세상의 바른 이치를 찾아 제대로 된 이야기 한 편을 쓰기를 욕망하는 존재이다. 작가의 이러한 소망이 "존재론적 안전과 지속적인 자아정체감을 보장해 주는 사회적 환경의 안정성과 지속성이 위협받을 때"[30] 자신을 보호하기 위한의 방어기제로 작용

26 『회색인』, 민음사, 2002, 177~176면에서 황선생의 논변으로 나타난다.
27 이에 대한 논의는 이 책의, 「한국적 문화형의 탐색과 구원 혹은 보편에 이르기 – 최인훈의 '서유기' 연구」, 83~85면 참조.
28 구보가 '좁고 반복적인 삶에서 유일한 위안을 전통적인 삶의 방식 – 무엇보다도 종교에서 구하고자 했다'는 김우창의 지적은 역시 참조의 좋은 틀이면서도 그러나 앞서 언급했듯이 구보의 우리 문화에 대한 주체적 자각과 애정을 고려한다면 좀 더 정밀하게 수정될 필요가 있다. 구보의 우리 문화에 대한 애정이나 불교에 대한 자부심은 서구에 대비되는 우리 문화의 주체성과 정체성을 인식한 결과물로써 이들은 선후의 서열이 매겨지는 가치가 아니라 상호보완적이면서 반영적인 관계에 있는 것들이기 때문이다.
29 김영찬, 「최인훈 소설의 기원과 존재방식」, 301면.
30 앤소니 기든스 저 이윤희·이현희 역, 『포스트모더니티』(민영사, 1991), 132면. 김영찬, 위의 글, 같은 곳에서 재인.

하는 수동적인 그것으로 읽을 수도 있겠지만 책으로 망명하여 마치 골방에 칩거한 학자와 흡사한 도정을 걸어온 최인훈에게는 그 자신의 존재를 던진 적극적 욕망일 수도 있는 것이다. 이 자아 완성의 한 중요한 매개로써 최인훈은 불교를 내세우고 있는 데, 이 불교는 참자기란 무엇인가를 구하는 수행의 방편일 뿐만 아니라, 인연설에 기반한 사랑의 정신으로 사해동포를 구할 수 있는 우리의 문화전통이라는 것이 최인훈의 불교인식이다. 그리고 불교의 이러한 중요성은 마침내 그의 「옛날 옛적에 훠어이 훠이」 같은 희곡작품의 주제를 결정하는 중요한 한 축이 된다. 아기장수 가족의 죽음을 스스로의 희생으로 많은 중생을 구하고자 한 불교정신의 실천으로 귀결시키는 구성에서 우리는 그러한 의도를 충분히 확인한다.[31] 더구나 이것이 「옛날 옛적에…」의 〈작가의 말〉에 표명된 것처럼 예수의 생애와 기독교의 구원 사상에 대비되는 하나의 사상이라 강조하는 데서 우리는 최인훈이 서구에 대비되는 우리만의 문화 혹은 고유한 전통에 얼마나 많은 관심과 천착을 보인지를 짐작할 수 있는 섯이나. 그리고 이로써 까치 소리로부터 자신의 토속성을 자의식하는 것으로 시작한 구보의 다기한 관념적 여정의 끝은 결국 우리 문화와 예술의 주체성, 또는 예술가의 근대적 주체성을 확립하는 데서 끝나는 것임을 알 수 있게 된다.

4. 문학사가 최인훈

미처 언급하지 못했지만 '구보'에는 이 외에도 그가 그의 패러디 소설들에서 이미 제기한 바 있던 여러 담론들이 등장한다. 가령 그가 『서유

---

31 이 점에 대해서는 이 책의, 「최인훈의 옛날 옛적에 훠어이휘이 연구」, 166~167면 참조.

기」에서 강조하고[32] 「옛날 옛적에…」의 중요한 주제의식의 한 축으로 제시하고 있는 가족에 대한 관심―유교에 대한 애정은 하숙집 주인인 옥순네 집에 대한 따뜻한 시선에서 확인된다. 특히 구보가 옥순네 집의 안방에서 김장 한 뒤 나온 배추쌈을 먹다가 '어떤 운명적인 민족적 가락'(「가노라면 있겠지」, 195면)을 발견하고 목이 메는 반응을 보이는 것은 우리의 몸에 배인 가족주의적인 어떤 정서에 감응했기 때문일 것이다. 그리고 헐리우드가 만든 영화 〈솔저블루〉를 보고나서 미국인들의 인디언 편들기에서 오리엔털리즘을 읽어내는 것도 『서유기』나 『크리스마스캐럴』에서 이미 제시된 '문화상대주의적 시각'의[33] 다른 반영이다.

이런 점들을 참조하면 『소설가 구보씨의 일일』은 최인훈이 "우리 문학의 연속성의 단절에 항의하고 민족의 역사성을 지킨다는 문맥에서 실천"[34] 하기 위해 1960년대에 내놓은 패러디물들이 제기한 담론들의 집적물이자 결정판이라 할 수 있다. 다시 말해 최인훈은 '구보'에서 자기에게 화두가 되어 있는 사유들을 다시 한 번 성찰하고 그것을 다시 한 번 날카롭게 벼림으로써 1970년대의 본격적 희곡창작으로 도약하는 디딤틀로서의 '소화두'를 쓴 셈인 것이다. 이 글의 머리말에서 '구보'가 1960년대의 창작활동을 중간 점검하면서 1970년대로 나아가는 매개역을 한 작품이라

---

32 「한국적 문화형의 탐색과 구원 혹은 보편에 이르기」, 84~85면 참조.

33 가령 『서유기』에서 문화형이란 개념을 제시하는 것이나 『크리스마스캐럴』에서 서구의 기계문명을 비판하면서도 그들의 문화는 용인하는 태도 등이 그러하다. 「최인훈의 '크리스마스캐럴' 연구」, 106면 참조. 최인훈의 이러한 문화상대주의적 인식은 "외국문화는 어떤 것이든지 받아들여도 좋다. 다만 원물형을 받아들일 것이 아니라 그것을 요소로 분해하고 구조식을 알아내서(…)완제품을 국내생산해야 한다"는 그의 비평에서도 확인된다. 「원시인이 되기 위한 문명한 의식」, 『꿈의 거울』(우신사, 1990), 245쪽 참조.

34 『화두 II』, 민음사, 1994, 51면.

언급한 것은 이런 맥락에 서 있다. 우리는 여기서 박태원의 '구보'와 최인훈의 '구보'가 가진 선명한 차이를 다시 확인할 수도 있다. 즉 박의 구보는 1930년대의 의사(擬似) 자본주의에 놀라 반항의 포즈를 잡은 것이라면 최의 구보는 문학의 자율성과 독립성으로써 그가 처한 정치·사회적 문제점을 극복하려 한 사유인의 기획안이라 할 성격을 지닌다.

'구보'가 가진 의의를 이렇게 정리하고 난 우리는 그러나 하나의 의문을 제기하지 않을 수 없다. 그것은 '구보'가 제작되던 시대가 박정희의 개발독재가 본격적으로 심화되던 시점인 데 비해서 '구보'에서 이 점에 대한 비판이나 고민은 거의 드러나지 않는다는 점이다. 가령 1971년 전반기에 있었던 4월과 5월의 국회의원과 대통령 선거[35]에 대해 언급할 때는 "지난 세월 동안 번번이, 에익 내 다시 신문 일면을 읽으면 개손자놈이다"(「홍콩 부기우기」, 110면)란 다짐을 하면서도 다시 신문을 보는 자신을 반성한다는 언급 정도로 그친다. 1971년 10월에 있었던 위수령 발표에 대해서도 친구인 대학교수(敎授)인 김견해의 입을 빌어 "학생들은 학생들대로 명분이 있고 정부는 정부대로 또 그대로 명분이 있"(「팔로군 좋아서 띵호아」, 180면)다는 양시론을 전제하곤 가르치는 이들의 난감한 입장에 대해서만 거론한다. 물론 '구보'에 당시의 시국에 대한 나름의 인식을 드러내고 싶었다는 작가의 증언도 있고,[36] 『화두』에도 박정희의 군사쿠데타와 독재의 지속에 대한 개탄을 드러내는 대목들[37]이 나오지만 그 현장에 즉

---

35 박정희의 세 번째 대통령 당선과 총선에서의 공화당의 승리를 말한다. 박정희가 유신으로 가는 최종적 관문을 마련한 선거들이었다.

36 '구보' 뿐만 아니라 『구운몽』에서 『태풍』에 이르기까지 모든 작품들에 군사정권이 고착된 이후의 문제 상황들에 대한 고심을 실었다는 작가의 증언이 있다. 최인훈/한기 대담, 「광장과 밀실 사이 또는 예술가의 초상」, 『문학정신』, 1991. 12, 23면 참조.

37 『화두 I』(민음사, 1994), 332~340면, 370~372면 등 참조.

한 '구보'의 반응은 이처럼 미약하고 암시적일 따름이다. 더구나 이 소설을 집필하던 1970년 11월의 전태일의 분신과 같은 사건에 대해서는 언급조차 없다. 이러한 지적을 하는 것은 최인훈이 당대에 참여하는 직접적 행동을 하지 않았다는 비판을 하고자 함도 아니고 모든 문인이 현실참여형의 투사가 될 수 없다는 것을 몰라서 하는 말은 아니다. 보다는 최인훈의 어떤 경향성을 언급하고픈 것이다.

최인훈은 '의심많은 마음이야말로 우리들의 시신(詩神)'이라 하고 끊임없이 우상을 부수는 것이야말로 구원이라 주장하는(「마음이여 야무져다오」, 139면) 부정의 변증론자이자 문학 예술의 자율성을 주장하는 근대적 예술가이다. 그런데 이러한 태도는 자유주의에 기반한 개인주의적 태도의 반영이라 할 수 있다. 서구 자본주의와 민주주의의 기반이 된 자유주의는 1960년대의 우리 작가들에게 깊은 영향을 미친 이념이다. 6 · 25 전쟁 이후 생존이 목전의 과제이던 1950년대가 지나자 이 땅의 젊은이들은 자신의 정체성과 권리에 대한 자각의 시기를 갖는데, 이러한 자각은 자유주의에 기반하여 개인으로부터 사회를 규정하고 사회에 맞서려는 개인주의적 의식을 싹 틔운다.[38] 이러한 개인주의를 진하게 반영한 작가들이 흔히 비교의 대상으로 잘 묶이는 최인훈, 김승옥, 이청준들이다.[39]

이처럼 개인주의적 이념을 자신의 암묵적 지반으로 한 탓인지, 『소설

---

[38] 최인훈이 광장과 밀실 사이를 오가는 궤적을 반복하면서 이러한 궤적을 자신의 하루 마냥 삼고 있다는 이태동의 지적은 개인으로부터 사회를 규정하고 사회로부터 개인을 점검하는 변증적 개인주의자의 태도를 잘 짚은 것이다. 이태동, 「문학의 인식작용과 야누스의 얼굴」, 김병익 · 김현 편, 『최인훈』(은애, 1979), 111면 참조.

[39] 김승옥의 경우, 「서울, 1964년, 겨울」에 나타나는 '김'과 '안'의 자기 존재를 과시하려는 태도들, 마침내 가난한 책 외판원 사내를 버리고 도망치는 태도 등이 그렇다. 이청준의 경우 개인을 억압하는 사회에 민감히 반응하는 '전짓불 공포'가 이를 잘 반영한다.

가 구보씨의 일일』은 요즘으로 치면 '환경오염'에 대한 경각심, 자본주의의 탐욕성 등에 대해서도 잠시 주의를 기울일 뿐[40] 자본주의제와 그에 기반한 산업화가 초래하는 부정적 요인에 대해서는 큰 관심을 할애하지 않는다. 물론 1970년대 당시 산업화는 성숙했다기 보다는 진행형인 탓이어서 큰 비판의 대상이 안 되었을 수도 있지만 이는 에세이적 서술 방식을 즐겨 구사하는 작가의 진보적 · 파격적인 성격 이면에 문화 보수적인 자세도 숨어 있을 수 있다는 지적을 상기하게 한다.[41] 다시 말해 최인훈에게 최대의 관심사는 자신의 실존적 경험과 맞물린 분단이 가장 큰 과제였고 오히려 여타의 사회 경제적 문제에 있어서는 보수적일 수도 있었다는 추론을 가능케 하는 것이다. 어쨌거나 그의 이러한 자유주의적이자 개인주의적 태도는 작가적 열린 사고의 바탕이 되면서 그의 학구적 자세와 맞물려 더욱 보수적으로 되는 듯싶다. 대개의 작가들이 경험 현실에 바탕한 창작을 하노라 일부러 생활 현장에 뛰어드는 경우가 많은 반면 최인훈은 책에서 창작의 모티브 및 재료까지를 얻은 드문 작가이다. 이는 그가 책으로 망명하여 책에서 모든 진실과 위안을 찾으려 한 그의 이력에서도 발견되지만 패러디 선 분비의 이상이라 할 정도로 패러디에 몰두한 데서도 확인된다. 패러디란 작가가 자신의 직접 경험한 현실을 원재료로 하지 않고 자기가 읽은 책을 원료로 한 이차 가공이기 때문이다. 물론 이것이 작가의

---

40 제1장에서 늘어난 차와 이로 인한 대기 오염을 걱정하는 장면, 제13장에서 기름기 넘치는 사람 · 건물 등을 야유한 것 정도가 그런 경우이다. 그보다는 제8장의 서두에서 보는 것처럼 구보는 서울 중심에 있지만 귀뚜라미 소리에 잠이 깰 정도로 전원적 주거 환경을 가진 집에서 하숙을 하고 있다. 아직 산업화와 자본주의적 폐해를 절감치 못하는 환경 속에 사는 것이다.
41 최인자, 앞의 글, 156면 참조. '혁명'보다는 '사랑과 시간'에 손을 들어주는 『회색인』의 주제를 기억하라.

창의성 부족이라는 것과는 상관없이 사유와 관념의 왕성한 활동의 결과라는 것은 분명한 점이다. 그의 이러한 경향성이 있었기에 사실 우리는 창작가인 동시에 우리 문학의 근대성 획득이라는 명제에 남보다 앞서 몰입한 문학사가를 얻을 수 있었던 셈이다. 이런 점에서 그가 결국 대학에 자리잡아 후진 양성에 몰입하게 된 것도 우연으로 보이지 않는다. 요컨대 최인훈은 행동하기보다 창에 자리 잡고 현실을 치밀하게 분석하는 것이 더 적합한 사유인이자 학구였음이 '구보'로도 증명되는 셈인 것이다.[42]

5. 맺는 말

이 글은 박태원의 동명 소설을 패러디 한 최인훈의 『소설가 구보씨의 일일』의 의도가 무엇인지를 밝히며, 또한 관념에 의해 추동되는 이 연작소설의 구성의식은 어떠한 것인가를 규명하려는 의도로부터 시작된 글이다. 그 결과 우리는 최인훈이 자신이 처한 시대적이며 실존적 조건인 분단 상황 하에서 개인과 사회를 부단히 점검하고 고뇌한 작가이되 문학예술의 자율성과 독립성으로 이 문제에 맞서 보려한 작가임을 알 수 있었다. 우리 문학에 근대성을 주입하려 한 최인훈의 이 같은 태도는 우리 문화와 예술에 대한 남다른 애정과 자각의 표명으로 나타나며 이러한 자각의 산물이 불교에 대한 남다른 친연성으로 이어지는 것을 확인할 수 있었다. 이로써 단조로운 일상 속에서 산만한 관념에 부심하는 듯한 구보의 나날이 사실은 우리 문학과 문화의 근대성 획득에 전심한 주변부 지식인

---

42 이와 더불어 '혁명' 보다는 '사랑과 시간' 을 선택한 『서유기』의 독고준, '알맞게 행동하고 바르게 살기'(304면)를 다짐하는 구보의 중용적 사고를 떠올리지 않을 수 없다.

의 의도적 기획의 산물인 것을 알았으며 15장에 걸친 연작 형식도 이러한 사유의 구심력 하에 긴밀히 구성되고 있음을 확인하였다.

1960년대의 왕성했던 그의 소설 창작을 결산하고 1970년대 희곡창작으로 나가기까지의 중간 결산의 의미를 지닌 이 작품에서 우리는 최인훈이 우리 문학의 주체성 회복과 근대성 획득에 앞선 문학사가적 안목을 가졌던 작가임과 동시에 개인주의적 보수성을 가진 작가임도 파악해 보았다. 박태원의 원작과는 또 다른 국면의 성취를 이룬 이 작품이 아쉬운 것은 구보의 치열한 사유와 관념이 1960년대에 작가가 드러낸 그것을 뛰어넘는 경지를 보여주지는 못하지 않은가 하는 점이다. 그러나 이것도 작가의 전모를 파악할 수 있게 된 오늘의 시비이고 우리 문화에 대한 작가의 확신이 더해지는 발전적 변모 등을 생각하면 연구자의 실없는 불만에 속하는 성싶다.

여정의 귀착지

— 「옛날 옛적에 훠어이 훠이」

1. 머리말

아마 우리 문학사에서 최인훈처럼 문학사가(혹은 연구자)인 동시에 창
조적 예술가역을 성공적으로 수행해 낸 사람은 우리 문학사에서 — 고전,
현대 문학사를 통털어 — 극히 드물지 않을까 하는 것이 이 글을 시작하는
필자의 판단이다.[1]

이것은 단지, 최인훈이 상재한 열 두 권의 전집 중 『유토피아의 꿈』,
『문학과 이데올로기』 같은 적지 않은 분량의 비평집이 있어서 하는 이야

---

1 우리 고전문학사에 대하여는 정밀한 연찬을 하지 못한 필자로서 감히 논급하기가 저어되
지만 고전문학의 경우 조선시대까지의 문학만 하더라도 재도지문(載道之文)이라는 관념의
성세(盛勢) 속에 문(혹은 문학)은 '도(道)'를 펴기 위한 한 수단이나 방편으로 여겨졌음이 실
상인 것 같고, 근대문학 이후로 우리 문학은 정치·경제적 영역으로부터 문학의 자율성은
획득했으되 이론과 창작은 별개의 영역으로 여겨 그것을 겸한 사람은 드물었다. 아니 근대
문학사의 경우 이론과 창작을 같이한 사람은 많았으되 문학사를 염두에 두고 근대문학의
전범을 이룩하기 위해 이론과 창작을 겸한 사람이 없었다는 것이 정확한 표현이 되겠다.

기는 아니다. 이러한 판단은 그의 문학적 역정이 한국문학의 근대성 획득이라는 목표를 겨냥하여 끊임없이 탐구하고 모색하는 가운데 마침내 한국적인 것으로서 세계적 보편성에 이른 창작적 성취를 이루어 낸 업적을 그 근거로 한다.

그가 우리 문학의 근대성을 이룩하기 위하여 우리만의 것, 우리 문화에 고유한 것, 즉 '한국적 문화형'을 찾기 위하여 문학사가적 연구에 가까운 탐색의 노력을 쏟은 근거가 되는 것은 그의 패러디 계열의 소설들이다. 1960년대에 그가 집중적으로 발표한 『구운몽』, 「열하일기」, 「금오신화」, 「놀부뎐」, 「춘향뎐」, 「옹고집뎐」, 『서유기』, 『크리스마스 캐럴』, 『소설가 구보씨의 일일』 등이 그것인데, 필자는 이러한 패러디 소설들이 그가 『서유기』에서 집중적으로 천착한 '한국적 문화형'과 '문화 예술의 본질'이라는 과제의 해결에 이르기까지의 곤고하면서도 줄기찬 노정임을 규명한 바 있다. 최인훈이 제작한 일련의 패러디 소설들이 한국적 문화형 찾기를 위한 각고의 노력이있으며 한국문학의 근대성을 성취하기 위한 탐색의 여정이었음을 규명한 필자의 결론은 그의 자전적 소설 『화두』에서 이런 소설들이 "민족의 연속성을 지킨다는 역사의식을 문학사의 문맥에서 실천하고자 한 것"[2]이라는 작가의 육성으로 실증을 얻었다.

최인훈이 목표한 근대문학은 동양 혹은 한국의 전통사상인 유교와 불교라는 한국적 문화형을 예술적 자율성이라는 근대문학의 기율 아래 완성하는 것이었다. 최인훈은 그의 패러디 소설들에서 이러한 결론을 얻기

---

2 최인훈, 『화두 II』 (민음사, 1994), 51면. 이에 더 해 작가가 "나에게 패러디 의식이란 한마디로 문학사적, 정신사적 역사 의식형태"라고 그야말로 육성으로 증언한 자료도 보탤 수 있다. 최인훈/한기 대담, 「광장과 밀실 사이 또는 예술가의 초상」, 『문학정신』, 1991. 12, 25면 참조.

까지의 치열한 탐색을 끝내고 그것의 실천적 적용으로서 희곡 창작에 들어가게 된다. 다시 말해 그의 문학사가적 탐색의 예술적이며 최종적인 귀착지는 희곡이었던 것이다. 그의 소설이나 희곡들은 대단히 난해하며 실험적인 것으로 정평이 나 있는데, 최인훈의 문학적 역정이 이러한 점에 초점이 맞추어져 있음을 알게 되면 그의 소설들의 난해성이 의외로 매우 명료하게 풀리게 되고 또 실상 그의 텍스트들이 나름의 사실주의적 기율에 매우 충실한 것임을 알게 된다.

최인훈의 희곡도 이러한 문맥에서 읽을 때 그의 창작 의도 및 문학적 성취를 요연하게 읽어낼 수 있다. 이 글은 최인훈의 희곡 중에서도 대표적 희곡이라 할만한 「옛날 옛적에 훠어이 훠이」를 텍스트로 하여 최인훈 문학의 최종적 귀착지의 성격이 어떤 것인가를 밝히고 그것의 문학사적 성취 및 의의를 규명하기 위해 쓰여진다.[3] 「옛날 옛적에…」의 극예술적 측면의 성취를 거론하지 않을 것은 아니지만 이 글의 의도가 최인훈의 문학사가적 탐색이 이른 최종적 결과물로서의 희곡 텍스트라는 점을 밝히는 데 있기 때문에 극예술적 요인의 탐색보다는 그가 스스로 규명한 한국적 문화형을 이 작품에서 어떻게 실천적으로, 효과적으로 구현했는가를 분석하는 데 이 글의 중점적 의도가 있음을 미리 밝힌다.

---

3 최인훈 희곡을 분석한 글로는 다음 논문들을 참조할 수 있다.
　권오만, 「최인훈 희곡의 특질」, 『국제어문』 제1집, 1979.
　이상일, 「극시인의 탄생」, 『최인훈 전집 10』의 해설(문학과 지성사, 1979).
　김영희, 「최인훈 희곡 연구」, 『한국극작가극작품론』(삼지원, 1996).
　박선영, 「최인훈 희곡의 소재 변용 연구」, 『한국희곡작가연구』(태학사, 1997).
　김유미, 「최인훈 희곡의 신화성과 역사성 연구」, 『어문논집』, 제37집, 안암어문학회, 1998.
　김기란, 「최인훈 희곡의 극작법 연구」, 『한국극예술연구』, 제12집, 한국극예술학회, 2000.
　위의 글들은 최인훈 희곡을 주로 극예술적 관점에서 논구하고 있는 글들인데, 필자가 취한 것과 같은 관점에서 그의 희곡 작품을 규명한 글들은 아니었다.

2. 전래 설화의 희곡화에 이르기까지

앞서 최인훈의 희곡이 그의 문학적 여정의 최종 귀착지라 했지만 왜 그가 이러한 결과에 이르게 되었는지, 또 하필 우리의 전래 설화를 희곡화하게 되었는지에 대해서는 지금까지 명료하게 정리한 논자들이 없다. 이 문제를 석명하고 나면 최인훈의 희곡을 이해하는 데 훨씬 넓고 훤한 이해의 지평이 열릴 것이라 생각된다. 여기에는 최인훈의 문학사가적 탐구정신, 예술가적 장인 정신, 그의 개인적 체험 등 여러 측면의 요인이 작용하고 있다.

1) 문학사가적 작용 요인

최인훈이 희곡 창작으로 그의 문학적 종착지를 삼은 요인 가운데서 가장 먼저 들 수 있는 것은 그의 문학사가적 면모인데 이것은 한국문학사에 근대성을 획득한 창작품을 남기고자 한 그의 의욕으로부터 비롯한다. 그가 한국문학 혹은 한국의 근대성을 문제 삼은 흔적들를 찾고자 할 때 그의 창작과 평론에 무수히 개진되는 비평적 담론들이 모두 그 근거가 되지만 그 중에서도 몇 가지 자료를 뽑아 보자.

> i) 개항 이래 우리 사회는 충격적인 (DNA)ʹ (생물적 유전 자질인 DNA에 대비되는 문명적 인자 ; 필자 주)의 변화를 겪어 오고 있다. 근자 2~3백 년 전부터 유럽에서 일어난 가속적인 (DNA)ʹ 가 유럽 밖으로 퍼져 나온 역사의 한 부분에 우리도 휘말려 오면서 살고 있다. 그리고 이러한 변화는 주권국 사이의 문화 교류같은 팔자 좋은 상태로 이루어진 것이 아니라 정치적 독립을 빼앗기면서 이루어졌다는 데서 혼란과 괴로움은 곱배기가 되었다.[4]

---

4 「문학과 이데올로기」, 『꿈의 거울』(우신사, 1990), 79면.

ii) 우리가 오늘날 처한 운명을 따지게 되면 자꾸 역사를 거슬러 올라 가게 된다. 우선 개화기쯤에서 멈추어 보자. 이러저러한 까닭으로 우리는 자주 개화에 실패했다. 까닭은 얼마든지 있고 앞으로도 얼마든지 밝혀지겠지만 (······) 여전히 부끄럽다. 부끄럽다는 것은 창조적 응전을 하지 못한 것을 인식했다는 정서적 표현이다.[5]

iii) 지금 제가 소설을 해 온 이유라는 게 바로 한국적인 심성의 근원이란 무엇인가 하는 거였어요. 문명사적인 탐구의 소설, 소설이란 형태를 지닌 한국 정신사의 탐색, 이런 건데······.[6]

인용문 i) ii)에서 우리는 주체적 근대화를 이루지 못한 우리 역사를 깊이 자의식하는 작가의 내면을 읽을 수 있다. 이러한 자의식에 근거하여 근대성의 한 요건인 합리성을 결한 채 허우적거리는 한국의 현실을 풍자 비판한 것이 「열하일기」와 같은 패러디 소설이다. 근대라는 것이 민족국가의 성립이라는 것과 궤적을 같이 한다고 할 때 "분단된 상태에서 근대화가 가능한가"[7]라는 의문을 던지면서도 "분단이 현실인 이상 그래도 근대화는 진행되어야 한다"[8]는 답을 스스로 내놓는 것도 그의 근대에 대한 열망을 보여주는 자료인데, 「금오신화」는 분단 상황에서 자기 의사와 상관없는 북쪽의 간첩이 되어 비극적 죽음을 맞는 한 인물을 그린 것이긴 하지만 이런 맥락에서 역시 그의 근대성의 성취에 대한 열망을 읽을 수 있는 작품이다.

그러나 그에게 가장 중요했던 화두는 iii)과 같은 문제의식, 즉 한국적

---

5 「역사와 상상력」, 『유토피아의 꿈』(문학과 지성사, 2000 : 재판 2쇄), 139면.
6 「하늘의 뜻과 인간의 뜻」, 『꿈의 거울』, 182면.
7 「역사와 상상력」, 『유토피아의 꿈』, 140면.
8 같은 글, 141면.

인 심성의 근원을 문명사적 · 정신사적 측면에서 탐구하고 그것을 예술적으로 형상화하는 것이었다. 요컨대 '한국적 문화형'이 무엇인가를 밝혀내어 세계의 다른 문화 유형과 비교하여 "무엇이 공통이고 무엇이 특수한가를 밝혀내"[9]는 것이 그의 최대의 관심사였던 것이다.

『회색인』에서 회색의 의자에 앉은 독고준이 그토록 고민한 것이 바로 그러한 과제였고 그에 대한 답이 상당히 구체적인 담론의 성격을 띠면서 유교와 불교에 강조의 방점을 친 것이 『서유기』이다.

2) 예술가적 장인 정신

최인훈이 근대성의 획득에 그토록 간곡한 열망을 가졌으며 그것을 문학예술로서 탐구하고 구현하려는 작가였음을 우리는 확인했지만 그런데 이것이 소설로도 불가능한 일은 아닌데 굳이 희곡으로 그의 최종적 기항지를 정한 이유는 무엇인가? 이에 대해서도 그는 "이론적 파악을 주기적으로 하지 않으면 늘 견딜 수 없이 불안한"[10] 그의 학구적 자세에 어울리게 스스로 그에 대한 답을 곳곳에서 제시한다.

> 우리는 문명세계의 일상생활의 차원에서 이루어져야 할 일들이 웬만한 수준에서도 이루어지지 못하고 있다. 그래서 예술가들 자신도 시민으로서의 양식을 자기 예술 안에서 매번 증명해야 할 객관적 이유와 주관적 강박을 느끼게 된다. 그러나 이유야 이렇듯 근거가 있을망정 이런 전(前)예술적 군더더기가 예술의 핵심적이며 고유한 노력에 들여야 할 정력을 낭비하게 한다는 건 확실한 일이다. 필자가 보기에 소설이라는 양식에 이러한 낭비가 가장 많고 같은 문학 속에서도 희곡 속에서는 이 낭비를 줄일 수 있다. 그 까닭은 희곡의 형식

---

9 「세계인」, 『유토피아의 꿈』, 80면.
10 「원시인이 되기 위한 문명한 의식」, 『꿈의 거울』, 246면.

적 엄격성과, 공연이라는 형태의 테스트를 견뎌야 한다는 객관성 때문이다.[11]

인용문에서 전예술적 군더더기 혹은 정력 낭비란 무엇인가를 우선 이해할 필요가 있다. 이는 작가가 같은 글에서 지적하는 바, 문학이 사실에 대한 실증적 고증을 무한히 하려는 노력, 즉 사실주의의 기율이라 말할 수 있는 성질의 것이다. 이는 같은 곳에서, 문학에서 다루어지는 소재에 대한 작가의 의식적 통제는 사실로서의 책임이 물어져서는 안 되며, 작가가 일상생활에서의 수준에서 소설 내용에 책임을 지려고 하는 위험을 범해서는 안 된다는 작가의 언급에서 거듭 확인된다.[12] 이것은 우리가 흔히 최인훈의 특징으로 거론되는 비사실주의적, 실험적 성격을 떠올릴 때 다소 의아스러운 대목이다. 사실주의적 노력에 드는 낭비적 요인 때문에 희곡을 택했다? 최인훈의 해명을 좀 더 들어보자.

> i) 아무래도 소설은 역사소설임에도 불구하고 민화 스타일이나 전설 스타일로 쓸 수도 없고 만약 연재라도 한다면 자기도 알지 못하는 디테일을 집어넣어야 소설이 된단 말이에요. 온달 시대의 디테일이나 단군이 뭘 먹었는지 걸음걸이가 어땠는지 그걸 어떻게 알아요.[13]

> ii) 그리스에서 연극이 가능했던 것은 배우들이 무대 위에서 자기들의 세계관을 일일이 해설하지 않아도 될 만큼 문화의식이나 정치의식이나 생활이 모두 약속된 것으로 되어 있었기 때문이라 하지 않아요? 산문적인 설명은 이미 다 되어 있고, 무대 위에서는 그런 공통의 약속 위에서 관객과 배우 사이에 호출부호만 서로 주고받으면 그것이 그대로 메시지가 되어서 이쪽에서 풀어서 알아들을 수 있게 되어 있다는 것이지요.[14]

---

11 「소설과 희곡」, 『꿈의 거울』, 144면.
12 같은 글, 139면.
13 「연극평론가 한상철씨와 나눈 말―하늘의 뜻과 인간의 뜻」, 같은 책, 181면.
14 「변동하는 시대의 예술가의 탐구―김현과의 대담」, 같은 책, 227면.

여기서 우리는 우리가 이해하는 사실주의가 최인훈의 사실주의와 차이가 있다는 점을 이해해야 한다. 그의 사실주의는 반영, 재현을 위주로 하는 현실의 모방이라는 전통적 의미에서의 사실주의이기도 한 것이 i)에서 그가 주장하는 사실주의이다. 그러면서 그는 동시에 산문적 담론이 무수히 출몰하는 그의 『회색인』, 『서유기』와 같은 작품도 사실주의에 속하는 것으로 보는 견해가 ii)에서 드러난다. 다시 말해 그는 주제의식을 위해 문화적 정치적 의식의 모든 부면뿐만 아니라 그의 앞선 세계관의 모든 근거까지 입증해 주어야 하는 것이 사실주의라 보고 이것이 부담스러웠다는 것이다. 실상, 고향을 상실한 유랑민 의식에 누구보다 민감하여 자신과 민족의 정체성을 동일시하고 그것을 찾는 데 바친 역정이 그의 소설이었다는 것을 생각하면 그의 소설은 어떤 의미에서는 진정한 사실주의라 해야 할 성격의 것이다. 동시대인들의 이해가 미치지 못한 사실주의였을 망정 한때 그의 소설의 특성을 운위할 때 종종 거론되던 비사실주의 혹은 반사실주의는 아니란 이야기다.

그러므로 우리는 이렇게 이해해야겠다. 최인훈이 희곡에서 소설로 넘어간 것은 소설이란 것이 감당할 수 있는 무정형의 형식, 온갖 담론적 요설까지도 허용하는 소설의 방임적 성격을 피해, 형식적 엄격성과 무대 공연을 전제한 정합성 때문에 그러한 요설과 담론이 걸러질 수밖에 없는 희곡을 선택한 것이라고. 다시 말해 그에게 희곡은 전하고자 하는 작가의 메시지가 엄격한 형식미에 의해 예술적으로 구현될 수 있는 최적의 장르였으며 그런 의미에서 '문학적인 역정의 필연적인 단계' 로[15] 올 수밖에

---

15 「하늘의 뜻과 인간의 뜻」, 『꿈의 거울』, 183면. 소설과 희곡의 형식적 차이 때문에 희곡을 택했다는 사정은 『화두 I』(민음사, 1994), 130면에서도 서술된다.

없었던 것이다.

3) 개인적 체험 요인

최인훈이 희곡으로서 예술적 완결성을 담보 받고자 문학적 여정의 최종 귀착지로 희곡 창작을 선택한 것은 위의 분석으로 어느 정도 가름이 되었지만, 「옛날 옛적에 훠어이 훠이」(이하 같은 작품을 지칭할 때는 「옛날」로 약함)같은 작품을 창작하게 된 경위는 우리에게 놓칠 수 없는 또 하나의 참고사항이다.

「옛날」은 잘 알려져 있다시피 최인훈이 아이오와 대학의 국제문인 초청 프로그램에 의해 미국으로 건너 간 이후 약 3년간 머물 때 제작된 작품이다. 아이오와 대학의 문인초청프로그램은 6개월 밖에 안 되는 것이었는데, 그가 2년 반이나 더 머물게 된 것은 가족과 관계된 사정이 많다. 미국에 이민 가 있던 그의 모친이 돌아가신 일, 그의 부친이 한국의 불안한 정치 상황 등을 생각하여 그를 만류한 것, 특히 장남인 그가 같이 있어 주기를 원한 일 등이 그의 길어진 미국 체재의 이유가 되었음이 『화두』에 언급되어 있다.[16] 그러나 이때 그는 편안한 마음으로 미국에 머물 수만은 없었던 모양이다. 『작가세계』에서 기획한 최인훈 특집에서 이창동과 나

---

16 『화두 I』(민음사, 1994), 321~322면에 이런 사정이 잘 나타나 있다. 그런데 『화두』는 자전적이지만 어쨌든 형식으로는 '소설'이란 점을 들어 작가 연보의 보조자료로 활용할 수 있는가라는 물음을 던질 수도 있다고 본다. 그러나 작품의 내용은 그의 실제 연보와 대부분 일치하고 가족사항 정도 - 가령 그는 실제 4남2녀의 장남이었지만(김종회, 「문학적 연대기」, 『작가세계』, 1990, 20면), 『화두』에는 삼형제의 장남으로 나오는데 이 정도의 변형 정도를 볼 수 있다. 나머지 다른 주변 인물이 등장할 때는 대개 익명을 쓰고 있곤 해서 오히려 이 점이 이 작품의 실제적 증거성을 높이는 것으로 생각된다. 그러므로 시간적으로도 일치하는 「옛날」을 창작하던 당시의 전후 사정 같은 것은 의심할 바 없이 전기적 보조자료로 써도 무방할 것이라 생각한다.

눈 대담에 그런 사정이 잘 드러난다.

> 이 — 그런데 선생님께서는 73년에서 76년까지 미국 아이오와 대학의 IWP에 초청되어서 3년간 미국생활을 하셨는데. 혹시 그 미국에서의 생활이 토박이 말로 전면 개작하시게 된 것과(『광장』의 개작을 말함 ; 필자 주) 관련이 있습니까?
>
> 최 — 관련이 있다고 생각합니다.
>
> 이 — 이를테면, 미국같은 땅에 몇 년간 사시다 보면, 모국어가 독어, 불어도 아니고 아주 변방의 소수민족이 쓰는 방언과 같은 느낌이 강할 텐데, 그래서 더욱 모국어의 감각적인 것에 집착을 하시고 아까 말씀하신 대로 방어기제 같은 것으로도 작용하셨을 것 같은데요.
>
> 최 — 그렇죠. 그러나 내 것인 한국어를 갖다 내던질 순 없는 거니까. 기본적으로 한국어이면서도 남한테 통하는 말이 되어야 하지 않겠느냐고 생각한 겁니다. 이를테면 번역을 하더라도 가치를 잃지 않고 상대방에게 전달될 수 있도록 전통적인 것, 또는 한국적인 것으로서 어떤 정수 같은 것을 추구함으로써 최소한 나도 어떤 동일성의 핵은 가지고 있다는 것을 지키고 싶었던 거예요. 내가 그렇게 한 것은 모두 미국에 있을 때 한 겁니다. 또 「옛날 옛적에 훠어이 훠이」란 희곡도 미국에 있을 때 쓴 건데, 그것도 그 일환이었어요.
>
> 이 — 「옛날…」은 그게 우리 토속적인 내용인데도 세계 어느 곳에서나 있는 설화의 원형을 담고 있고, 또 특별히 그 속에는 등장인물이 말을 더듬지요. 그것도 미국생활 중의 언어경험의 영향이 있는 겁니까? 말의 어떤 무력함, 의사소통의 거북스러움 등…….
>
> 최 — 그런 것이 안에서 나를 움직였을 겁니다.[17]

최인훈의 생각을 명료히 드러내려다 보니 인용이 길어졌지만, 그가 미국생활에서 느낀 불편함, 소외감 등이 특히 '말' 과 관련하여 심했음을 잘 알 수 있다. 영어가 자국어가 아닌 데서 오는 무력함, 의사소통의 거북함

---

17 「최인훈의 최근의 생각들」, 『작가세계』, 1990, 봄, 57면.

등이 그로 하여금 특히 모국어에 대한 집착을 유발케 했고 한국적인 것으로서 세계에 내놓을 수 있는 어떤 것, 한국인으로서의 자기동일성의 핵을 드러낼 수 있는 것으로서 아기장수 설화를 원형으로 한 희곡 창작을 하게 된 연유가 여기에 명백히 드러난다.

그가 미국에서 느낀 소외감, 무력함은 여기에서는 이렇게 정리되어 표현되고 있지만 그가 느낀 이러한 감정은 생리적인 어떤 것이었기조차 한 것이 그가 『화두』에서 털어놓고 있는 사정에 잘 표백되어 있다. 미국에 이민해 있던 가족들의 배려와 염려, 특히 부친의 장남에 대한 심려로 하여 미국 체류가 길어지고 있던 차에 콜로라도의 덴버 시에 여행을 갔다가 작가는 미국에서 항상 느끼던 소외감, 이질감을 더욱 심하게 느끼고 일종의 구토 증세를 경험한다. 이런 경험이 있은 이후 마침 평안도의 아기 장수 설화를 읽고 이것을 희곡화 할 창작 욕구를 강하게 느낀다. 그리고 「옛날」의 창작이 끝나자 마침내 그는 귀국을 결심하는 것으로 되어 있다.[18] 광대하고 비옥한 땅, 풍부한 물자, 세련된 문화와 문물이 널린 미국이지만 그가 느낀 소외감, 저항감은 생리적 현상- '구토감'으로 나타날 정도였던 것이다. 이럴 무렵에 「옛날」에 손대기 시작하고 그것을 계기로 마침내 귀국을 결정하게 된 사정이 『화두』에 이렇게 묘사되어 있다.

> 며칠 동안 나는 그저 「옛날」을 고치고 또 고쳤다.
> 나는 이제는 두렵지 않았다. 아니 두렵지 않은 것은 아니었다. 그러나 돌아가야 할 만큼만 두려웠다. 왜냐하면 내게는 꿈꾸는 힘이 남아있다.
> 내 결심을 말했을 때 아버님을 비롯해서 누구도 아무 말을 하지 않았다. 무엇

---

18 『화두 Ⅰ』, 449~461면 참조.

인가 끼어들 수 없는 일이 내 마음에서 일어난 경우임을 그들은 알아차렸다.[19]

언어의 조탁을 업으로 삼는, 그리고 언어로써 민족의 문화, 문학에 든든한 주춧돌을 놓기로 작정한 한 예술인의 운명적 여로가 우리에게 훤히 들어오는 장면이 아닐 수 없다.

3. 「옛날」에 구현된 한국적 문화형

「옛날」이 한국적인 것으로서 세계적 보편성을 지닌 것으로의 예술적 형상화를 목표한 작가의 열정에 기인한 것이란 점은 이제 충분히 석명된 셈이다. 그러면 작가는 우리 전래 설화의 어떤 점에서 한국적인 것을 발견하고 그것을 보편적 문학예술성을 지닌 것으로 변모시키고자 했는가?

아기장수 설화는 우리나라의 각 지역에 두루 산재해 있는 설화이다. 이 설화는 여러 가지 변이형태가 있지만 작가가 파악한 대로 비범한 아기가 태어나 자기의 꿈을 펴 보지도 못한 채 부모에게 죽임을 당한다는 줄거리가 설화의 원형이다. 원화에는 죽임을 당한 아기장수가 부모를 구한다는 대목은 없지만 자기를 죽인 부모를 원망하는 느낌이 동형의 어느 전설에나 없다는 점이 너무나 뚜렷하므로 부모와 아기장수가 함께 승천하는 장면을 만들어 넣는데 망설임이 없었다는 것이 작가의 후일담이다.[20]

실제로 「옛날」을 읽을 때 스토리 측면에서나 극의 전개 양상에서나 가장 인상적이고 독특한 대목은 이 희곡의 대단원에 해당하는 아기장수 가

---

19 같은 책, 461~462면.
20 「원시인이 되기 위한 문명한 의식」, 『꿈의 거울』, 248면.

족의 승천 장면이다. 물론 다른 장면들도 레제드라마(읽는 드라마)로서 독자들에게 음미할 여러 요소를 갖고 있지만 작가가 특별히 고안한 이 대단원은 우리에게 정밀하고도 적극적인 통찰을 요하는 대목이다.

먼저, 가족이 함께 승천한다는 대목이 눈여겨볼 사항이다. 가족은 한국과 같은 유교적 전통이 강한 나라에서는 사회의 기본단위를 이룬다는 사회학적 정의를 떠나 한국인에게는 혈친의 애정으로 묶이는 작은 성곽이자 정서적 버팀목이면서 인간성이 발양되는 최초의 근원이기도 하다. 이것은 유교에서 가장 중시되는 가치인 '인(仁)'의 의미를 육친적 애정이라는 의미로 해석하는 맹자의 경우에 가장 뚜렷하게 드러난다. 효제(孝悌), 즉 부모/자식과 형/제간의 사랑은 공자의 경우에도 강조되고 있거니와 그러나 공자는 이것을 대중적이며 실천적 차원에서 강조하여 인간이 인간된 됨됨이를 구현키 위한 실천적 덕목 정도로 제안하고 있는 정도이다. 그러나 맹자는 효제가 도의 핵심이라 보았으며 가장 큰 불효는 아들이 없는 것이라 말할 정도로 가족간의 사랑, 혹은 혈친간의 애정을 강조한다.[21]

맹자의 성선설을 이론적으로 정립·확장한 성리학을 왕조 성립의 기틀로 삼은 조선조 이후 우리에게 유교의 효제 정신은 그리하여 우리 의식의 유전자 중 두드러진 한 특질이 되어 온 터이다. 효제는 인의 근본이며 이것이 확대되어 집에 있어서 원(怨)이 없고 나라에 있어서도 원이 없게 하며 나아가 중생을 구제하는 한 방편이 될 수 있는 것이라면[22] 효제를 근간으로 하는 유교는 이런 점에서 "보편적인 종교이며, 특정의 혈연이나 가계를 옹호하는 점이 없는 점으로 훌륭하게 종교로 간주"[23]될 수 있다.

---

21 김승혜, 『유교의 뿌리를 찾아서』(지식의 풍경, 2002), 229면 참조.
22 윤사순, 『동양사상과 한국사상』(을유문화사, 1983), 59~60면 참조.
23 최인훈, 『서유기』(문학과 지성사, 2002 : 재판 3쇄), 267면.

이 효제의 정신은 유교의 근간인 '천(天)'이 인간에게 부여한 근본 품성으로 살신성인도 여기서 나오는 것이다. 이 유교를 사상적 근간으로 삼은 우리 민족이기에 천하는 천하의 것으로 여기고 동양 3국의 현상을 자연적이고 합리적인 균형상태로 생각하여 타국에 대한 침입 등은 언감생심 품을 수 없었다는 담론이 『서유기』에 나오는 연유이다.[24]

그러므로 한 가족이 모두 참척의 죽음을 스스로 택한 '옛날'의 대단원은 최인훈이 우리의 유교사상을 수원지로 하여 세계로 흘려보낼 수 있는 사랑의 한 방식이라 보았기에 마련된 결말이라 해석된다. 「옛날」에서 밭 한 떼기 없이 가난하여 무력하기 만한 주인공들이 기댈 것이라고는 뜨거운 가족애뿐이다. 씨앗조를 빌려와서 그것으로나마 만삭이 된 아내에게 밥 한 그릇을 지어 먹이려고 애쓰는 남편과 내년 농사를 걱정하여 그것을 굳이 막는 아내와 벌이는 애틋한 실랑이라든지, 다음과 같은 장면

> 남편 시,시,사,사,사내 아이면
> 아내 아빠를 - 도와
> 남편 바, 바, 바, 밭에 나가고
> 아내 계집아이면 -
> 남편 어,어,어, 엄마를 도와 사,사,사,살림을 하고
> 아내 여보
> 남편 응?
> 아내 나두 - 밭에 갈 때는 어떡허우?
> 남편 데,데,데, - (쉬었다가) - 데,데, 데리고 가지
> 아내 참 - 그렇구만
> 남편 그, 그, 그, 그, 그, 그럼
> 아내 시원한 - 그늘에다 - 눕혀놓고

---

24 같은 책, 113, 118면 참조.

남편 응
아내 다람쥐두 – 보구, 새소리도 – 듣구
남편 개, 개, 개, 개울에서 미, 미, 미역도 가, 가, 감기고
아내 구름이 – 지나가면 – 구름보고 – 웃고[25]

그들이 꿈꾸는 행복이란 그리 대단할 것도 없는, 장차 태어날 아기와
자연 속에서 가족이 오붓하고 단란하게 살아가는 소박한 그것임을 잘 보
여주는 대목이다. 이처럼 서로 사랑하는 이들 가족이기에 아기장수가 죽
은 이후 한 식구가 같이 승천하는 결말에 이를 수 밖에 없다. 이와 같은
유교적 가족주의는 최인훈이 우리 전통에서 오늘에도 의미있는 요소를
찾아내려 애쓴 결과이기도 하지만 작가 자신의 삶의 이력에서 스스로 체
득한 부분도 같이 얽혀 있는 것이라 생각된다. 작가가 『화두』의 여러 곳
에서 피력하고 있듯이 그의 가족들은 회령에서 원산, 목포, 부산, 서울,
결국에는 미국에 이르기까지 떠도는 삶을 살아야 했고 그런 유랑민과 같
은 삶 가운데서도 서로 버팀목이 되고 삶의 위안이 되어준 것은 가족뿐이
었다는 경험은 최인훈에게 가족이라는 단위가 삶에서 얼마나 소중하고
든든한 것인가를 절감케 했을 것으로 짐작된다.[26] 하물며 최인훈은 유교
적 전통 속의 그 가족 가운데서 장남이었으니 가족에 대한 애착은 유별했
을 것이다. 그의 가족에 대한 유교주의적 접근은 그러므로 인식과 경험이
한데 어우러진 그것임을 충분히 짐작할 수 있다.[27]

---

25 「옛날 옛적에……」, 『옛날 옛적에 훠어이 훠이』(문학과 지성사, 2000 : 재판 6쇄), 89~90면.
26 작가가 미국 체류 중의 기록을 담은 『화두 I』은 이러한 기록 자체라 할 만하다.
27 최인훈의 희곡에서 가족의 중요성이 큰 기능을 한다고 지적한 김유미의 견해는 이런 맥락
   에서 참고할 만하다. 김유미, 「최인훈 희곡의 신화성과 역사성 연구」, 『어문논집』, 제37
   집, 1998, 158면. 그의 가족에 대한 남다른 애정과 관심은 「크리스마스캐럴」연작에도 잘
   드러나 있음을 이 책의 117~118면에서 지적한 바 있다.

한편, 아기장수 가족이 스스로 목숨을 끊어 마을 사람들이 당할 화(禍)를 모면하도록 자기희생을 택하는 결말은 불교적 사랑의 실천을 제시하려는 작가의 의도가 게재되어 있다.

작가의 불교에 대한 심중한 가치 평가는 「열하일기」, 『회색인』, 『서유기』 등에 거듭 표명된다. 1960년대, 혼돈 속의 한국사회에서 개인과 국가를 구할 수 있는 가치를 모색하느라 고심하는 김학이 숨어있는 현자(賢者)격인 황선생을 찾아 갔을 때 황선생은 우리를 구할 수 있는 가치의 중심으로 "불교밖에는 없지 않겠나"[28]라고 단적으로 말한다. 그는 기독교가 서양에서 시작하지 않았지만 그들의 것으로 했듯이 불교도 우리의 것이라 말한다. 그리고 불교가 의미있는 것은 인연(因緣)의 사상에 있다고 한다. 한국 사람으로 태어나 동포가 된 것, 부모형제 간이 된 것도 인연이며 이 인연은 자기에게 가장 가까운 타자에게 사랑을 베풀어 사해동포에게로 사랑을 넓혀가는 근거가 되어준다는 것이 그의 주장이다. 기독교는 개인을 완전히 수학적인 동질성을 지닌 개별 존재로 보지만 불교는 모든 사람이 인연에 의해 착색된 존재로 보기 때문에 사랑을 베풀되 구체적 사랑을 베푼다는 것을 그는 강조한다.

> 물론 불교는, 인연의 사슬을 끊고 공(空)으로 화하는 데서, 즉 신의 입장에 서는 데서 타인에 대한 사랑이 나온다고 말하고 있어. 그러나 공을 깨닫는다 하더라도, 현실의 인간이 서는 자리는 그래도 인간인 것이지 신은 아니야. 사람이 깨닫는다는 것은 비인(非人)이 되는 것이 아니라 진인(眞人)이 되는 것이야. 마치 석가모니가 법을 알리기 위해서 이 세상에 현신한 것처럼, 깨달은 사람도 인간을 사랑하기 위해서는 인간 세상에 머무는 길밖에 없어. 불경에 보면, 보살은 중생을 건지기 위해서 스스로의 성불을 미루었다고 했어. 보살도 인연에 매여

---

28 『회색인』(문학과 지성사, 2002 : 재판 13쇄), 176면.

있는 거야. 사랑은 이렇게 구체적인 거야. 불교가 가르치는 사랑은 어느 때 어느 장소에서 가장 가까운 사람을 사랑하라는 것이지, 추상적인 남을 사랑하라는 말이 아니야. 이것은 사해동포의 이상에 조금도 어긋나지 않아. 왜냐하면 사해동포를 사랑하기 위해서는 결국 바로 곁에 있는 사람부터 사랑해 가는 길밖에는 없지 않나. 불교의 사랑은 이렇게 실천적이고 구체적이야.[29]

　가까운 사람을 사랑하는 데서 세상의 구원을 설파하는 황선생의 생각은 효제로부터 인간 세상을 건지려는 유교사상과 크게 다르지 않다. 그럴 수 밖에 없는 것이 유교는 인(仁)을 최고의 덕목으로 삼는 실천철학이고, 불교는 모든 사물이 상호의존하고 동시에 흥기함으로써 모든 존재가 완전한 조화를 이루어 살아갈 수 있다는 연기(緣起)의 철학인 점에서 사랑을 매개로 인간 세상을 구하려는 데서는 공통이기 때문이다.[30]

　최인훈은 공관(空觀)으로부터 시작하는 불교 철학에서 인연설만 확인하는 것은 아니다. 그는 불교가 색즉시공 공즉시색의 상보적 운동으로 어떤 정권도 영원하지 않고 어떤 영원도 사당화(私黨化)를 면치 못하게 하는 원리를 가르쳐 준다고 말한다. 또한 공의 철학은 인류에게 무한한 자기 부정을 가르침으로써 속세의 정의를 넘어 우주적 해탈을 가능케 해준다고도 한다.[31]

　「옛날」의 결말에 아기장수 가족이 스스로를 희생하여 한마을과 이웃을 건지는 것은 이러한 불교적 사랑의 실천이다. 그들은, 장수가 나는 마을은 그 마을 전체를 불사르고 폐허화시킨다는 관군의 횡포로부터 개똥어

---

29 같은 책, 177면.
30 불교의 이 같은 성격에 대해서는 다카쿠스 준지로, 정승석 역, 『불교철학의 정수』(대원정사, 1996 : 초판3쇄), 52~53면 참조.
31 『서유기』, 271면.

멈과 같은 이웃을 구하기 위해 자기 자신들을 던진 것이라 볼 수 있다. 관군에게 죽게 될 아기를 자기 손으로 먼저 죽이고 먼저 간 아기를 따르는 아비와 어미의 죽음에는 처절한 육친애 이상의, 타인을 위한 자기희생이라고 하는 유불(儒佛)적 사랑의 실천이라고 하는 계기가 내포되어 있었던 셈이다. 이러한 자기 부정과 자기희생이야말로 우주적 해탈에 이르는 것임을 작가는 보여준다. 그러므로 아기장수 가족들이 용마를 타고 승천할 때에 마을 사람들이 춤추고 노래하는 것은 일반적 희생제의에 따르는 카니발로서의 성격 외에도 자신들을 구해 준 아기장수 가족에 대한 고마움과 외경의 염도 포함된 그것으로 보아야 마땅하다.

　이렇게 보면 작가가 미국에서 소외감과 무력감에 시달릴 때 아기장수 전설을 읽고 "그 글 속에 무엇인가 나를 부르는 것이 있었다"[32]는 영감을 얻은 이유가 충분히 짐작된다. 작가는 그 전설 속에 우리의 전통사상을 잘 용해시킬 수 있는 극적 인자가 숨어있음을 무의식적으로 감지했고 그 것은 기독교의 十원－예수의 대속에 의한 세상의 구원이라는 전통에 밎설 사상적 깊이가 있는 것임을 감득한 것이다. 그가 「옛날」의 〈작가의 말〉에서 이 전설의 상징구조가 예수의 생애－절대자의 내세, 난세에서의 짧은 생활, 순교, 승천의 그것과 같으며, 구약성서 출애굽기의 과월절의 유래와 동형이라 밝힌 것은 바로 우리 것, 우리의 문화 속에서 삶의 곤고함과 지난함을 구할 수 있는 구원의 사상을 읽었다는 자부심의 표현이라 할 대목이 아닐 수 없다.

---

32 『화두 I』, 457면.

4. 설화의 변용과 재해석으로 이룩한 예술적 성취

지금까지 밝힌 우리 문화의 고유한 특성이 하나의 희곡 텍스트 속에 구현되어 있다 하여 최인훈의 문학적 성취를 고평할 것이 아님은 물론이다. 문학은 그 주제의식에 맞는 형상적 외피를 갖추어야 그것이 예술로 성립할 수 있음은 필지의 상식이다. 이런 맥락에서 고찰하더라도 「옛날」은 상당한 수준의 예술적 형상화를 성취해내고 있다.

희곡은 읽는 텍스트라는 성격에 있어서도 그러하지만 무대 공연을 전제하는 것인 점에서도 가장 경제적일 것을 요구한다. 헤아릴 수 없는 기분, 숨겨진 긴장과 동정심, 예민한 인간관계 및 상호 작용 등의 표현에 있어서 대사는 긴밀하게 절약된 것이어야 하고 시간 차원에서의 구조화 작업이 절대적으로 요청되는 장르이다.[33] 최인훈이 이런 측면에서 소설의 비경제성 때문에 희곡을 창작 노정의 최종적 귀착지로 선택한 것은 앞에서 밝힌 바 있지만 그는 무엇보다 이러한 희곡의 경제성을 언어의 활용 측면에서 훌륭하게 성취한다.

그가 희곡의 경제성을 예민하게 의식한 것은 그의 지문 활용에 우선 잘 드러난다. 그의 지문은 설명적이지 않고 마치 시의 그것처럼 최대한 압축되어 활용된다.

> 오막살이, 눈이 내리고 있다. 저녁 무렵, 흐릿한 등잔불, 아내 방에서 바느질을 하고 있다.
> (……)
> 기적

---

33 마틴 에슬린, 원재길 역, 『드라마의 해부』(청하, 1991 : 초판 4쇄), 26면과 89면 참조.

귀를 기울인다

바람소리

귀를 기울인다.

(……)

부엉이 우는 소리

귀를 기울인다

화로에 얹은 찌개 그릇을 만져본다

부젓가락으로 재를 다둑거려 놓는다

(……)

기척

귀를 기울인다

바람소리

귀를 기울인다

바람소리[34]

    인용된 지문은 일반적인 희곡 지문과 다르게 매우 시적인 특성을 보인다. 압축된 이 장면지시문에서 우리는 양식을 빌리러 나간 남편을 하염없이 기다리는 어린 아내의 안타까운 심정을 읽을 수 있다. 여기에 극의 전개에 중요한 요소가 되는 음향 요소─부엉이 소리와 바람소리만이 거듭 강조된다. 부엉이 소리는 이들 부부의 외지고 쓸쓸한 삶을 암시하며 거듭 강조되는 바람소리는 이들의 삶이 간난과 신고에 찬 그것이며 이들이 꿈꾸는 행복이 마침내 흩어져 무화될 것임을 예고하는 상징적 장치로 기능한다.[35] 작품의 후반으로 가면서 태어난 아기가 나라를 뒤엎을 장수임이

---

34 「옛날」, 79~80면.

35 최인훈의 희곡이 소리와 빛을 중요하게 취급하여 시적 분위기를 조성한다는 양승국의 지적은 이런 점에서 최인훈 희곡의 특징을 잘 지적한 경우이다. 양승국, 「최인훈 희곡의 독창성」, 『작가세계』, 1990, 봄호, 108면 참조.

판명되었을 때 또 밖의 기척에 예민하게 반응하는 아내의 모습이 이러한 지문으로 묘사되는데 여기서는 나약한 민중의 삶에 항시 개입되는 불안과 공포에 절어있는 민초의 모습이 잘 부각된다.

이 작품에서 두드러지게 눈에 띄는 남편의 말더듬이도 이러한 희곡의 경제성을 잘 보여준다. "모든 움직임은 느리게, 한 가지 한 가지 그때마다 생각난 듯이/ 남편은 심한 말더듬이/모든 사람의 주고 받음이 답답하게(……)/아무 것도 아닌 말을 그렇게, 어렵게 한다"는[36] 지문은 이 작품의 전개 상황을 낯설게 만드는 효과도 있지만, 남편의 말더듬이는 의사소통이 자유롭지 못한, 그리하여 자신의 욕구와 기대를 의도대로 성취할 수 없는 억눌린 민중의 모습을 효과적으로 드러내는 기능을 한다. 이처럼 의사소통과 욕망 충족이 자유롭지 못한 민초로서의 주인공이 설정된 것은 앞서서 밝힌 바 있는 것처럼 작가가 강대국 미국에서 겪었던 약소국민의 소외감, 무력감에서 기인한 것이기도 하겠지만 당시의 한국 상황이 유신체제라는 절대 권력이 기승하던 시기였기 때문에 작가의 정치적 감각이 용해된 것으로도 이해된다.[37] 그러므로 말에 대한, 말에 의한 민감한 감각으로 인물의 성격과 사건 전개를 이처럼 효과적으로 이루어냈기에 극시인이라는 지칭이 그에게 부여된 것은[38] 자연스럽게 여겨진다.

다음으로 지적할 것은 대사와 무대 장치, 소품 활용 등에서 적절하게 조성된 극의 긴장감이다. 「옛날」은 그야말로 초근목피로 연명하는 민초

---

36 같은 책, 81면.
37 제나라 군대가 제나라를 빼앗아 역사의 시간을 거꾸로 되돌린 군사 쿠데타와, 군사정권에 의해 독재가 지속되는 조국의 현실에 대한 개탄은 『화두』에 종종 엿보인다.
38 이상일, 「극시인의 탄생」, 전집 10권의 해설 참조.

들의 삶을 중심으로 세상을 뒤집을 아기장수가 어디, 누구의 집에서 탄생하는가를 두고 긴장이 고조되는 구조를 가지고 있다. 그러나 실상 독자나 관객들은 아기장수의 탄생이 어떻게 이루어질지는 전설 원화를 알기 때문에 어렴풋이 짐작한다. 그럼에도 불구하고 극적 긴장이 고조되는 것은 앞서 지적한 지독한 말더듬이인 주인공, 그에 맞춰 한없이 느릿느릿 움직이는 극중 인물들의 행위들이 관객이나 독자들에게 낯섦과 함께 묘한 긴장감을 조성케 하기 때문이다. 여기에 더해 관가를 습격하다 목이 잘려 저자거리에 효수된 소금장수 에피소드도 독자들의 공포와 불안을 더하는 요인으로 작용한다. 아들의 목을 찾으러 가는 퀭한 눈의 노파, 그가 부르는 노래 또한 이러한 효과를 이루는 데 일조한다. 삶에 항시 개입되는 존재의 불안과 동요를 자극하는 이러한 요소들로 하여 극적 긴장감이 고조되어갈 때 아기장수가 마침내 포대기를 걷고 걸어다니면서 '못 참겠다', '배고파', '내 말' 등을 외칠 때 독자들의 긴장은 극점에 달한다. 이때 아기장수는 인형으로 조정되며 그림자로만 비치게 설정되어 있다. 또한 아기장수의 외침은 확성기로 증폭되어 관객들에게 전달되게 되어 있으므로 이 장면의 괴기성과 공포성은 독자(혹은 관객)에게 충분한 소격효과를 준다. 삶에서 존재 일반이 느끼는 불안과 동요는 이런 사건 전개와 극적 장치 등으로 독자나 관객에게 매우 효율적인 삼투효과를 불러오는 것이다.

마지막으로 지적할 것은 대단원에서 이루어지는 카니발 장면의 제의적 요소이다. 아기장수가 아비에 의해 가마니에 눌려 죽고 그 참극을 못이긴 어미가 목매어 죽으며 아비 또한 그 길을 같이 따르려 할 때 독자나 관객은 선하고 나약하기만 한 이 가족의 참담한 비극에 누구나 가슴이 먹먹하지 않을 수 없는 슬픔을 경험한다. 그러나 이 장면에서 찾아오는 반전—아기장수가 용마를 타고 제 어미와 아비를 태우고 승천을 같이 할 때 독자(관객)의 슬픔은 카타르시스를 얻게 된다. 특히 마을 사람들이 모두 나와 지상에 꽃을 던지며 승천하는 이들의 모습을 목격하고 "가거던 옥황상제께 여쭤주게 우리 마을에 다시는 장수를 보내지 맙시사구", "훠이 다시는 오지말아, 훠어이 훠이"라 소리를 모으다가 마침내 한바탕의 카니발에 드는 것은 이 작품의 제의적 요소를 잘 드러내는 대목이다. 마을 사람들이 축제에 드는 것은 모든 희생제의 끝에 따르는 하나의 의식적 절차이기도 하지만, 전래 설화의 변용을 통하여 관객 모두가 태고의 시간으로 돌아가는 경험을 함과 동시에 영웅의 죽음이라는 제의를 통해 신성을 모두가 공유케 하는 효과를 가져 온다.[39] 특히 아기장수 가족이 뿌리는 진달래꽃은 우리에게 고유한 산꽃으로 우리 민족의 공동체적 의식을 촉발하고 슬픔을 정화시키는 제의적 기능을 충분히 담당해 내는 요소라 하겠다.

지금까지 살핀 이러한 요인들로 하여 「옛날」은 연극적 형상화에 있어서도 훌륭한 성취를 이루고 있다. 또한 극예술적 형상화의 이러한 완성도는 작가가 우리 사상, 우리의 문화형을 부단히 천착한 결과 얻은 주제의식과 긴밀히 얽혀 있음으로 하여 가능했을 뿐만 아니라, 이로 하여 작품의 가치는 더욱 한껏 고양되는 의미를 가진다. 요컨대 최인훈이 우리 문학과 문화의 근대성을 획득하기 위하여 그의 소설과 비평들에서 지난하고 끈질긴 탐색 끝에 도달한 여정은 우리 것으로도 세계 문학적 보편성을 훌륭하게 성취해낼 수 있음을 전범적으로 보여준 「옛날 옛적에 훠어이

---

39 신화적 제의의 이러한 성격에 대해서는 김유미, 앞의 논문, 155면 참조.

휘이」와 같은 희곡 작품이었던 것이다.[40]

5. 맺는 말

지금까지 논의한 내용들로써 최인훈이 근대성의 구현을 위해 문학예술로 고투한 역정이 충분히 입증되었다고 본다. 그는 함경북도 회령에서 태어나 원산을 거쳐 월남, 목포·부산·서울·미국 등을 전전한 자신의 삶을 뿌리를 잃은 한국인의 집단적 운명과 일치시켜 우리의 고유한 문화형을 모색하고 그것으로서 예술적 근대성을 성취하고자 부단히 노력한 작가이다. 그의 이러한 문학사가적 탐색의 간고한 여정은 그의 패러디 소설들을 거쳐 희곡 작품—특히 「옛날 옛적에…」와 같은 작품에서 방법적이며 실천적인 형상화를 얻기에 이른 것이다.

그는 이 희곡에서 우리의 고유한 문화형인 불교와 유교를 통해 인간의 구원이라는 주제의식을 훌륭히 관철시켰다. 시어에 가깝게 압축된 언어의 활용, 인물의 행동 및 사건 전개, 무대장치의 적절한 활용 등으로 이룩한 극적 효과는 그가 소설에서 기할 수 없었던 예술의 형식적 엄격성을 획득하여 우리에게 감동적 울림을 전하는 예술적 형상화의 전범을 보여준다. 특히 카니발로 끝나는 결말부의 제의적 양식은 작품을 신화적 수준으로 고양시켜 인간 공동체의 감성적 자극과 보편적 공감을 획득해 내고 있어 깊은 인상을 남기기에 족한 대목이다.

인간의 구원이라는 보편적 주제를 우리의 문화형과 토속적 소재에서

---

40 「옛날」의 세계문학적 보편성은 뉴욕 브록포트 대학의 공연으로 확인된 바 있다. 『화두 I』의 180~200면까지에 이런 사정이 잘 서술되어 있다.

일구어 낸 그의 성취를 너무 현실 초월적이며 관념적인 것이 아닌가를 문제 삼을 수도 있을 것이다. 그러나 그는 문학의 현실에 대한 직접적 발언이 오히려 나중에 다시 전복의 대상이 되는 속세의 정의가 되는 것을 두려워하면서 불교의 공관에 의지하여 문학예술이 인간의 영원한 구원의 방식으로 작용하기를 기대한 작가였다. 문학의 본질과 기능에 대해 저마다 규정은 다를 수 있겠지만 문학예술의 진정한 성격에 거듭 자의식하며 자기만의 고유한 문학적 성취를 이룩한 최인훈에게 진정한 근대문학의 창조자란 지칭을 부여해도 지나치지 않을 것이란 판단은 여기에서 온다.

제2부

방법적 고전 변용의 구조 분석 시론

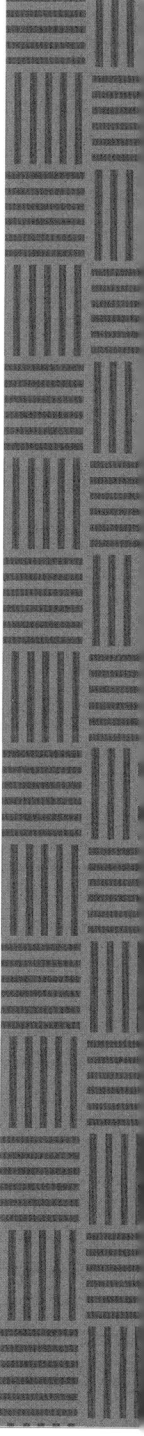

최인훈의『구운몽』연구

1. 머리말

1) 문제 제기

최인훈이 우리 문학사에서 일구어 낸 문학적 성과의 깊이와 넓이를 부정할 사람은 많지 않을 것이다. 데뷔 직후부터 평단과 창작계의 비상한 주목을 받은 그인 만큼 그를 에워싼 논란 또한 무성하였다. 남북 분단의 비극을 정면에서 다룬『광장』에서부터 그는 비상한 화제를 불러 일으켰지만 그 이후의 많은 소설들에서도 그는 논쟁의 소지를 그림자처럼 거느려 왔다. 논란의 주된 원인은 주로 그의 반사실주의적이고 난해한 작품 성향에 말미암는다. 한편에서는 이러한 경향의 작품들을 "한국의 현실에 대한 지적 이해와 열린 비판정신을 탁월하게 수용하고 있는 작품"들로 평가하고 있는가 하면, 그 반대의 편에서는 이러한 작품들이 "현실의 모순을 지적 소피스티케이션에 의해서 약화"시키고 "개인주의적 도피의 흔적"을 갖고 있는 작품들이라 비판한다.[1] 그러나 비판적인 평자들도 그의 난해성이 "자기의 논리를 지성으로 통제하지 못한 예술가의 서툰 난해성이 아니라"[2]는 것을 양해하는 선으로 물러나는 것으로 보아 그의 문학적 성취의 돌올함은 부인할 수 없는 사실이다.

그가 불러 일으킨 논란만큼 논구의 업적도 상당히 축적되었다. 그에 관한 글들은 석·박사 논문만 해도 백여 편에 이를 정도이니 생존 작가로써 이만한 연구 대상이 된 작가도 드물 터이다. 그러나 예외적이게도 그의 패러디 소설들에 대해 체계적이며 심도 있게 천착한 경우는 그리 많지 않다. 알려져 있다시피 최인훈은 '60년대에 들어 고전에서 그 제명을 취택한 소설들을 많이 발표하였다. 『구운몽』, 「금오신화」, 「춘향전」, 『서유기』, 「놀부뎐」, 「옹고집뎐」 등 이른바 패러디[3] 계열의 소설들이 그것인데, 그가 왜 고전에서 제명을 선택했으며 그 의미 및 의의는 무엇인가에 대한 논의는 아직 충분히 이루어지지 않은 것으로 보인다. 본고는 이러한 문제의식에 바탕하여 그의 패러디 소설의 신호탄 격인 『구운몽』을 집중적으로 분석해 보이려 한다. 이를 분석함으로써 그의 패러디 소설에 대한 이해와 분석의 입구를 마련하는 것이 이 글의 주된 의도이다.

---

1 김현, 「전반적 검토」, 김병익·김현 편, 『최인훈』(은애, 1979), 4~5면.

2 김현, 같은 곳.

3 『시와 시학사전』에 의하면 패러디란 한 작가의 스타일이나 마음의 버릇을 따 원작을 우스꽝스럽게 만듦으로써 원작에 대한 비평적 기능을 가진다 하였다. A.Preminger, F.J.Warnke, O.B.Hardison, *Princeton Encyclopedia of Poetry & Poetics*, Princeton university press, 1965, pp.600~602 참조. 그러나 A. Pollard는 원작의 문체를 과장함으로써 원작을 풍자하는 것이 패러디의 기능이라고 보는 동시에 원작의 흉내내기 자체가 패러디라고 보는 광범위한 정의를 내리고 있다. 예컨대 제임스 조이스의 『율리시즈』는 호머의 『오딧세이』와 관계있는 것이지만 전자를 풍자·비판하기 위해 지어지지는 않았다는 것이다. 이렇게 볼 때 패러디의 정의는 원작의 사상, 문체 등을 모방하여 원작을 풍자·하는 데 그 의도가 있는 것이라 할 수도 있겠고 원작의 모방 자체를 패러디라고 할 수도 있는 광범한 범주를 갖는다.

이에 따라 본고에서 중점적으로 검토하려는 항목들은 다음과 같다.

첫째, 이 작품의 구조를 분석 검토함으로써 이 작품의 구성과 주제에 관한 이해를 도모하고,

둘째, 이 작품이 고전 『구운몽』을 패러디한 진정한 의도와 그 의미를 검토하고,

셋째, 이 작품이 가질 수 있는 문학사적 성취를 점검한다.

이러한 문제들에 대한 해답을 제시함으로써 지금까지 밝혀진 최인훈의 문학적 면모에 새로운 이해의 시각을 더할 수 있을 것이고, 아울러 그가 발표한 일련의 패러디계 소설들이 그의 문학적 도정에서 어떤 의미를 띠고 있는가를 밝힐 단서가 마련되어질 것이다.

2) 연구방법

17세기의 작가 김만중이 창작한 『구운몽』은 조선조말 「춘향전」류의 판소리소설 장르가 보여준 사실주의적 성격과는 대별되는 관념소설의 백미편이다.[4] 흔히 관념의 작가, 지적인 작가로 불리우는 최인훈이 이 소설을 패러디한 데에는 우연 이상의 창작동기가 개재해 있을 것으로 보인다. 따라서 두 작품을 비교 분석함으로써 이 작품의 특질 및 의미를 밝히는 것은 필수적인 절차로 생각된다. 그러나 그 전에 최인훈의 『구운몽』 자체의 의미와 주제를 파악할 것이 우선 요구된다. 왜냐하면 이 작품의 문제의식이 어느 정도 규명되어져야 김만중의 그것과 비교 대조가 가능할 것이며 이 작품의 진정한 의미는 아직도 제대로 석명되어져 있지 않기 때문이다. 따라서 본고는 이 소설 자체의 의미구조를 해명하는데 일차적 관심을 기

---

4 설성경, 「관념적 삶과 그 공감의 지평」, 『현상과 인식』, 1977, 겨울, 512면.

울인다. 이 작업에서는 우선 작품을 구조적으로 파악하고, 그것이 당대사
회 현실과는 어떤 관련을 가지며 최종적으로 도출되는 작품의 의미는 무
엇인가를 이해하는데 중점을 둔다. 이 작업을 거친 후 본고의 주된 관심
사항이라 할 수 있는 패러디의 의미와 그 의의를 밝히고자 한다. 이를 위
하여 김만중의 『구운몽』과 최인훈의 『구운몽』을 비교 분석하려 한다. 여
기서는 우선 작품 구성상의 기법과 인물배치의 수법에서 두 작품 사이의
유사점을 밝히고 그 의도 및 의의를 규명한다. 이것은 두 작품의 시간 처
리 기법과 인물 설정을 살피는 방식으로 이루어질 것이다.

　이러한 작업이 끝나면 두 작품의 다른 점은 무엇인가 하는 문제를 밝힌
다. 이것은 주로 두 작품에 나타나는 세계관의 차이에 집중되어 논의될
것이다. 이러한 과정을 거치면 최인훈이 고전작품을 패러디한 의도 및 그
에서 파생되는 이 작품의 의의가 점검되어질 수 있으리라 본다. 두 작품
의 대본으로 최인훈의 『구운몽』은 문학과 지성사계의 전집판, 김만중의
『구운몽』은 정규복 교수의 『구운몽 연구』에 실려 있는 한문 을사본을 채
택했다.[5]

2. 연구사 개관

　본고의 연구대상인 『구운몽』에 한정할 경우 선행연구라 할 만한 뚜렷
한 업적이 없다. 염무웅이 최인훈이란 부제를 달아 「상황과 자아」란
평문에서 『구운몽』에 대해 단편적으로 언급한 것과[6] 천이두가 「밀실과

---

5 김만중의 『구운몽』은 정규복 교수에 의하여 한문본이 원본임이 면밀히 고증되었다. 이에
　따라 이 글은 정규복 교수의 『구운몽 연구』에 실려 있는 한문 을사본을 텍스트로 취택한다.
6 김병익 · 김현 편, 앞의 책 소재.

광장」[7], 「나와 남들과의 관계」[8]란 단평 형식의 평문들에서 『구운몽』에 관해 짧게 언급한 것을 발견할 수 있을 뿐이다. 그럼에도 불구하고 이와 같은 항목을 마련한 것은 최인훈의 소설들에 관한 전반적 검토를 통해 그의 문학세계를 전체적으로 조감하려는 의도에서이다. 이 과정을 거침으로써 『구운몽』을 구체적으로 분석하기 위한 이해의 기반을 마련할 수 있을 뿐만 아니라, 본고가 마련한 연구방향의 타당성을 입증할 수 있으리라 믿기 때문이다. 그러므로 이 항목에서 검토될 선행연구들은 주로 『구운몽』이외의 타 작품들에 대한 글들이 될 수밖에 없으며, 이른바 비사실주의적 수법의 소설들에 대한 논급에 한정된다.

먼저 최인훈 문학의 성취와 한계를 정확히 지적해 낸 업적으로 염무웅의 「상황과 자아」를 들 수 있다. 이 글에서 염무웅은 우선 최인훈이 『광장』에서 성취한 문학적 의의를 높이 평가한다. 그리고 『광장』 이후 최인훈은 내면화의 길을 치달은 것이라 본다. 그 내면화의 소산인 『가면고』, 『구운몽』, 『회색인』 등의 작품군은 과거의 사회적 질서와 확립된 가치관이 붕괴된 현대의 상황에서 개인의 유일성과 동일성의 정립에 위기를 느낀 현대인의 실상을 갈파해 보여준 작품들로 평가한다. 그 중에서도 『구운몽』은 개인의 사회적 작용력이 극도로 억제되고 위축된 세계에서 분업과 기능화로 말미암은 인간의 해체상황을 보여준 작품이라 분석한다. 이와 같은 상황의 악마성에서 인간의 구원이 어떻게 가능하냐를 탐구하는 것이 최인훈의 궁극적 관심사라 염무웅은 진술한다.

김치수는 '60년대에 발표된 최인훈의 일련의 작품군이 한국인의 역사

---

7 같은 책 소재.
8 『한국현대문학전집 16』(신구문화사, 1967), 해설.

적, 현실적 콤플렉스를 규명하고 현실의 모순을 자신의 아픔으로 파악하여 이를 극복할 수 있는 방법이 무엇인지를 모색한 노력의 결정들이라 보았다.[9] 이들 작품의 주인공들은 끊임없이 자기세계를 의식 속에 구축하는 자기응시적인 지식인이라는 점에 특징이 있다. 이 주인공들은 자신의 의식세계와 자신 밖의 현실과의 충돌에서 항상 패배를 경험하는 인물들이다. 이 현실은 부조리와 모순에 찬 것으로 인식되는데. 그것의 원인은 한국의 비극적 상황─분단현실에 말미암는 것이다. 『서유기』, 『회색인』과 같은 작품들은 이처럼 모순된 현실을 극복하기 위하여 서구적 방법론과 전통사회의 속성을 결합시켜 보려 한 노력의 결정들로 그는 파악했다. 그러면서 독고준과 같은 주인공이 현실 속에 뛰어들지 않고 상상과 공상의 세계로 치닫는 것은 현실의 모순을 이야기 할 수 없는 상황으로부터 내면세계로 침잠한 지식인의 망명을 의미한다고 파악하였다.

김현은 최인훈 소설에 등장하는 인물들의 전형적인 도식이 사랑의 삶과 혁명의 삶을 살고자 하는 인물로 이루어져 있다고 본다.[10] 그에 의하면 『서유기』, 『회색인』들에서 독고준이 사는 삶은 교정이 불가능한 결점, 오점을 선험적으로 부여받았음으로 인하여─월남가족이기 때문에─소외된 삶을 살게 되며 이 소외로부터의 탈출을 위하여 여자와 책속으로 망명하는데 이 망명생활에서 독고준의 소원은 양감있게 살고 싶다는 것이다. 이를 위해서 혁명의 삶과 사랑의 삶이라는 생활태도가 상정된다. 혁명적 삶이란 순수한 삶, 절대의 고통에 도달하려는 승려와 같이 고통에 찬, 그러나 환희를 약속해 주는 사색의 삶이다. 그러므로 이 혁명은 절대적인

---

9 「지식인의 망명」, 김현 · 김병익 편, 앞의 책.
10 「헤겔주의자의 고백」, 같은 책.

삶에 집착하려는 낭만적 혁명가들의 혁명이며 이들은 혁명을 '나'와 '나'와의 싸움—자신을 초월하는 삶을 살 수 있느냐 없느냐의 싸움으로 파악한다. 사랑의 삶이란 한국의 현실에는 알맞은 이념이 없다는 것을 알아버린 지식인이 혁명에 관심이 없을 때 살게 되는 삶이라고 한다. 이 사랑의 삶은 한국 한국근대사에 대한 비극적 인식에서 배태된 것으로 한국의 근대는 유교적 이념이 상실되면서 뿌리 뽑힌 인간이 되어버렸다는데 그 인식의 기저가 있다. 이때 뿌리 뽑힌 인간이 그 질서 속에 자리 잡고 싶다는 욕망을 가질 때 그 구원의 핵점이 사랑과 시간에 있다는 것이다. 충일한 삶을 위한 이 두 가지 방법, 즉 혁명과 사랑은 좌파의 윤리와 우파의 인식론이라는 명제로도 표현될 수 있는데 이 명제는 헤겔의 변증법을 좌우에서 다르게 표현한 것이라 할 수도 있다. 그러므로 최인훈은 본질적으로 헤겔주의자라는 것이 김현의 논지이다.

　김주연은 『회색인』, 『서유기』 및 「크리스마스 캐럴」에 이르기까지 여러 작품에 의거하여 최인훈 문학의 특성을 규명한다.[11] 그는 우선 『회색인』과 『서유기』의 독고준이 6·25를 전후한 한국적 경험으로부터 혁명과 행동에 대하여 짙은 무력감을 갖게 된 인물이라 언술한다. 그리하여 사랑과 시간을 믿는 젊은이인 독고준은 얽힌 현실 속에서 열병과 같은 내면의 방황에 빠져들게 되지만 이는 결국 변변한 전통 속에 있지 못한 조국의 현실에 작가의 눈이 가열하게 달아 있음을 알려주는 것이라 본다. 독고준이 W시로의 긴 여정을 떠나는 것은 한국의 신, 우리의 신은 무엇인가를 찾는 여정으로서 이 여정은 한국인의 원형은 무엇인가를 찾는 작업과 같다. 이 모색의 여정이야말로 한국에 대한 뜨거운 사랑에 기인하는 것이라 할 수

---

11 「분단시대와 지식인의 사랑」, 같은 책.

있다. 이 모색의 연장선상에 있다 할 「크리스마스 캐럴」에서는 전통적인 의미에서 본 한국사회와 서양을 중심으로 한 새로운 가치 체계와의 대비를 보여준다. 한국의 전통적 풍속과 서구의 문화양식 사이에서 갈등하는 주인공의 모습을 드러내 보여주는 이 작품에서도 한국에 대한 작가의 짙은 애정이 발견된다. 그러나 최인훈 문학에 나타나는 사랑의 실체란 관념으로서 이것은 지식인의 사랑의 속성이라 김주연은 지적하고 있다.

송재영은 『서유기』의 해설에서 최인훈을 분단현실이라는 비극적 상황 속에서 자신이 뿌리박고 있는 정신적·문화적 토양에 대한 심각한 회의로부터 관념이라는 고도의 지적 기능을 사용하여 시대상황과 역사의 방향을 밝혀 보려 한 작가로 규정한다. 이 작품의 독고준은 타인의 구원이 자기의 구원보다 선행할 수 없다는 논리를 암암리에 실토하는 전형적인 에고의 분신으로서 허약한 한 관념론자라 할 수 있다. 그러나 이 관념에 의하여 역사적 과거에 있어 우리에게 본질적인 모순이 무엇이었던가를 밝혀 드러내고 있다는 점에서 그는 『서유기』의 문제적 성격을 평가한다.

김인환은 최인훈의 현실인식이 인간의 내외공간은 모두 모순에 차있다는 지점에서 비롯한다고 언명한다.[12] 외공간의 모순은 첫째 분단 상황을 들 수 있으며 그것은 자본주의와 사회주의가 다 같이 한국에는 소비박래품이라는 사실을 말하는 것이다. 둘째로는 식민지적 상황으로 나와 남을 구별치 못하고 자진해서 남에게 예속화되려는 타성을 들 수 있으며, 셋째로 권력체계의 변동에서 오는 역사적 불공정성이 최인훈이 인식한 외공간의 기본모순이라 본다. 한편 내공간의 모순은 허용과 금지가 얼크러진 가운데 환상과 규범을 제대로 통어하지 못하는 인간내부의 갈등에서 비

---

12 「모순의 인식과 대응방식」, 『문예중앙』, 1982, 봄.

롯된 것이다. 이러한 내외공간의 기본모순을 극복하려는 행동이 최인훈의 문학인데 이 모순을 극복하려는 방법으로 최인훈은 사랑을 제시한다. 이 사랑은 내외공간의 모순을 명확히 인식하되 그 모순으로부터 거리를 지키는 행동으로, 이 사랑으로서 인간은 모순을 견디며 싸울 수 있는 기운을 회복할 수 있는 것이라 김인환은 파악한다.

천이두는 『구운몽』의 구조가 비정한 사회현실과 왜소한 개인의 상관관계를 밝혀주는 대립적 구조로 형상화된 것이라 본다.[13] 에고와 집단 사이의 역학관계를 표출한 이 작품에서 집단의 의지에 의해 인간 에고에 가해지는 일방적인 횡포의 양상이 이 작품에는 드러나 있다는 것이다. 이를 통하여 시대현실에 대한 작자의 풍자 의지를 읽을 수 있는데, 그 현실이란 자유당의 10년 독재 및 4·19의 감격, 5·16의 시련 등 정치적 사건들이다. 그러므로 독고민은 이 당시의 격변하는 정치적 사회적 메커니즘 속에서 줄곧 쫓기는 듯한 강박관념에 시달려야 했던 지식인의 전형적 생태를 보여주는 인물로 파악된다. 개인의 의지 밖에서 제멋대로 조작된 칭호와 의무와 영광들이 절대적인 세력을 가지고 개인을 억압하는 현실의 모순을 풍자한 『구운몽』은 그러므로 인간존재 일반의 숙명적 조건을 보여준 작품으로서 가장 성공한 작품 중의 하나로 간주된다는 것이 천이두의 논지이다.

이상에서 최인훈의 작품세계에 관한 논의를 개괄적으로 검토해 보았는데 논의의 초점들을 모아보면 다음과 같다.

첫째, 그의 문학세계는 분단현실에 대한 비극적 인식으로부터 출발하여 인간의 보편적 존재조건에 대한 관심에까지 그 폭이 확대되어 있으며 그 주인공들은 지식인이다.

---

13 천이두, 주 6)과 7)의 글 참조.

둘째, 분열과 해체의 위기에 처한 것이 현대인의 상황이라 할 수 있으며, 이로부터의 구원의 방법은 사랑이라 할 수 있다.

셋째, 그의 작품들은 관념의 세계로 이루어져 있지만 현실적이며 사회적인 관심이 깊이 투사되어 있다.

넷째, 그의 작품세계는 개인과 집단, 혁명과 사랑, 좌파의 윤리와 우파의 인식론들의 갈등·대립으로 대변되는 변증법적 구조를 갖추고 있다.

본고는 이와 같이 요약되는 선행연구 업적들을 참조하고 그 바탕 위에서 이루어지는 것이지만 특히 다음과 같은 점들에 유의하여 논의를 전개하고자 한다.

ⅰ) 작품의 이해는 무엇보다 작품구조의 정밀한 분석으로부터 이루어져야한다. 전술한 논의들은 최인훈 문학의 전모를 조감하는데 관심을 집중한 관계로 개별 작품에 대한 구체적인 분석은 미흡했다고 볼 수 있다. 『구운몽』에 관해서는 드물게 언급한 염무웅, 천이두 두 평자에게서도 이러한 문제는 마찬가지로 지적된다. 염무웅은 개인에 대립하는 상황의 역사적 성격에 주목하지 않았으며, 최인훈이 제시하고자 한 구원의 방법이 사랑이라고만 파악하였다. 천이두의 경우 개인에 가해지는 상황의 압력과 그로 인한 개인의 비극에만 관심을 집중했을 뿐, 그 상황의 본질이나 기타 이 작품의 다른 주제들에 관해서는 언급하지 않고 있다. 작품의 구조적 분석을 통하여 이러한 문제들이 해결되고 새로운 차원의 이해가 이루어질 것으로 본다. 특히 최인훈이 궁극적인 관심을 기울이고 있는 구원의 문제에 있어서 사랑만이 구원에 이를 수 있는 방법으로 제시된 것이 아님을 본고에서 논증해 보이고자 한다.

ⅱ) 무엇보다 선행연구들에서는 최인훈이 고전 제명을 차용한 패러디

계열의 소설들이 왜 굳이 그런 제명 하에 쓰여졌는가에 대한 연구는 없었다. 본고에서는 고전 『구운몽』과의 비교분석을 통하여 그러한 제명을 붙이게 된 필연성을 밝히고 그 의도 및 의의를 해명하고자 한다. 인간의 구원을 문제 삼고 있는 최인훈이 사랑 이외에 달리 어떤 방법을 제시하고 있는가 하는 점이 바로 이를 통해 규명될 수 있을 것이다.

3. 최인훈의 『구운몽』 분석

최인훈의 『구운몽』은 꿈과 현실의 경계가 모호한 구성, 시간구조의 독특한 활용, 애매성과 암시성으로 충만한 상징적 장치의 삽입 등으로 하여 매우 난해하고 기이한 느낌까지 주는 소설이다. 그러나 이 작품을 주의하여 읽게 되면 매우 치밀한 계산과 용의주도한 구조적 배려가 작품 속에 용해되어 있음을 발견하게 된다. 작품은 첫머리에서부터 전편(全篇)의 내용과 분위기를 암시해 주는 복선으로 시작되고 있다.

> 관(棺)속에 누워 있다. 미이라. 관 속은 태(胎)집보다 어둡다. 그리고 춥다. 그는 할 일없이 뻔히 눈을 뜨고 누군가를 기다리고 있다. 몸을 비틀어 돌아눕는다. 벌써 얼마를 소리 없이 기다려도 아무도 찾아오지 않는다. 몇 해가 되는지 혹은 몇 시간인지 벌써 가리지 못한다. 혹은 몇 분밖에 안 된 것이지도 모른다. 똑 똑. 누군가 관 뚜껑을 두드리고 있다. 누구요? 저예요. 누구? 제 목소릴 잊으셨나요. 부드럽고 따뜻한 목소리. 많이 귀에 익은 목소리. 빨리 나오세요. 그 좁은 곳이 그렇게 좋으세요? 그리고 춥지요? 빨리 나오세요. 따뜻한 데루 가요. 저하구 같이. 그는 두 손바닥으로 관 뚜껑을 밀어 올리고 몸을 일으켰다. 어둡다. 아무것도 보이지 않는다. 게 누구요? 대답이 없다. 그는 몸을 일으켜 관에서 걸어 나왔다. 캄캄하다. 두 팔을 한껏 앞으로 뻗치고 한 발씩 걸음을 떼놓는다. 한참 걸으니 동굴 어귀처럼 희미한 곳으로 나선다. 계단이 있다. 두리번거리면서 한 계단 밟아 올라간다. 캄캄한 겨울밤 독고민은 아파트 계단을 올

라간다. 지난 밤 꿈을 골똘히 생각하면서.[14]

이 대목을 우리는 다음과 같이 분해하여 그 상징성을 해석할 수 있다.

① 독고민은 태집보다 어둡고 추운 관속에서 오랫동안 누워 있었다.

② 여인의 음성이 그를 불려내어 그는 관속으로부터 걸어 나온다.

③ 캄캄한 통로를 한참 걷는다.

④ 동굴 어귀처럼 희미한 곳에 다다른다.

①은 독고민이 처한 환경의 외롭고 신산함을 암시하는 것이라 할 수 있다. 작품이 전개되면서 밝혀지지만 전기도 제대로 들어오지 않는 방에서 독신으로 외롭게 사는 가난한 간판사이다. 이것은 나아가 독고민이 처한 시대상황의 암울함과 황폐함을 나타내 주는 것이기도 하다. 뒤에서 밝혀지겠지만 이 작품의 시대배경은 전후의 50년대 말, 4·19, 5·16 등의 격변이 있었던 60년대 초이기 때문이다.*

---

14 최인훈, 『구운몽』(문학과 지성사, 1976), 205면. 최인훈의 『구운몽』은 문지의 전집판 이전에 『현대한국문학전집』16권(신구문화사, 1967)에 수록된 바 있다. 두 판본을 비교하면 문지 판이 신구 판에 비해 한자어를 순우리말화한 흔적이 두드러진다. 그러나 『광장』의 개작처럼 작품 구성상의 변화까지는 없어서 본고의 논의를 위한 텍스트로는 어느 판본이라도 지장이 없다. 본고는 우리말화한 문지판을 텍스트로 하고, 이후 작품 인용 시는 본문에 면수만 밝힌다.

* 독고민이 관 속에서 누워 있다가 걸어 나온다는 것은 매우 기발한 작가의 트릭이다. 이는 실은 조선조의 양소유가 오랫동안 시대 속에 묻혀 있다가 독고민으로 환생해 등장한다는 설정이다. 죽은 양소유를 오늘날 다시 불러낸다는 발상! 최인훈이 아니면 고안키 어려운 발상이 아니겠는가. 본문에서 분석한 것처럼 독고민이 처한 시대 상황의 엄중함을 우의한 감도 없지 않지만 실상 작가의 교묘한 책략이 더 작용된 대목이다. 석사논문을 쓸 당시는 작가의 이러한 기막힌 트릭까지는 해석하지 못하였다. 이에 생각이 미친 것은 그의 패러디 소설을 거듭 연구하면서였다.

②는 독고민을 상황 속으로 끌어들인 숙의 편지를 암시하는 것이라 할 수 있다. 작품 중에 독고민이 정체불명의 여러 집단들과 마주치면서 방황하게 되는 것은 숙의 편지―여인의 목소리로 말미암은 것이라 할 수 있기 때문이다.

③은 독고민이 현실 상황속의 여러 질곡들에 마주치면서 방황하게 되는 것을 암시한다. 독고민은 작품 속에서 정체를 알 수 없는 여러 집단의 압력을 받으면서 어두운 현실상황 속을 방황하는 인물로 나타난다.

④는 그가 현실의 질곡으로부터 구제 받게 될 것임을 암시하는 부분이다. 그러나 동굴 어귀처럼 희미한 곳에 다다랐다고 함으로써 그 구원에의 비관적 인식이 드러나고 있다.

이러한 암시들은 독고민이 아파트 계단을 올라가면서 지난 밤 꾼 꿈을 생각하는 것으로 처리되고 다음 사건들이 전개된다. 이처럼 첫머리에서부터 작품 전편의 줄거리에 대한 복선을 깔면서 용의주도하게 제작된 이 작품을 이해하기 위해서는 작품의 구조를 정밀하게 분석할 필요가 있다.

우선 이 작품의 단락 구성부터 살펴보면 이 작품은 크게 네 단락으로 나누어진다.

첫째 단락은 독고민의 몽유행각이 중심이 되어 독고민이 주인공으로 활동하는 세계이며, 둘째 단락은 동사체가 되어 나타난 독고민을 발견한 김용길 박사가 주인공인 세계, 셋째 단락은 작자로 보이는 화자가 고고학에 관해 해설하는 부분, 넷째 단락은 영화로 처리되어버린 앞의 세 단락을 감상하고 나오는 젊은 연인들이 포옹하는 장면이다. 이들 단락 중에서 작품의 중심내용을 이루면서 구조적 분석이 요구되는 것은 첫째 단락과 둘째 단락이다. 이 중에서도 첫째 단락은 작품 분량의 80% 이상을 차지하며 작가가 드러내고자 하는 시대상이 집중적으로 표현되어 있다. 그러므로 이 단락의 분석이 특히 선결해야 할 과제임은 물론이다. 둘째 단락은 독고민의 동사체가 여기서 발견되고, 그의 몽유행각의 의미를 파악하는데 도움이 될 만한 김용길 박사의 사색내용이 진술됨으로써 첫째 단락과 유기적 관련을 맺는다. 그러나 셋째 단락은 작자가 고고학을 빌어 그의 작의를 설명하는 부분으로, 생략이 된다 해도 이 작품의 유기적 구조는 크게 해치지 않을 단락이다. 넷째 단락 역시 이 작품의 필수적 단락이라고는 할 수 없다.[15] 그러므로 이 작품의 이해는 주로 첫째 단락의 분석에서 이루어지되 둘째 단락과의 유기적 관련을 고려하여 전체적 의미가 해명되어져야 하리라 본다.

우선 첫째 단락의 의미구조는 대립과 분열의 구조로 파악된다. 소설의 구조와 인물의 성격은 서로 상통한다 할 수 있으므로[16] 이하에서는 등장인물들의 성격과 행위를 중심으로 그 의미구조를 파악하고자 한다.

1) 대립과 분열의 구조

(1) 개인과 상황의 대립

『구운몽』에서 먼저 드러나는 대립의 양상은 개인과 상황간의 대립이라 할 수 있다. 이것은 독고민이 꿈에 들어 만나는 여러 집단들과의 관계에서 나타나는 것이다. 이 대립이 어떻게 이루어지며 그 의미는 무엇인가를 이해하기 위하여 우선 주인공 독고민이란 인물의 성격부터 살펴보자. 작품에 나타난 독고민의 신분 및 성격은 다음과 같다.

---

15 이 점에 대해서는 Ⅳ-1-(1)에서 상세히 논의된다.
16 정한숙, 『소설기술론』(고려대출판부, 1982), 85면.

① 황해도 태생으로 전쟁 통에 부친에게 밀려 단신으로 월남했다.

② 초등학교 일 학년 때 두각을 나타내 본 이후 죽 공부를 못한 고교 중퇴자이다.

③ 한때 화가가 되려 한 적이 있으나 간단히 포기해 버리고만 현직 간판사이다.

④ 피난 수도 부산에서 넥타이 장수, 군복 장수, 무연탄 장수, 깡통 주이 등 온갖 험한 직업 편력을 가진 경력의 소유자이다.

⑤ 스물일곱의 나이까지 앞뒤 헤아림도 없이 바람에 몰리듯 살아 온 인물이다.

⑥ 그의 유일한 황금시대는 숙과 연애하던 시절이었으며 그 추억으로 삶의 온기를 얻고 있는 인물이다.

이로 보아 독고민이란 인물의 특성은 다음과 같이 요약할 수 있다.

첫째, 그는 최인훈의 다른 소설의 주인공과는 달리 지식인이 아닌, 평범한 일개 소시민이다. 지식인의 외형적 표지라 할 수 있는 대학생의 신분 같은 것을 갖추지 못한, 고교 중퇴자의 이력이 그에겐 전부이다. 그리고 스물일곱의 나이까지 앞뒤 재보지 않고 바람에 불리듯 살아 왔으므로 이성과 사색의 통제를 받는 지식인적 특성과도 거리가 멀다. 넥타이 장수, 군복 장수, 깡통 주이 등을 전전하며 긴박한 생계를 이어왔던 현직 간판사임을 생각하면, 그가 일개 무력하고 평범한 시민임을 더욱 절감케 된다.[17]

---

[17] 독고민(獨孤民)이란 이름에서도 이 점은 암시된다. 이 이름을 풀이하면 홀로 고독한 백성(시민)이란 뜻이다. 월남민인 작가 자신의 처지를 외롭고 무력한 일개 시민으로 우의한 것으로 이해된다.

둘째, 그는 자신이 속한 사회에서 소외되어 있는 인물이다. 그는 월남할 때 자의와는 상관없이 부친의 권유에 밀려 월남했으며 현재는 의지할 데 없는 독신으로 생활을 영위하고 있다. 이것은 그가 형제애나 근친애를 표시할 만한 대상이 없음을 말해 준다. 한편 그는 자신의 능력을 실현해 보고자 응모한 국전에서 여지없이 낙선했다. 그리고 사랑하던 여인 '숙'마저 그의 곁을 떠나고 말아 춥고 외로운 나날을 보내고 있다. 이로 볼 때, 그는 E. 프롬이 말하는 이른바 귀속에의 욕구, 초월에의 욕구, 연관성에 대한 욕구 등을 충족시킬 수 없는—완전히 소외된 인물이라 할 수 있다.[18] 이처럼 무력하며 사회의 변두리에 소외되어 있던 독고민이 현실에 개입하고 정체 불명한 상황 속에 말려드는 것은 숙이 보낸 편지로부터 비롯된다.

민. 얼마나 오랜만에 불러보는 이름입니까? 저를 너무 꾸짖지 마세요. 지금의 저는 민을 보고 싶은 마음뿐입니다. 돌아오는 일요일, 아세아 극장 앞 〈미궁〉 다방에서 기다리겠어요. 1시에서 1시 30분까지. 모든 얘기 만나서 드리기로 하고 이만. 민, 꼭 오셔야 해요.
그는 또 한번 편지를 들여다보았다. 그 편지는 보낸 사람의 이름이 없었으나 독고민은 그녀의 장난꾸러기 같은 얼굴을 대뜸 머리에 떠 올릴 수 있었다. 왼쪽 뺨에 있던 까만 점. 그녀는 이를테면 그의 첫사랑의 여자였다. (208면)

이 편지로부터 발단하여 독고민의 몽유가 시작되지만 우리는 이 대목에서 다음 몇 가지를 유의해야 한다.

① 편지는 익명으로 부쳐온 것이다.

18 정문길, 『소외론 연구』(문학과 지성사, 1978), 133~137면 참조.

② 이 편지가 숙으로부터 온 것일 거라는 것은 독고민의 짐작일 따름이다.

③ 약속 장소인 다방 이름이 〈미궁〉이다.

①의 사실에서 우선 우리는 개인을 상황 속으로 끌어 들이는 상황의 익명성을 시사받는다. 상황은 뚜렷한 정체 없이 항상 우리 주변에 존재하며, 개인은 확실한 자각도 갖지 못한 가운데 그 상황에 연루되지 않을 수 없다. ②의 사실에서는 독고민의 삶의 축이 무엇이며 그가 얼마나 평범한 일개 시민인가 하는 것이 다시 한 번 암시된다. 보낸 사람의 이름이 없는데도 대뜸 숙을 떠올리는 것은 그가 고립되어 있는 인간으로서 사랑에 갈급한 인물이기 때문이다. 가난한 간판사로 춥고 초라한 아파트에 사는 독고민이 바라는 것은 오직 사랑하는 여인과의 재회일 따름이다. ③에 나타난 〈미궁〉 다방은 독고민이 이 편지로 하여 난마와 같이 얽힌 현실상황속으로 빠져 들 것임을 암시한다. 현대의 상황은 풍문보다 불확실한 뉴스문화의 홍수와 바다보다 방대한 조직 속에서 난마와 같이 얽힌, 이른바미궁과 같은 상황이기 때문이다.

이 편지로 말미암아 독고민은 숙을 만나러 나갔다가 모호한 정체로 그를 압박하는 여러 이질적 집단들에 둘러싸이게 된다. 그를 둘러싸는 현실의 집단들은 다음과 같은 것들이다.

① 시인들: 이들은 독고민이 처음 꿈에 들어 제일 먼저 접하는 집단이다. 시단의 현황을 논의하면서 '해전(海戰)'이란 시에 대한 논평을 구하는이들은 현실의 모순과 부조리를 비판하는 지식인 집단이라 할 수 있다. 한편 그들의 과격한 성격과 연령으로 보아 기성에 반항하는 젊은 세대들이라고도 할 수 있다. 이는 시단 현황을 낭독하는 인물이 빨간 넥타이를

맨 '젊은 청년'이라는 사실과 여기에 담긴 내용이 현실의 모순과 부조리, 동시에 진부하고 지향 없는 문화현상에 대한 비판으로 가득 차 있는 것으로 보아 짐작되는 사실이다.

② 노은행가들: 이들은 독고민이 잠깐 현실로 돌아왔다가 다시 꿈에 들어 만나는 최초의 집단이다. 기울어가는 은행의 양도에 관한 결정을 독고민에게 촉구하는 이들은 사회를 직접적으로 운영하고 있는 정치인 집단, 혹은 기성인 집단이라 할 수 있다. 이것은 이들이 의논하고 있는 일이 은행의 운영과 관련한 숫자 놀음이거나 현실적 이익과 관련된 논쟁에 빠져 있는 노인층이라는 사실에서 유추되는 성격이다.

③ 댄서들: 무대상연을 위한 발레연습을 하고 있는 것으로 보아 공연예술에 종사하고 있는 발레리나들임을 알 수 있다. 예술가 집단으로 그 성격을 규정할 수 있겠지만, 관객의 동원이라는 현실적 반응에 민감한 것으로 보아 예술의 상업성과 순수성 사이에서 갈등하는 일군의 예술가들을 상징하는 집단이라 할 수 있다.

④ 에레나와 술꾼: 쾌락과 탐욕의 원리에 따라 전락한 여급들, 무지막지한 술꾼이 등장하는 것으로 보아 타락한 시대풍조 속에 부유하는 인간군을 상징한 집단이라 할 수 있다.

이와 같은 상기의 집단 모두는 선생님 또는 사장님으로 독고민을 받들면서 그에게 자문을 구하거나 결정을 요구하며 독고민을 압박한다. 그러나 독고민은 한결같이 공포에 사로잡혀 이들을 뿌리치고 달아난다. 그는 단지 한 귀퉁이에 앉아 이들이 하는 일을 보고만 있거나 숙을 찾아서 그의 밀실―아파트를 훈훈하게 하고 싶은 소망에 사로잡혀 있을 따름이다. 이에 따라 상황 속에 관여해 주기를 바라는 집단들과 그를 거부하는 독고민

사이에는 대립이 생기게 된다. 이 대립의 근본적 원인은 독고민이 이들 상황의 정체를 모르기 때문이다. 일개 평범한 소시민인 독고민으로서는 시단의 현황에 대해서 알 리 없고, 은행의 운영에 대해서는 더욱 알 수가 없다. 마찬가지로 늙은 댄서와 젊은 댄서들 사이에 예술가/비예술가를 두고 대립이 생기는 이유도 알 수 없으며, 술집 여급인 에레나가 그녀의 애인이 되어 달라는 데는 더욱 당혹할 수밖에 없다. 그러나 이들은 난데없이 나타나서 독고민을 선생님, 사장님으로 받들면서 그들에게 관여해 주기를 요청한다. 이에 대해 독고민이 한결같이 보여주는 반응은 '여러분 용서해 주십시오', '저는 아닙니다', '저를 더 괴롭히지 말아 주십시오' 등의 나약하고 피해의식에 사로잡힌 소시민의 그것이다. 그럴 때마다 그들은 더욱 즐거운 듯 그를 선생님, 사장님으로 떠받든다. 이것은 개인에 대한 상황의 횡포에 다름 아니다. 현대인은 이유를 모른다 하여 그 상황에 가담하지 않을 수 없고 이유를 안다 하여 조직의 횡포를 피할 수 없다. 독고민과 상황 사이에 생긴 대립은 그가 마침내 상황의 압력에 의하여 패배할 때까지 계속 유지된다. 이것은 독고민이 광장에 몰려 집단총격을 받고 사망하는 것으로 상징되어 있다. 그러나 이 대립은 개인과 상황 사이에 개재하는 것일 뿐만 아니라 상황 내부의 모든 세력 집단들에 개재하는 것이기도 하다. 그에 따라 상황 내부는 자체 분열상을 드러내게 된다.

(2) 상황내부의 대립과 분열

전항에서 우리는 개인과 상황 사이에 드러나는 대립관계를 살펴보았지만 상황 내부의 대립과 그로 인한 분열 또한 심각하다. 이 대립과 분열은 상황 내부의 각 세력 집단 사이에 일차적으로 나타나지만, 세력 집단 자체 내에서도 이러한 양상이 나타난다. 우선 집단 사이의 대립과 분열을 살펴보기로 하자.

그들에게 개입할 것을 뿌리치고 달아나는 독고민을 추격하는 각 집단들은 길거리에서 마주치자 다음과 같이 서로를 부정하고 조소한다.

> i) 「노인장들 우리 선생님 못 보셨습니까?」
>
> 「선생님 말입니다.」
>
> (……)
>
> 마구 떠들어서 걷잡을 수 없으나 노인들은 입만 딱 벌릴 뿐이다. 노인들에게서 신통한 소식을 못 받을 눈치자, 그들은 오던 길을 되잡아 달려간다.
>
> 「저런 노인들에게 물어 본다는게 비극이야.」
>
> 「저렇게 나이를 먹었다는 것. 오, 그것은 우리의 치욕이 아니고 무엇인가?」
>
> 「임마, 뉘 할배도 있더라.」
>
> 「할배, 닥쳐라! 나의 할배가 어딨단 말인가? 나의 할배는 하늘에 있나니, 나는 땅에 속한 몸이 아니로다.」
>
> 「그렇다. 우리는 할배가 없다.」(270~271면)

> ii) 「여보세요. 우리 그이 못 보셨어요.」
>
> (……)
>
> 「애, 저 맨 앞줄에 선 녀석 좀 봐. 십년 재수없게 생겼다. 애.」
>
> (……)
>
> 남자들은 충격이나 받은 듯이 뒤로 물러나더니 뒤이어 떠나갈 듯 세찬 웃음을 터뜨린다. (272~273면)

i)은 젊은 시인들과 노은행가들이 마주쳤을 때 그들 사이의 대화다. 대화랄 것도 없는 것이 시인들의 노인들에 대한 일방적인 매도로 대화는 단절된 상태이다. 시인들은 할배가 없다고 주장하는데, 이것은 그들이 전통을 부정하고 기성을 불신하는 태도라 할 수 있다. 그들의 뿌리를 하찮게 여기는 시인들의 일방적인 태도로 노인들은 할 말이 없다. 그들 사이

에는 불신이라는 높은 벽이 가로서 있는 셈이다. ii)는 시인들과 노인, 댄서들이 마주쳤을 때 벌어진 광경이다. 댄서들은 시인과 노인들을 부정하고 조소한다. 십년 재수없게 생겼다며 혐오까지 드러낸다. 시인과 노인들은 댄서들을 부정한다. 댄서들이 예술가라고 대답했을 때 그들은 폭소하며 비웃는다. 서로가 서로의 존재 및 신분을 부정하고 조소하는 상태이다. 에레나들은 아직 나타나지 않았으나 이들도 독고민을 자기들에게 끌어넣으려고 하는 것으로 볼 때 이들과 대립되는 세력이 분명하다. 이처럼 상황 내부의 각 집단들은 서로를 조소하고 부정함으로써 대립한다. 이러한 대립으로 말미암아 상황 내부는 자체 분열상에 이르러 있다. 상황 내부의 대립과 분열은 이에 그치는 것이 아니라 각 집단 자체 내에서도 일어나고 있다. 시인들은 시인들대로 시단을 보는 안목의 상이함 때문에 이견과 비난이 비등하고, 은행가들은 은행가들대로 자신들의 현실적 이익에 눈이 가리워져 자기의 이익을 찾기 위해서 분열상을 노정하고 있으며, 댄서들 사이에는 늙은 발레리나와 젊은 발레리나가 순수, 비순수를 놓고 대립이 심각하며, 에레나와 술꾼 사이에는 술시중을 드느냐 못 드느냐로 대립이 생겨 상황 내부는 완전한 분열상을 노정하고 있다.

이들 각 세력들의 대립과 분열은 좀 더 외연이 넓은 범주 속에서 혁명 세력과 반혁명 세력의 대립으로 나누어진다. 혁명 세력과 반혁명 세력이란 독고민이 위의 집단들에 쫓길 때 방송을 통하여 등장하는 세력들이다. 이들은 방송을 통하여 자기들의 주장과 요구를 내세우는데, 이들의 방송 내용은 다음과 같은 것들이다.

i) 혁명군 방송
① 폭정은 거꾸러지고 자유는 되살아났다.
② 압제자들에게 죽음을 안겨주고 공화국을 건설하자. 시민들은 무기를 들

고 참여하라.

    ③ 우리들의 황금시대를 다시 건설하자.

    ④ 여러분의 양심과 사랑이 혁명을 성공으로 이끌 것이다.

ii) 정부군 방송(반혁명 세력의 방송)

    ① 평화적으로 사태를 수습하고 질서를 되찾자.

    ② 모든 통제는 늦춰지고 무절제와 방탕과 방종이 허용될 것이다.

    ③ 반란군은 진압되었다.

    ④ 반란군 수령은 독고민이다.

    방송 i)은 독고민이 시인들에 쫓길 때 터져 나왔다가 독고민이 모든 집단들에의 관여를 거부하자 정부군에게 진압되는 형식으로 끊어진다. 이 방송은 독고민이 시인들에게 쫓길 때 처음 터져 나옴으로써 혁명군 방송이란 시대의 지성과 양심을 대변하는 상징적 장치임을 알게 한다. 왜냐하면 시인들은 기성의 부패와 압제에 반항하는 지식인 집단으로서 독고민에게 관여를 요구한 집단들이기 때문이다. 이들이 건설하자고 주장하는 공화국이 압제와 부패가 일소된 사회, 윤리적으로 건강한 사회, 문화적으로 부강한 이상적 사회라는 점에서도 그 점은 확인된다.

    ii)의 정부군 방송은 노인들에게 쫓길 때 울려나와 이 방송이 기성의 사회와 문화의 부패상을 드러내고자 한 상징장치로 사용되었음을 알 수 있다. 이 방송은 또한 독고민이 계속 도망하자 독고민을 반란군 수령으로 몰아붙여 상황의 횡포성과 압제를 드러내는 상징적 장치로도 사용되고 있다. 여기서 우리는 상황 내부의 대립이 자유와 압제, 개혁과 보수, 양심과 거짓, 젊음과 기성의 대립임을 알 수 있게 된다. 현실의 여러 집단들은 이러한 대립원리에 따라 사분오열되어 있는 것이다. 독고민은 그러나 혁명군에도 정부군에도 가담치 않는데, 이는 독고민이 자기의 아늑한 밀실만이면 만족한 일개 나약한 시민일 뿐만 아니라, 본질적으로 이 상황들의 정체를 알 수 없기 때문이다. 풍문보다 더 불활실한 뉴스의 형식으로 허공에서 울려 나오는 이 방송들에서 독고민은 어느 편이 옳은지 그른지를 짐작 못하고 방황하다가 결국 반란군 수령으로 몰리게 된다.

(3) 개인의 분열과 패배

우리는 전항까지에서 작품에 드러난 개인과 상황의 대립, 그 상황 내부의 대립과 분열상 및 그것이 무엇을 의미하는가를 살펴 보았다. 그러나 결과적으로 이 작품에서 주목되는 것은 그러한 대립이나 분열상 속에서 한 무력한 개인조차 분열을 일으키면서 상황의 압력에 의해 희생된다는 사실이다. 상황에 맞선 한 개인이 어떠한 경로로 그 상황의 희생물이 되어가는가를 본항에서 살펴 보겠다.

독고민은 애초에 그가 속한 사회의 변두리에 소외되어 있는 나약한 일개 시민이었다. 그러나 그 역시 사회 상황과 무관할 수 없는 한 시민으로서 숙의 편지로 상징되는 사회적 요인에 의해 상황 깊숙이 빠져들게 된다. 이러한 독고민이 상황의 횡포성에 비극적으로 압살 당하는 것은 상황 내부의 모든 세력들에 가담하기를 거부하고 계속 달아나기만 하기 때문이다. 그리하여 정체모를 정부군 방송은 그를 반란군 수령으로 지목한다.

> 반란군 수령은 독고민. 모국(某國)의 지령을 받고 정부 전복을 꾀한 무정부주의잡니다. 그는 현재 S로 2가 가까이를 달아나고 있습니다. 반란군 수령은 독고민. 모국의 말을 듣고 조국을 팔려고 꾀한 국제 아나키스트 구락부의 정회원입니다. 독고민은 시가전에서 네 번이나 에워싸여 (……) 민은 튕겨지듯 달리기 시작한다. 도대체 어떻게 된 노릇인가. 그의 머릿속은 걷잡을 수 없이 빙글빙글 돌아가기 시작한다. (299~300면)

독고민은 그가 통과하는 상황들 속에서 정체모를 집단을 계속 만나왔다. 어떤 이들은 그를 선생님이라고 하고 어떤 이들은 사장님이라고 하면서 그에게 꾸준하게 상황에의 참여를 요구해 왔다. 그때마다 그는 번번히 불안과 당혹 속에서 그들을 뿌리치고 도망해왔다. 왜냐하면 그는 그들이 누구인지, 그 집단들의 명확한 성격이 무엇인지를 몰랐기 때문이었다. 그러나 상황의 압력은 계속 강화되고 자신도 모르는 사이에 그는 반란군 수령으로 지목되기에 이르렀다. 그만의 밀실을 가지고 숙과의 사랑을 꿈꾸는 독고민의 소박한 꿈은 상황의 횡포로 말미암아 허용되지 않을 뿐만 아니라 까닭도 모른 채 반란군 수령으로 지목되기에까지 이르자 그의 정신도 분열상을 드러낸다.

그는 마침내 광장에까지 쫓겨 와서 그 광장위의 분수대 위에 서게 되는데 여기서 시민들 중에 숙의 모습을 발견하고 미친 듯이 소리친다.

「아닙니다. 아닙니다. 저는 아닙니다.」
「저기 있는 저 여자가 제 애인입니다. 저 여자한테 물어봐 주십시오.」
(……)
「숙이 나야 나.」
「당신이 누구예요?」
「응? 내 얼굴 잊었어? 독고민이야! 나야!」
「독고민?」
사람들 가운데 한 명이 나서면서 마지막으로 다짐하듯 여자에게 묻는다.
「저 분을 아십니까?」
「어떻게 된 영문인지 모르겠군요. 전혀 기억이 없군요. 아마… 가엾어라!」
그녀는 애처로운 듯 민을 쳐다보고는 같이 온 남자의 부축을 받으며 군중을 헤치고 빠져 나갔다. 얼이 빠진 독고민은 진짜 동상처럼 얼어붙은 듯 움직이지 못한다. (302~303면)

독고민이 상황에 관여치 않을 수 없었던 것은 오직 그의 조그만 소망—사랑하는 여인과의 재회를 위해서였으나 이제 그마저 부정 당한다. 숙으로 보이는 여인은 그를 모르는 사람이라 부정한 것이다. 이것은 상황의 기만성에 독고민이 완전히 농락당한 것을 의미한다. 숙으로 보이는 여인은 자신이 숙이 아니라며 부정하고, 숙이 아니라 보이는 여인은 독고민을 줄기차게 추격해 왔던 것이다. 이 장면 이후 독고민은 집단 총격을 받고 처절히 죽는 것으로 설정되는데, 이것은 개인이 상황의 압력에 무력하게 희생되는 것을 상징하는 것이라 할 수 있다. 그러나 우리는 이러한 설정이 단순히 상황의 압력에 희생되는 개인을 드러내고자 한데 있는 것이 아님을 유의할 필요가 있다. 주목해야 할 사실은 독고민의 죽음이 자기분열에 이르른 자의 비극을 상징한다는 점이다. 이 점은 독고민이 도망하던 중 반란군 수령으로 지목될 때 '그의 머릿속은 걷잡을 수 없이 빙글빙글 돌아가기 시작했다' 는 사실에서 암시된다. 그는 이때 이미 분열의 현저한 조짐을 보이다가 숙으로부터도 그의 존재를 부정당하자 돌처럼 굳어버린다. 이것은 독고민이 완전한 자기분열에 이르렀음을 의미하는 것이라 할 수 있다. 이처럼 독고민이 자기분열에 빠질 수밖에 없는 것은 앞에서 고찰한 바와 같이 압력의 본질이 분열성에 있기 때문이다. 여기서 우리는 독고민의 비극이 자기분열에 빠져 자기동일성을 상실한 자의 비극임을 알게 된다. 자기동일성은 외계(사물)와 나 사이에 조화와 신뢰가 이루어져 있을 때 이것이 '진정한 나' 라는 느낌을 가짐으로써 획득할 수 있는 것이다. 그러나 독고민의 경우 자신이 처한 상황의 정체불명성과 분열상으로 말미암아 신뢰와 조화를 획득할 만한 곳을 어디에서도 발견할 수 없었다. 자신의 존재를 맡기고 확인받을 수 있으리라 믿었던 숙에게서마저 부정당한 독고민이기 때문이다. 그러므로 우리는 독고민이 경험하는 개인의 패배가 상황의 분열성으로 말미암아 자기동일성의 상실에 이른 인간의 비극을 의미하는 것임을 알 수 있게 되는 것이다.

2) 사회 혹은 시대와의 연관

그러면 이처럼 대립과 분열 속에서 개인은 패퇴할 수밖에 없다는 비극적 인식은 어디에 연유한 것이며 그 구체적 의미는 무엇인가? 한 작품은 그것이 당대의 사회와 유리되어 창작되는 것이 아니라 사회구조에 의해 결정된다는 의견을 참조할 때 이 작품에 연계된 사회상들을 살펴보는 것이 이러한 의문을 푸는데 유익할 것이다.

(1) 대립과 분열의 시대성

먼저 주인공 독고민이 처한 작품내의 시간적 배경을 살펴봄으로써 작품에 투영된 시대적 배경을 추정해 보도록 하자.

독고민이 월남하여 피난수도 부산에서 생활한 적이 있었다는 사실에서 우선 이 작품의 시대배경이 6·25 전쟁 후 어느 시점이라는 것을 알 수 있다. 그러나 이보다 더 구체적으로 시간을 추정할 수 있게 해 주는 것은 다음과 같은 사항들이다.

① 독고민의 나이는 스물일곱이란 점.
② 독고민이 감옥에서 간수에게 채일 때 일본 놈들은 벌써 15년 전에 사라졌을 텐데, 라며 의아해 한 점.

①의 사실로 본다면 독고민이 처한 시간적 배경은 50년대 말로 보아야

한다. 작품 내에서 그가 월남 후 2년간 군복무를 하고 제대했을 때도 전쟁이 한창이고 부산이 피난수도였던 것으로 설정되어 있다. 이때 그의 나이는 아무리 적게 잡아도 20세가 넘었을 것이고, 년도로는 1952, 3년경이라 할 수 있을 것이다. 독고민의 현재 나이가 27세이므로 현재는 1959년경으로 추정된다. 그러나 ②의 사실로 보면 1960년으로 보는 것이 옳다. 해방된 것이 1945년이므로 생각한 15년을 더하면 이런 추정이 가능하다. 그러나 작품 말미에 대학병원의 간호부장이 독고민의 동사체를 발견하고 4월에 죽은 자기 아들을 연상하는 부분에 이르면, 이 작품의 시간적 배경이 1961년까지 연장되어야 함을 알 수 있다. 이렇게 볼 때 독고민의 나이 설정과 작품의 시간배경 설정이 다소 모순되는 점이 있긴 하지만, 하여간 이 작품이 수용하고자 한 시대적 배경이 1960년대의 4·19 직후에서 5·16 후까지임을 알 수 있다.

1960년대 초기는 한국민에겐 잊을 수 없는 격변과 혼란의 시기로 특징지워진다. 1960년에 4·19가 있었고 그 바로 한 해 뒤 5·16 군사혁명이 연이어 뒤따랐기 때문이다. 그러므로 이 당시 사회상의 특징은 과도기적 혼미상 바로 그것이었다.

4·19 직후의 혼미를 대변하는 사회상의 한 양태로 빈발한 데모를 들 수 있다. 민주당 정권 10개월 동안에 일어난 가두시위 건수는 총 2000건에 달했고 여기에 참가한 연인원은 약 백만명에 이르렀다. 이것은 매일 평균 7.3건의 시위에 일평균 3,876명의 국민들이 서울거리의 가두시위에 참가했다는 계산이 된다.[19]

그다음 이 시대의 혼미상을 엿볼 수 있게 하는 것으로 언론의 무질서한

---

19 김성환 외, 『1960년대』(거름, 1984), 80면.

난립을 들 수 있다. 새로운 정권하에서 언론의 자유가 보장되자 민주당 정권 말기였던 1961년 초 국내에서 발행된 정기간행물 및 신문의 수는 1960년 초에 비해 3배가 늘었으며 당시 국내에는 16만 명의 기자가 있었다고 한다. 이 기간 중 신문, 잡지 수는 600종에서 1,500종으로 늘어났으며 이들 새로 생긴 신문이나 잡지 중에는 발행 판권을 비싼 값에 팔아먹고 사는 사이비 언론도 많았다.[20]

이와 같은 혼란과 혼미를 부채질한 것이 민주당 정권의 취약과 무능력이었다. 4·19 혁명 이후 새로 수립된 제2공화국의 민주당 정권은 구태를 벗어나지 못하고 내부의 대립과 분열이 자심했다. 자체 내에서 신파와 구파로 분열하는가 하면 일부는 탈당하여 새로운 당을 세우기도 했다. 이들은 또한 자기분파의 정치적 이익을 위하여 자유당 정권이 행하던 부정과 부패를 답습하는 지경에 이르게 되었는데 사태가 이렇게 되자 지식인들 간에는 민주주의는 한국에 적합하지 않다는 회의마저 충만하게 되었다.[21] 이러넌 중 5·16이 일어나게 된다. 새로 들어선 군사정부는 반공을 국시의 제일로 내세우고 부패일소, 자립경제 수립, 유엔 헌장의 준수 등을 공약하면서 엄격한 통제정책을 펴기 시작했다. 전국에는 비상계엄이 선포되고 국민들은 권리의 유보를 강요당할 수밖에 없는 상황이 되었다.[22]

이와 같은 일련의 상황 하에서 당시의 한국민들은 격심한 정체성의 위기에 직면할 수밖에 없었을 것이다. 한때 독립투쟁의 영웅이던 이승만 박사가 부패한 자유당 간부와 탄압적인 경찰을 이끌어 온 독재자로서 국외

---

20 같은 책, 82면.
21 같은 책, 78~82면.
22 같은 책, 142~143면.

망명에 오르는가 하면, 갖가지 주장이 남발하는 데모 속에서 민주당 정부가 무너지고 군사정부가 모든 것의 개혁과 쇄신을 표방하고 통제정책을 펴기 시작하는 등 그 격변의 양상은 실로 가늠하기 어려울 지경이었기 때문이다.

『구운몽』은 바로 이러한 혼란과 혼미의 시대를 배경으로 하여 그 시대의 대립과 분열상을 상징적이고 풍자적으로 수용한 작품이었다. 시인집단, 은행집단 등으로 나뉘는 여러 세력들도 이러한 각도에서 더욱 구체적으로 이해될 수 있을 것이다. 시인집단은 당시의 무분별한 외래문화 수용과 무능하고 부패한 기성세대를 비판하면서 개혁을 외치는 점으로 볼 때, 그 당시의 지식인 혹은 4·19를 주도한 청년층을 상징하는 집단이라 할 수 있다. 은행가들은 1950년대와 1960년대 초기까지 정권을 잡고 통치를 담당했던 정치가들 혹은 그 외의 분야에서 사회운영에 직접적으로 참여했던 기성세대를 표상하고 있는 것으로 유추된다. 한편 댄서집단들은 당시 올바른 문화적 토양이나 정향이 조성되지 않은 사회 속에서 순수예술을 위해 고심하던 일군, 혹은 예술을 내세우고 매명과 치부에 열을 올리던 인물들을 상징한 것이라 할 수 있다. 빠의 에레나들은 격변기를 거치면서 타락하고 퇴폐한 윤리에 무분별하게 노출되어 전락한 일군의 여인들이나 민중을 표상한 것이라 보인다.

혁명군과 정부군 방송이란 형식의 상징적 장치를 삽입한 것은 이 작품이 군사혁명 후의 모든 당혹감과 불안감, 좌절감까지 형상화 하려 한 것임을 알 수 있게 한다. 혁명군이란 당시 4·19 혁명을 주도한 학생, 지식인, 혁신적 정당을 지칭한 것일 터이며, 정부군이란 5·16을 주도한 세력 또는 당시까지 부패와 비리를 일삼던 모든 정치집단을 상징한 것이라 할 수 있다. 그러나 이 작품은 수법 상 우의적 경향이 강하므로 반드시 위와 같은 방식의 대입으로 혁명군, 정부군 방송을 이해하는 것은 무리가 있다. 논리를 한 단계 비약시켜 혁명군 방송이란 자유로운 삶과 유토피아적 이상세계를 요구하는 양심과 이성의 소리로 이해하고, 정부군 방송이란 이러한 양심과 도덕의 요구를 거부하고 기존의 기득권과 안정된 지위를 누리고자 하는 타락한 보수세력을 상징하는 것으로 이해할 수도 있다. 독고민의 한결같은 도피행각과 그에 따른 패배는 이와 같은 대립과 분열의 시대 속에서 자기의 정립할 좌표를 찾지 못하고 시대의 혼란 속에 자신을 잃은 자의 비극이라 할 수 있는 성격의 것이다.[23]

(2) 대립과 분열의 보편성

그러나 우리는 이 작품이 당대 사회현실의 혼미 상을 노정시킨 것으로 보는 관점을 넘어 오히려 현대의 상황일반, 혹은 한국역사 전체에 대한 포괄적 인식을 담고 있다는 두 가지 단서를 발견한다. 전자의 경우는 독고민이 꾼 도강(渡江)몽에서 발견되고 후자의 경우는 독고민이라는 인물의 상징적 성격에서 유추된다.

도강몽이란 독고민이 시인들에게 쫓기는 꿈을 꾼 뒤 일단 현실로 돌아왔다가 다시 잠이 들어 꾸는 꿈을 말한다. 이것은 또한 독고민이 은행가 집단을 만나기 전에 꾸는 꿈이므로 그 삽입되어 있는 위치상 독고민의 몽

---

23 이 소설의 난해한 구성도 이처럼 격변하는 상황의 분열상과 가치관의 혼란 등을 의도적으로 구조화하고자 한 데서 비롯한 것으로 보인다. 작가는 「시점에 대하여」란 글에서 인간관의 혼란, 국어의 혼란, 사고형의 혼란, 시대의 혼란이 있을 때는 소설에도 혼란이 온다는 견해를 표명하고 있는데, 이로 보아 흔히 비사실주의적 수법으로 난해한 경향을 보여주고 있는 그의 소설적 수법들도 사실상 작가의 치열한 방법적 모색에 의한 결과라 할 것이다. 최인훈, 「시점에 대하여」, 『문학과 이데올로기』(문학과 지성사, 1982), 170면 참조.

유행위의 의미전체를 암시하는 것으로 해석된다.

이 꿈이 암시하는 바는 무엇인지를 구체적으로 살펴 보도록 하자.[24] 그 꿈의 내용을 우선 요약하면 다음과 같다.

바다처럼 망망한 강을 독고민은 헤엄쳐 나간다. 물은 얼음물처럼 차다. 빨리 건너려 열심히 헤엄쳐 나가는 독고민의 신체 각 부분이 돌연 홀렁홀 렁 떨어져 나간다. 팔, 다리, 목, 몸통 이러한 순서로 떨어져 나간 신체 각 부분은 다시 자체 분열을 하여 조각조각이 나 강 밑바닥에 가라앉는다. 이때 강 저편에 신체가 불구인 도깨비들이 나타나서 낚시로 독고민의 조 각난 신체 각 부분을 낚아 자기 몸에 맞추려 한다. 한 여자 도깨비가 던진 낚시바늘이 독고민의 입술을 꿰려할 때 독고민이 놀라 잠이 깬다.

우리가 이 꿈에서 주목해야 할 사실들은 다음과 같은 것이다.

① 강물은 차다.
② 민의 몸뚱이는 조각조각 갈라졌다.
③ 그것들은 강물 속에 가라앉았다.
④ 도깨비들이 낚시로 민의 조각난 신체를 낚는다.

여기서 우선 강물은 현대라는 시대의 상징으로 볼 수 있다. 바다처럼 방대한 조직과 풍문보다 불확실한 뉴스 문화의 홍수, 즉 두텁고 무거운 루머의 지층을 뜻한다. 『광장』의 이명준이나 다른 작품의 독고 씨들이 벗 어나려 안간 힘쓰던 악마적 상황인 것이다. 강물이 차다는 것은 현대의

---

24 이 꿈의 내용 분석은 염무웅의 해석을 많이 참조하였다. 염무웅, 「상황과 자아」, 김병익 · 김현 편, 앞의 책, 18~20면 참조.

역사적 상황이 지닌 비극성을 뜻한다. 오늘날 개인은 자기 자신에게만 관심을 국한시키고 자신만의 밀실을 꾸민다는 것이 불가능하게 되어버렸다. 권력자의 개인적인 선의는 정치 메카니즘의 폭주에 제동을 걸 수 없으며 마음씨 좋은 기업가라고해서 현대의 산업질서와 생산관계가 지닌 모순을 조금이라도 경감시킬 수는 없다. 이러한 상황은 개인에게 부단히 간섭하여 온다. 개인의 사회적 작용력은 극도로 위축된 반면에 인간의 영향권에서 벗어난 정치 경제의 모든 기구는 자체의 논리법칙을 좇아 인간 위에 군림한다. 분업과 기능화의 이 세계에서 현대인의 에고는 마치 민의 몸뚱이가 분열한 것처럼 분열의 위기에 직면해 있다. 이리하여 가치관의 혼란과 붕괴에 직면한 개인의 유일성과 동일성은 뿌리채 흔들리게 된다. 이러한 조건 속에서도 도깨비 같은 외부 상황은 끊임없이 인간을 끌어넣으려 한다. 여기까지는 독고민이라는 인물이 처한 공시적 상황을 이르는 것이라 할 수 있다. 그러나 독고민이란 상징적 인물의 인생역정에서 우리는 한국인의 통시적 상황 또한 인시할 수 있다. 독고민이 겪어 온 인생체험은 한국인이 겪어 온 파란과 시련의 역사와 흡사한 상징성을 내포하고 있기 때문이다.

독고민은 조국의 분단으로 하여 그의 의사와는 상관없이 고향을 떠나야 했던 피난민이다. 의지할 곳 없는 타향에서의 그의 생활은 고립과 궁핍 속에서 황폐화 되었다. 국전에서는 여지없는 낙선의 고배를 맛보았고 유일한 위안이던 여인마저 그를 떠났다. 좌절과 실의의 연속 속에서 그에게 남은 것은 강박적 피해의식뿐이다.

이처럼 자의와 상관없는 외부적 충격 속에서 지향을 잃고 방황하는 독고민이란 인물의 역사는 파란과 시련이 중첩했던 우리의 근대사를 돌아보게 한다. 이 세기의 초기에 우리는 악랄한 일제의 식민지배하에서 물적, 인적 수탈을 감수해야 했고, 그 마수를 벗어나자 조국분단이라는 시련에 봉착하게 되었다. 그로 인한 6·25 전쟁은 이데올로기나 통치 권력과 무관한 나약한 서민들에게 실향과 죽음이라는 고통을 강요했다. 또한 전쟁의 상처가 채 회복되지 않은 1960년대 초기에 4·19와 5·16이란 격변이 이 땅 위에 몰아 닥쳤다.

이와 같은 역사적 경험 속에서 이 땅의 무력한 서민들은 강박적 피해의식에 잠기게 될 수밖에 없었을 것이다. 독고민이 보여준 강박적 도피행위는 한국인의 의식 속에 잠재한 피해의식 내지는 피난민 의식에 말미암은 것이라 할 수 있다. 한편 이와 같은 역사적 격동 속에서 한국인은 자아의 사회화 과정에서 긍정적 자기 동일성의 확보에 실패할 수밖에 없는 위기적 상황에 몰리게 되었다. 신뢰할 만하고 조화로운 역사적 경험을 가지지 못한 때문이다.

이상의 내용들을 정리해 볼 때 『구운몽』에 나타난 대립과 분열상은 당대 현실의 반영일 뿐만 아니라 한국의 역사에 대한 비극적 인식 내용이 수용·표현된 구조임을 알 수 있다.

3) 구원의 방법

우리는 여태까지 독고민이 패배하는 단락까지의 작품구조가 대립과 분열로 이루어져 있음을 살펴 보았다. 이 대립과 분열은 당대 한국의 사회현실에서 비롯된 것이며, 이로부터 현대 한국인 일반이 자기가 처한 시공의 좌표로부터 분리되어 느끼는 자기동일성의 위기까지를 표현하려 한 것이 『구운몽』이 드러내고자 한 작품 의도임을 알았다. 그러면 『구운몽』은 이처럼 현대인에게 미만한 자기분열성과 그로 인한 위기의식을 드러낸 데에 머무르고 있는가? 이에 관한 고찰을 위해서 독고민이 광장에서 집중사격을 받고난 뒤 다시 회생하는 부분의 의미를 살펴 볼 필요가 있다.

독고민이 총격을 받고 쓰러지자 그 자리에는 예의 그 늙은 댄서가 나타난다. 이 늙은 댄서는 젊은 댄서들을 무자비하게 착취하는 인물로 묘사되어 나왔었다. 이 늙은 댄서는 독고민이 쓰러진 자리에 그림자처럼 나타나 오랫동안 기도를 하며 눈물을 흘린다. 그러자 이상한 일이 일어난다.

> 젖은 카아바이드처럼 윤기없던 그녀의 두 눈이 이른 봄 샘터같이 환해지기 시작한다. 흙두덩처럼 거센 눈 가장자리가 봉긋이 살이 오르기 시작한다. 눈을 중심으로 그 가까운 힘살이 서로 끌어당기듯 팽팽해지면서 완전한 젊은 여인의 얼굴로 바뀌고 있는 것이다 그녀는 일어서 축 쳐져 내린 시체에 입을 맞췄다. (……) 그녀의 얼굴에 일어난 기적은 온몸으로 빠르게 퍼져갔다. 두 팔은 우아한 조각처럼 살이 오르고 젖가슴은 보살보다 곱게 부풀었다. (……) 그녀는 손을 온통 시뻘겋게 물들이며 시체의 한 부분을 잡아서 세게 잡아 당겼다. 작크가 주르륵 열리면서 껍질이 훌렁 벗겨졌다. 그녀는 껍질을 사지에서 벗겨 던졌다. 독고민은 말짱하게 누워 있었다. 그것은 아래위가 곁달리고 후드까지 달린 방탄복이었다. 그녀는 가볍게 소리지르며 독고민을 흔들었다. 독고민은 눈을 떴다. (306면)

이처럼 독고민은 회생을 하게 되는데, 여기서 주목해야 할 사항은 다음과 같은 두 가지이다.

① 독고민은 여인의 사랑에 의해 회생한다.
② 그 여인은 카아바이드 같은 눈알을 가졌던 늙은 댄서가 변신한 것이다.

①의 사실은 독고민이 여인의 사랑으로 회생 가능했다는 것을 말해 준다. 이 회생은 구원이라는 낱말로 대치할 수 있는 것으로, 독고민의 구원은 늙은 댄서가 보여준 오랜 기도, 그리고 눈물로부터 가능했던 것이다.

이 사랑의 힘이 독고민을 회생케 했을 뿐만 아니라, 늙은 댄서 자신까지
도 변신이 되게 한 것이다. ②의 사실에서 우리는 그 사랑의 근원이 모성
적인 것에 있음을 암시받는다. 카아바이드 같은 눈알을 가진 노파는 60세
도 넘은, 독고민이 공포와 혐오를 느꼈던 인물이었다. 그러나 그 여자가
다시 젊은 여인으로 변신하여 독고민에게 구원의 손길을 뻗침은 사랑의
온기란 누구에게나 있는 것이며 특히 모성적인데 그 사랑의 근원이 있음
을 보여주는 것이라 할 수 있다.

에리히 프롬에 의하면 모성적 사랑은 무조건적인데 그 특성이 있다고
한다. 거기에 대해 그 어머니의 자식이 보상으로 해야 할 일은 아무것도
없다. 자식이 해야 할 일은 오직 현재의 상태, 곧 그녀의 자식으로 남아 있
는 것뿐이다. 어머니의 사랑이란 지복(至福)이고 평화이며 획득할 필요도
없는 것이다. 다시 말하여 모성애란 모든 것을 주면서도 사랑하는 자의 행
복 이외에는 아무것도 바라지 않는 이타적이고 비이기적인 것이다.[25]

독고민은 바로 이러한 사랑에 의해 구원받는 것이다. 이것은 상황의 횡
포로 하여 그 사회로부터 축출당한 개인을 구원하는 방법이다. 즉 사회로
부터 소외된 한 인간을 그 사회의 일원으로 포용함으로써 건강한 사회를
이룩하는 한 방법이다. 독고민은 피난민이라는 점에서 일차적으로 소외
된 인물이었고 복잡다기한 현대의 상황으로부터 이차적으로 소외되어 자
기분열에 이른 인물이었다. 이와 같이 개인과 상황의 대립에서 생긴 소외
는 조건 없는 사랑의 매개에 의해 그 개인이 다시 살아날 수 있음을 이 작
품에서 강조하고 있는 것임을 알 수 있다.

한편 이것은 사회세력간의 대립과 분열도 해소할 수 있는 방법으로 제

---

25 에리히 프롬, 황문수 역, 『사랑의 기술』(문예출판사, 1983), 55면.

시되고 있기도 하다. 독고민이 회생하고 난 후 별장풍의 은신처로 인도되어 왔을 때, 영사막에 나타난 빨간 넥타이가 민중의 무성의로 인해 혁명이 실패한 데 대한 비통해 하자 은행가 노인은 다음과 같이 말한다.

> 내 아들이여, 내 젊은 동지여, 내 말을 들어 보십시오. 당신은 그들이 돌아섰다고 합니다. 그렇습니다. 그들은 배반했습니다. 그러나 생각해 보십시오. 사랑이란 먼 것입니다. 사랑이란 아픈 것입니다. 어두운 것입니다. (……) 벗이여, 사랑이란 멀고 오랜 것입니다. 당신의 입술에 미움의 말을 담아서는 안 됩니다. 미움은 가장 아름다운 마음도 썩히고 마는 독입니다. 선을 행하기 위해서는 증오해서는 안 됩니다. 우리가 실패한 것은 너무 미워한 탓인지도 모르지요. (312면)

혁명이 성공하기 위해서 즉 자유로운 이상국을 건설하기 위해서도 사랑이 요체이다. 어떤 세력도 미워해서는 안 되며 서로 사랑함, 즉 화해함으로써 진정한 자유의 공화국은 이루어질 수 있으리라는 것이다. 그리하여 마침내 빨간 넥타이를 맨 시인과 감사역 노인도 키스를 하고 화해하기에 이른다. 여기서 우리는 최인훈이 대립하는 두 세계를 화해시키는 지렛대로 사랑을 제안하고 있음을 알게 된다. 이것은 선행연구에서도 이미 규명되었고 강조되고 있음은 연구사 개관에서 살펴본 바 있다. 그러나 사랑은 대립하는 두 세계를 화해시키고 그럼으로써 분열한 세계를 화합시킬 수 있지만 분열한 개인의 상처를 치유하기에 완전한 방법인 것 같지는 않다. 독고민은 시인, 은행원의 감사역 노인 등의 전송을 받고 바닷가로 나가면서 다음과 같은 무력한 상념에 잠긴다.

> 숙은 아까 광장에서 내가 총 맞아 죽을 때도 건져주지 않았다. 왜 그랬을까. 그 생각을 하자 서러워진다. 무슨 까닭이 있을 것이다. 아까 노인도 자꾸 사랑

하라고 했다. 필시 그녀에게 무슨 사정이 있었으리라. 아니 사정이 없대도 좋다. 그녀가 몰라도 좋다. 독고민은 금방 울음이 터질 것 같아 어금니를 굳게 물며 입술을 떨었다. ……집착할 아무 까닭도 없어진 사람이 집착할 아무 까닭도 없어진 사람에게 매달리기로 마음먹은 것이다. 바보는 끝까지 바보였다. 독고민은 앞 창문을 통해 어둠을 내다 본다. 허(虛)가 허(虛)를 보고 있다. (321면)

여기서 사랑의 대상으로서 숙은 이미 현실에 있지 않고, 지향해야 할 구원의 이미지로 전환되어 있음을 볼 수 있다. 그러나 숙에 대한 굳은 사랑의 신념도 독고민의 공허한 내면을 채워주지 못한다. 숙은 이미 집착할 이유가 없어진 사람이요, 독고민 자신도 집착할 이유를 명확히 발견할 수 없다. 이처럼 사랑으로부터 자신의 회생을 확신치 못하는 까닭은 그가 이미 세계의 분열상으로 말미암아 이미 자아의 분열에 이른 인물이었기 때문이다. 그러면 이 자아의 분열을 회복하기 위한, 즉 자기동일성을 회복하기 위한 방법은 어디에서 구해지는 것일까? 최인훈 문학의 최대관심사인 구원에 이르는 또 다른 한 변이 이 문제에 답하면서 찾아질 수 있을 것이다. 김만중의 『구운몽』과 최인훈의 『구운몽』을 비교분석하면서 이 문제에 대한 해결의 실마리를 찾고자 한다.

4. 김만중 『구운몽』과의 비교분석

최인훈의 『구운몽』과 김만중의 『구운몽』은 약 2세기라는 시간적 간격을 가진 동명의 소설이다. 이러한 시간적 간격을 두고 같은 제명의 소설을 제작한데는 분명히 작가의 의도적인 창작동기가 개재되어 있을 것으로 추정된다. 작자는 어떤 의도에서 고전작품으로부터 그 제명을 따 왔을까? 일견 아무런 관련도 없어 보이는 것은 같은 양 작품에는 어떤 유사성이 있는 것일까? 있다면 그 의미는 무엇인가? 또 차이점은 어떤 것인가? 이하에서는 두 『구운몽』을 비교하여 이러한 물음에 답하고자 한다. 이 물음에 대한 해답은 한편 전항에서 제기한 구원에의 다른 한 변이 무엇인가에 대한 해답도 동시에 마련해 줄 것이다.

1) 시간성 분석

소설은 이야기의 대상이 되는 여러 사상(事象)들을 일순간에 다 제시할 수 없으므로 시간적인 구성이 매우 중요한 요소가 된다.[26] 소설의 기본조건은 스토리를 갖는 데에 있는데 스토리는 시간적으로 연속되어 있는 사상(事象)들의 집합체이기 때문이다. 그러므로 시간관계는 소설에서 절대적이며 그것이 없는 소설이란 성립될 수 없다.[27] 소설에서의 시간은 내용적 시간 혹은 상상적 시간이라 하겠는데 두 『구운몽』은 이 시간성의 처리에 있어서 우선 공통점을 갖는다.

(1) 환몽구조

두 『구운몽』은 꿈과 현실이 교차하는 시간구조로 이루어진 소설임이 특징적이다. 고「구운몽」[28]이 현실－꿈－현실로 이어지는 시간구조를 갖고 있음은 널리 알려진 사실이다. 그 내용은 육관대사의 수제자 성진이 용궁으로 스승의 심부름을 갔다 오던 길에 석교(石橋) 위의 팔선녀와 마주

---

26 한일섭, 「시간관계에서 본 소설의 구조」, 『독일문학』, 22호(경북대학교, 1977), 339~340면 참조.

27 E.M.Forster, *Aspects of the Novel*, Hazell watson & Viney Ltd., 1974, pp.42~43.

28 이하에서 김만중의 『구운몽』은 '고『구운몽』'으로 최인훈의 그것은 '현『구운몽』'으로 약칭한다.

쳐 희롱한 뒤 법당에 돌아와 번다한 망상에 시달리다가 잠이 들어 세간의 부귀공명을 다 누리고 잠이 깨어 그 무상함을 깨닫고 큰 깨달음에 이른다는 것으로 되어 있다.

이 소설의 시간구조인 현실(ⅰ)-꿈-현실(ⅱ)의 구조에서 현실(ⅰ)은 성진이 수도하던 연화봉 도장에서의 시간이요, 꿈속은 양소유로 전생한 성진이 지상의 부귀공명을 다하는 시간이다. 다시 현실(ⅱ)는 성진이 잠을 깬 다음날 아침이 된다. 작품상에서 성진이 꿈을 꾼 시간은 단 하룻밤에 불과하나 양소유는 그 꿈속에서 50평생이라는 긴 시간을 보낸 것으로 되어 있어 그가 경험한 기연(奇緣)과 출세의 파란만장한 사건이 지닌 의미를 공으로 돌리고자 한 시간구성이 특출하다.[29] 이 작품의 시간구조는 입몽(入夢) 부분과 각몽(覺夢) 부분이 대체로 명확하게 드러나므로 그 시간적 경계를 확연히 짐작할 수 있으며 따라서 그 시간구조를 밝히는데 별 어려움이 없다. 그러나 현 『구운몽』은 현실과 꿈의 경계가 뚜렷하지 않아 그 시간구조를 포착하기가 용이하지 않다. 그러므로 우선 꿈과 현실이 어떻게 경계 지어져 있는가를 밝히고 그런 뒤 전체구조를 살펴도록 하겠다.

독고민이 제일 처음 꿈에 드는 것은 숙으로 부터 온 것이라 짐작되는 한 통의 편지를 발견하고 기쁨에 차서 과거를 회상하다가 잠자리에 든 후이다.

  벌써 3시가 뎅뎅 울린다. 아래층 주인 할머니방 기둥시계다. 민은 하나 둘 셋 그 소리를 센다. 그러면서도 잠들 눈치는 전혀 보이지 않는다. 그는 또 편지를 쳐든다. 오늘밤 그는 몇 번째 되읽는지 모른다. 마치 놓아두면 그 편지 내용

29 정규복, 『구운몽연구』(고려대출판부, 1979), 259면 참조.

이 종이를 떠나 훌훌 날아갈 것을 걱정하듯. 마치 자기 눈길로 글자 하나하나를 꼭 얽어 매 놓으려는 듯. 독고민은 자꾸 읽는다.

사흘뒤 일요일. 민은 극장을 건너다 보면서 서 있다. 매표구에는 사람들이 뱀모양 구불구불 줄을 지어 밀려 들고 있다. (214면)

이 대목에서 독자들은 독고민이 꿈의 세계에 접어들었는지 어떤지를 전혀 짐작할 수 없게 되어 있다. '독고민은 자꾸 읽는다' 란 구절 다음에 약간의 행간의 간격이 있은 후 이내 다른 사건이 전개되므로 독자들은 소설에서 통상적으로 나타나는 시간적 단축으로만 이해하기 쉽게 되어 있다. 그러나 독고민이 꿈을 꾸고 있다는 것은 그가 영화 관람을 마치고 빈 거리를 걸어오다가 찻집 문을 두드리는 장면에서 눈치 챌 수 있게 된다. 파란 불의 홀과 분홍빛 갓을 쓴 스탠드를 배경으로 한 환상적 분위기 속에 앉아있는 사팔뜨기 눈을 한 찻집 여자의 등장으로 우리는 독고민이 꿈속에 들어있음을 알게 되는 것이다. 이 사팔뜨기 여자란 독고민의 아파트 주인 노파의 손녀딸이 독고민의 무의식속에 잠재되어 있다가 꿈의 영상으로 표출된 것이기 때문이다. 또한 독고민이 만난 시인들이 그를 느닷없이 둘러싸며 선생님이라 부르면서 압박해 오는 데서도 이미 그가 환상적인 꿈의 세계에 들어 서 있음을 알 수 있게 된다.

이렇게 일단 꿈의 세계에 들어선 독고민이 계속 꿈속의 세계를 헤매느냐 하면 그렇지 않고 다시 한 번 현실의 세계로 돌아온다. 그것은 독고민이 시인들에게 쫓기는 꿈을 꾸고 난 뒤이다. 시인들에게 쫓기는 꿈을 꾸다가 독고민이 다시 현실로 돌아오는 부분은 다음과 같다.

i) 그들은 저만치서 이쪽을 손가락질하면서 달려온다. 그는 두 번째 모퉁이를 돌았다. 민은 약간 속력을 늦췄으나 여전히 뛴다.

ii) 아파트 계단을 올라가면서 독고민은 잠깐 망설인다. 꼭 한 잔만 했으면 몸이 후끈하게 녹을 것만 같았다. (229면)

i)에서 ii)로의 장면 전환에서도 꿈이 깬다는 언급은 전혀 없다. ii)는 행간의 간격이 있은 후 이내 이어지고 작품의 서두에서도 똑 같은 구절이 이미 나타난 바 있으므로 독자에게는 기이하게 느껴지는 부분이다. 그러나 이것이 오히려 꿈과 현실의 경계를 나누기 위해서 의도적으로 반복 삽입된 대목임은 이야기가 조금 더 전개되어서야 알 수 있게 된다.

그때 그는 쭈뼛해졌다. 요 먼저 그 편지가 와 있던 날 지금과 꼭 같은 실수를 한 것을 기억해 낸 것이다. 악 소리를 지르면서 그는 어둠 속에서 얼굴을 감쌌다. 얼마나 그러고 있었을까. 그는 조심조심 손을 놀려서 성냥을 그어댔다. 이 불이 꺼지면 안 된다. 그렇게 되면 **요전날밤**과 같아진다. 그는 하들하들 떨면서 불붙는 성냥을 쥐고 초가 놓인 책상앞으로 다가갔다. (230면, 굵은 글씨는 인용자)

여기서 요전날 밤이란 독고민이 숙으로 부터 온 편지를 읽고 잠이 들어 시인들에게 쫓기던 꿈을 꾼 그날 밤을 말한다. 아닌게 아니라 독고민은 그날 밤 집에 돌아와 위와 같은 경과를 겪고, 숙의 편지를 발견하고, 그리고 시인들에게 쫓기는 악몽에 시달렸던 것이다. 그러므로 위의 인용부분의 정확한 시간은 독고민이 정작 숙을 만나러 갔다가 만나지 못하고 돌아온 때—약속 일자인 일요일 임을 알 수 있다.

그때 그는 이상한 것을 찾아낸다. 그는 허둥지둥 봉투를 바싹 불빛에 들이대면서 들여다 본다. 우표를 물고 찍힌 소인의 날짜, 1.25. 다음에 본문에 적힌 날짜를 다시 봤다. 1.15. 그의 머리는 벌집을 쑤셔 놓은 모양으로 어지럽다. 1월 15일에 쓴 편지를 25일에 부쳤구나. 그렇다면 편지에 '돌아오는 일요일' 이란

그 일요일은 어떻게 된단 말인가? 오늘이 28일, 그러니깐…… 그는 수첩을 꺼
내서 15일에서 제일 가까운 일요일을 찾았다. 21일. 21일이었다. 모든 수수께
끼가 풀렸다. (231면)

위의 인용문에서 우리는 독고민이 꿈을 깨고 잠시 현실로 돌아와 있다
는 확실한 증거를 포착할 수 있다. '오늘이 28일' 이라 하므로 그는 약속장
소에 이미 다녀온 후이고, 그가 편지를 받은 것이 25, 6일 경이었을 것이
므로 이때 이미 독고민은 시인들에게 쫓기는 꿈에서 깨어나 현실로 돌아
와 있었던 것이다. 그러므로 앞서 인용했던 (i)(ii)대목 사이에는 사실상
사흘이라는 시간 간격이 개재해 있는 것임을 알 수 있다.

이처럼 현실로 일단 돌아 와서 숙을 만날 방도를 이리저리 강구하다가
독고민은 다시 잠이 든다. 다시 잠들어 그가 꾸는 꿈이 앞서 언급한 도강
몽이다. 이 도강몽을 꾼 후 놀라 퍼뜩 잠에서 깼다가 이내 다시 꿈에 들어
은행가들, 댄서들, 엘레나들을 차례로 만나게 된다.

도강몽을 꾸는 부분은 입몽과 각몽 과정이 명확하게 드러나 있는데, 이
는 현대라는 상황이 분열의 위기에 처해 있음의 보편성을 암시하기 위하
여 의도적으로 그렇게 한 것이라 하겠다.

독고민은 두 번째 몽유 행각 중에 광장에서 집중사격을 받은 후 다시
회생하여 국외로 망명하기 위해서 바닷가로 나가는 것으로 되어 있지만,
다음날 아침 그는 김용길 박사의 정원에서 동사체로 발견된다. 독고민이
꿈을 꾸면서 실지로 몽유병자처럼 추운 거리를 헤메다 동사한 것으로 사
건은 설정되어진 것이다. 독고민의 동사체를 발견했을 때 김용길 박사와
빨간 넥타이를 맨 조수가 그를 두고 혹시 몽유병자가 아닌가 하는 공통된
짐작을 하는데서 이러한 사실을 유추할 수 있다. 여기서 우리는 현『구운

몽」의 시간구조가 현실-꿈-현실-꿈-현실로 짜여져 있음을 알 수 있게 된다. 이것을 도해해 보면 다음과 같다.

← 현실 →	← 꿈 →	← 현실 →	← 꿈 →	← 현실 →
독고민의 아파트 (독고민이 숙의 전화를 받음)	시인들과의 조우	독고민의 아파트 (숙을 만나지 못하고 돌아옴)	은행가, 댄서, 에레나들과의 만남	김용길 박사의 병원에서 동사체로 발견된 독고민

이것을 다시 고「구운몽」의 구조와 비교하면 다음과 같다.

고『구운몽』;현실-꿈-현실
현『구운몽』;현실-꿈-현실-꿈-현실

이로 보아 우리는 현『구운몽』이 고『구운몽』의 시간구조를 중첩하여 제작한 소설임을 알 수 있다. 후자는 작품의 시간처리에 있어서 전자의 시간구조를 원용하여 처리한 것이다. 그러나 현『구운몽』의 구조에서 의문으로 남는 부분들이 있다. 그것은 작품 제일 첫머리의 꿈과 고고학에 관해 해설을 하는 부분, 마지막으로 연인 한 쌍의 포옹 부분은 어떻게 이해해야 하는가 하는 문제이다.

우선 작품의 첫머리는 현실로 처리함이 옳다. 독고민은 태집보다 더 어두운 관 속에서 걸어 나오는 것으로 되어 있는데, 이것은 하나의 꿈으로 처리되기 보다는 작품의 성격을 암시해 주는 도입부로서 그 시간은 역시 현실이라 할 수 있다. 왜냐하면 "캄캄한 겨울밤 독고민은 아파트 계단을 올라간다. 지난 밤 꿈을 골똘히 생각하면서"란 대목에서 알 수 있듯이 첫머리 도입부는 환상과 현실이 뒤섞여 있지만 시간적으로는 역시 현실에 속하는 것이기 때문이다.

　다음으로 문제가 되는 대목은 김용길 박사의 병원 장면도 끝난 뒤 작가로 간주되는 화자가 고고학에 관해 해설하는 부분과 이 다음 그때까지의 사건전개가 영화로 처리되어 버리고 그 영화를 관람하고 나오는 젊은이들이 포옹하는 마지막 부분이다. 고고학에 관한 해설 대목은 그때까지 숨어 이야기하고 있던 화자가 작품의 표면에 나타나서 이 작품의 작의를 이야기하는 대목이다. 고고학을 "생명에 넘치고 창조적이며 허구적"(335면)이라 정의한 구절에서 알 수 있듯이 작가는 문학을 고고학에 우의해서 창작의도에 대한 간접적 해명을 꾀한다. 이와 같은 고고학의 정의는 『서유기』의 서문에서도 발견된다. 그러나 『서유기』에서는 작품 자체의 유기적 구조와는 상관없는 작가의 서문이었지만, 『구운몽』에서는 작중에 이 부분이 삽입되어 있다. 추측건대 이 부분은 작가가 난해한 이 작품의 이해를 돕기 위하여 첨가한 부분이라 할 수 있으므로 이 대목은 작품의 전개에 있어 필연적 관련이 있는 부분이라고는 할 수 없다. 그러나 이 해설을 작가는 부득이 삽입해야 할 필요를 느꼈던 모양으로 이 부분이 삽입됨으로써 그 앞까지의 사건 전체를 영화로 처리할 수밖에 없었던 듯하다. 젊은 한 쌍의 포옹장면은 이로 해서 파괴되어버린 소설적 구조를 다시 회복하기 위한 대미로써 등장하게 된 것으로 보인다. 이 부분은 작품의 주제를 한 번 더 강조하는 효과를 가지는데 작품의 유기적 요소인지는 의심스럽지만 어쨌든 이 장면 역시 현실 상황이므로 현실에서 끝나는 작품의 시간 구조를 변경시킬 만한 요인은 없는 것이다. 그러므로 우리는 이 작품의 시간구조가 현실−꿈−현실의 중첩구조로 이루어진 것임을 최종적으로 확정할 수 있다.

(2) 몽유담의 우의적 전통

그러면 이제 최인훈이 이와 같은 환몽구조를 채택한 까닭은 무엇인가를 해명할 단계에 이르렀다. 이에 대한 해답은 일차적으로, 꿈의 성격이 본래 환상적인 것이므로 독자로 하여금 그 허구성과 유희성을 손쉽게 납득할 수 있게 한다는 점에서 마련되어진다. 그러나 보다 더 심층적인 이유는 다음과 같은 몽유담의 우의적 성격에 기인한다.[30]

첫째, 몽유담은 부조리한 현실사회에 의해 부당하게 소외된 자들을 몽중세계에 등장시켜, 은폐된 진실을 고발, 폭로케 하는 효과를 가진다. 이 때 몽유의 모티프는 역사적 체험을 재현할 뿐만 아니라 인간사회에서 소외된 인물을 통하여 현실사회의 부조리를 통찰 비판케 하는 시선을 제공한다. 둘째, 몽유는 상징적·심리적 차원에서 절망과 불안 속에 퇴행하는 내면세계로의 여행기적 성격을 가진다. 그러므로 작품 속에 전개되는 몽중세계는 역사적 시간이 소멸된 초월적 공간이 되며 역사적 사실들은 구체적 실재성을 부분적으로 상실하고 관념적으로 추상된 상징적 의미를 띠게 된다. 셋째, 이러한 성격을 통하여 몽유담은 우의적 특성을 다분히 포함한 채 교훈적 목적의식을 표명할 수 있게 된다. 몽중세계에서의 체험은 인간이 자신과 화해할 수 있는 곳을 찾아 떠나는 것이란 점에서 일종의 여행으로 간주할 수 있다. 이 여행을 통하여 인간은 자신이 빠져든 정

---

30 이하 몽유담의 특성은 정학성, 「몽유담의 우의적 전통과 개화기 몽유록」, 『관악어문연구』 3집(서울대, 1978)을 참조한 것임. 몽유담이란 몽유록계 소설과 몽자류계 소설을 포괄적으로 지칭하는 용어이다.

서적 불안과 의혹을 해결하는 계기를 마련하게 되는 때문이다. 이처럼 현실경험에서 생긴 불안이나 문제를 해결, 통찰할 수 있는 계기를 마련해 주는 동시에 실제의 삶을 온전히 수용할 수 있다는 점에서 몽유의 모티프는 교훈적 우의의 손쉬운 방편이 되어 왔다.

최인훈은 바로 이러한 몽유담의 특성에 착목하여 김만중의 『구운몽』을 패러디한 것으로 판단된다. 독고민은 분단현실이라는 모순된 상황 속의 피난민으로서 일차적으로 그가 속한 사회에서 소외된 인물이었다. 한편 그는 자신이 속한 사회의 대립과 분열상으로 인하여 조화와 신뢰를 보낼만한 이상적 사회를 찾지 못함으로서 또 다시 소외된 인물이었다. 이와 같은 독고민이라는 인물의 소외를 통하여 최인훈은 당대 현실의 모순과 부조리를 고발하고자 한 것이다. 자기의 이익을 구하기에 혈안이 된 노은행가들과 늙은 댄서를 등장시켜 5·16 직후까지 사회를 부패와 타락 속에 몰아 넣었던 기성인들을 풍자하고, 정부군 방송이란 형식을 통하여 당대의 부조리와 비리를 고발하고자 한 것이 그 점을 증명한다. 또한 이러한 대립과 분열의 세계상이 당대의 모순에 기인하는 것이 아니라 우리 근대사 전체에 내재한 모순 때문인 것이 독고민의 몽중체험이라는 형식을 빌어 상징적으로 표출되었다. 결국 이러한 대립과 분열의 사회상은 우선 사랑에 의해 구제될 수 있다는 그의 교훈적 목적의식을 가탁하기에 몽유담의 형식은 최인훈에게 더없이 적합하게 보였을 것으로 파악된다.

이러한 점을 근거로 우리는 최인훈이 몽유담 전통의 상당히 깊은 연원에 까지 자신의 작품을 접맥시키려 한 것임을 추정할 수 있다. 몽유담이란 이른 바 몽유록계 소설과 몽자류계 소설을 총괄하여 지칭한 것인데, 최인훈의 『구운몽』은 김만중의 『구운몽』—몽자류 소설—에서 작품제작의 수법을 빌어 왔을 뿐만 아니라 몽유록계 소설의 특성에서도 그 수법을 차용한 것으로 보이기 때문이다. 즉 현실세계와 몽중세계의 주인공이 동일하다는 점과 꿈으로 들어가는 유인적 요인－숙의 편지－등이 있다는 점에서는 몽자류 소설의 특성을 취택한 것이라 할 수 있고, 몽중사건이 역사적 사실의 토대 위에서 구축된 것이라든지 교훈성이 현저한 점 등은 몽유록계에 맥이 닿는다.[31] 이렇게 볼 때 최인훈의 『구운몽』은 몽유담의 전통을 철저히 수용하고자 한 작품임을 알 수 있다. 이 몽유담의 전통이란 멀리 삼국유사의 조신몽에로까지 그 연원이 소급될 수 있는 것으로[32] 그 전통이 매우 오랜 것이다. 이와 같은 몽유담의 전통은 개화기 몽유록을 거쳐 이광수의 『꿈』에까지 이어진 것이라 할 수 있는데,[33] 그 이후에는 특별히 주의되지 않았던 형식이던 것을 최인훈이 이에 주목해 그의 『구운몽』을 제작한 것이다.

2) 인물의 윤회와 전변

고 『구운몽』과 현 『구운몽』 사이의 또 다른 하나의 유사점으로 인물의 윤회·전변을 들 수 있다. 우선 두 작품의 인물의 전변 양상을 살펴본 후 논의를 계속한다.

---

31 몽유록과 몽자류의 이러한 성격에 대해서는 서대석, 「몽유록의 장르적 성격과 문학사적 의의」, 『한국학논총』 제1~5합집(계명대, 1980), 520면 참조.
32 설성경, 「구운몽의 구조적 연구(Ⅲ)」, 『국어국문학』 58.59.60 합병호, 307~311면 참조.
33 이광수의 꿈은 「조신몽」을 각색한 작품이다.

제 2 부 방법적 고전 변용의 구조 분석 시론

(1) 인물 윤회 · 전변의 양상

두 작품에 나타난 인물의 전변 상을 도해해보면 다음과 같다.

고 『구운몽』	현 『구운몽』
성진 → 양소유 팔선녀 → 진채봉 심요연 계섬월 난양공주 정경패 적경홍 가춘운 백능파	독고민 → 김용길 박사 빨간 넥타이의 신사 → 김박사의 조수 늙은 댄서 → 간호부장 숙 → 견습간호부

고 『구운몽』에서 성진과 팔선녀가 세속의 희락(喜樂)을 탐하다가 윤회 전생의 고(苦)에 말려드는 것은 더 논의할 필요는 없다. 그러므로 현 『구운몽』의 인물의 전변에 관해 논증해 보자.

ⅰ) 독고민과 김용길 박사

이 두 사람은 다음과 같은 점에서 유사한 신분과 성격을 갖고 있다.

① 황해도 태생이다.

② 삼대는 아니지만 독자이다.

③ 부친이 밥숟가락이나 먹는 포목전을 경영하고 있었다.

④ 미술에 재질과 관심을 가졌다.

ⅱ) 빨간 넥타이의 시인과 조수

빨간 넥타이를 맨 시인과 조수와의 상관관계는 독고민과 김용길 박사와의 관계처럼 구체적으로 나타나 있진 않지만 다음과 같은 점에서 서로 유사하다.

① 빨간 넥타이를 맸다.

② 나이가 젊은 청년들이다.

③ '해전'이란 제목의 시에 대한 평을 요구한다.(젊은 시인은 독고민에게, 젊은 조수는 김용길 박사에게)

iii) 늙은 댄서와 간호부장

① 환갑이 가까운 나이다.

② 카아바이드처럼 바싹 마른 눈을 가졌다.

③ 젊은 세대에 대한 강렬한 애정을 가지고 있다.(늙은 댄서는 독고민에게, 간호부장은 4월에 죽은 그의 아들에게)

iv) 숙과 견습간호부

① 왼쪽 뺨에 까만 점이 있다.

② 젊은 나이의 여인들이다.

이상에서 본 바와 같이 독고민과 김용길 박사, 빨간 넥타이의 시인과 김박사의 조수, 늙은 댄서와 간호부장, 숙과 견습간호부는 인물의 성격, 성장배경, 혹은 외모 등이 유사함으로써 인물의 전변이 이루어지고 있음을 알게 된다. 고『구운몽』에서는 인물의 윤회전생이 현실계의 성진 등이 꿈속의 양소유 등으로 전생한 후 다시 현실계의 성진 등으로 전생하는 양상을 보여주는데 비해 현『구운몽』에서는 독고민의 몽유행각이 끝나는 시점을 경계로 인물의 전변이 한 번만 이루어지고 있음이 특징적이다.

(2) 인물 윤회 · 전변의 의미

그러면 이 두 작품에 나타나는 윤회 · 전변의 의미는 무엇인가?

윤회전생이란 세상의 괴로움 속에서 태어나고 늙고 쇠해지고 죽어서 다시 태어남을 이르는 불교용어이다. 그리고 이 윤회전생이 일어나게 된 원인은 우매한 인간이 우주의 진리인 진여(眞如)의 세계를 똑바로 관찰하지 못한데서 일어나는 인과율에 의해서라고 한다. 이 인과율이란 이것이 있음으로 말미암아 저것이 있고 이것이 생김으로 말미암아 저것이 생긴다는 것으로, 생성 유전하는 존재의 측면에서 볼 때는 존재하는 일체의 것은 모두 그럴만한 조건이 있어서 생겨난 것이며 그것들은 또한 그럴만한 조건이 없어지면 그 존재도 있을 수 없게 된다는 것이다. 그런데 대체로 인간은 윤회전생의 원인이 되는 혹(惑)과 업(業)에 사로 잡혀 현재계에 지은 업으로 말미암아 내세에 왕생한다는 것이 이 윤회사상의 요지라 할 수 있다.[34] 이렇게 본다면 고『구운몽』에서의 성진과 양소유, 팔선녀와 팔미인들은 분명히 윤회전생의 업보로 말미암아 생기한 인물들이다.

고『구운몽』의 성진은 육관대사의 분부를 받들어 용궁으로 심부름을 갔다가 거기서 술에 취했으며 돌아오던 길 석교위에서 팔선녀와 희롱했을 뿐만 아니라 다음과 같은 생각까지 하게 된다.

남아가 세상에 나서 어려서는 공맹의 글을 읽고 커서는 요순과 같은 성주(聖主)를 만나 나아간 즉 삼군의 장수되고 들어온 즉 백관의 어른이 되어 몸에 금의를 입고 허리에는 금인(金印)을 차고 군주에게 충성하며 백성을 널리 이롭게 하며 눈으로는 고운 빛을 보고 귀로는 현묘한 소리를 들어 영예가 당대에 뻗칠

---

34 김기동, 「국문학상의 불교사상 연구」, 『불교학보』, 제2집, 동대불교문화연구소, 1964, 240~245면 참조.

뿐만 아니라 공명이 후세에 떨치면 이야말로 진실로 대장부의 떳떳한 일이 아닌가?[35]

이처럼 불제자로서 용납될 수 없는 세속의 부귀공명을 탐한 연유로 성진은 육관대사의 부름을 받고 도장에 나아갔다가 염왕에게 회부되어 대당국(大唐國) 회남도(淮南道) 수주현(秀州縣)에 살고 있는 양처사(處士)의 아들로 태어나게 된다. 이곳에서 일찍이 희구하던 세속의 부귀와 공명을 다누린 후 그 허무와 무상함을 깨닫고 다시 불제자로 돌아 와 극락왕생한다는 것이 고『구운몽』의 스토리이다. 불교의 윤회전생 사상을 한 모티브로 삼아 제작된 소설인 것이다. 그러나 최인훈의 『구운몽』에 나타난 인물들의 전변은 고『구운몽』에 나타난 윤회전생의 양상과는 다르다. 여기에서는 전세(前世)의 업력으로 하여 다시 태어나고 죽는 윤회전생의 괴로움을 끊고 해탈한다는 양상은 나타나지 않는다. 그보다는 개체들 사이의 인과를 강조하는 인과율적 측면이 강조되어 있다. 즉 독고민이라는 인(因)이 있어서 김용길 박사라는 과(果)가 있으며 빨간 넥타이를 맨 시인이라는 인이 있어서 빨간 넥타이를 맨 김 박사의 조수가 있다는 인과율적 양상이다. 그러면 어떠한 의도에서 작가는 이와 같은 인물의 전환 배치를 고려하게 되었을까? 그것은 불교적 윤회전생의 업고를 해탈한다는 연기사상적 진체(眞體)를 나타내려 하기보다는 역사적 현실 속에 처한 한 인물 또는 한 개체 사이에 개재해 있는 연속성 혹은 동일성을 강조하려한 작가의 의도 때문이다.

---

35 김만중, 「구운몽」, 정규복, 『구운몽 연구』(고려대출판부, 1979) 소재, 365면. 한문본을 필자가 다른 번역을 참조하여 따로 번역하였다. 이하 고『구운몽』 경우는 모두 마찬가지 방식으로 인용하고 면수는 본문에 밝힘.

제2부 방법적 고전 변용의 구조 분석 시론

229

독고민과 김용길 박사는 하룻밤을 경계로 해서는 각기 다른 인물이라 할 수 있다. 그러나 그 밤이라는 시간적 경계를 잠시 제거해 놓고 보면 어지러운 한국의 현실 속에 놓여진 한 동일인이라는 해석이 가능하다. 독고민은 대립과 분열의 세계 속에서 어쩔 줄 모르고 표랑하는 인물이지만 김용길 박사는 그러한 현상을 직시하고 그 원인과 그에 대한 대책을 강구하느라 부심하는 인물이기 때문이다. 김용길 박사가 지금 하고 있는 연구의 내용이 바로 그런 작업임을 잘 설명해 준다.

> 박사에게는 지금 하고 있는 일이 있었다. 심령학회 보고에 따르면, 외국에 전혀 가 본 적이 없는 피술자(被術者)가 그 외국의 어떤 도시에 대하여 정확하고 자세한 진술을 했다는 것이다. 또 어떤 피술자는 삼백 년 전의 일에 대한 진술을 했는데 최근 나온 고문서로서 그 사실이 밝혀졌다는 것이다. 만일 이것이 정말이라면 그 진술의 화자는 진술한 본인일 수 없다는 말이 된다. 그렇다면 누가 말한 것일까? 그 얼굴없는 화자는 누군가? 그것은 또 개체 개념을 뿌리에서 다시 살펴져야 한다. A는 A이면서 A가 아니다? 그것은 인간을 〈현재〉와 〈여기〉라는 시간과 공간의 두 축으로 완고하게 자리 주어진 좌표로부터 허의 진공 속으로 내놓음을 말한다. 그리고 개인은 시공에 매임 없이 인류가 겪은 얼마인지도 모를 기억의 두께 속에 가라 앉아 급기야 그 개인성을 잃고 만다. 바다에 떨어진 한 방울의 물처럼 그것은 미궁 속에 빠진 몽유병자 같은 상태일거다. 그 속에서 끝까지 개체의 통일성을 지킬 수 있는 힘은 무엇인가? 박사의 연구는 이 같은 가정에 대하여 과학적인 분석과 종합을 해보되, 그의 전공분야에서 하자는 것이었다. 연구는 시원치 않았고, 그 탓으로 요즘 박사는 기분이 좋지 못했다. 신경과를 택한 것도, 미술을 못할 바엔 인간의 신비를 바로 손으로 만지면서 연구하겠다는 생각에서였다. (323~324면)

김용길 박사의 연구내용은 이처럼 현재와 여기라는 시공의 좌표를 잃을 수밖에 없는 현대인에게 정체감과 자기동일성을 회복시켜 주기 위한 작업이다. 한편 김용길 박사가 미술을 택하려다가 정신신경과를 택한 것은 독고민이 화가가 되려다가 포기하고 만 현직 간판사라는 점과 일맥상통한다. 여기서 우리는 독고민과 김용길 박사 두 사람이 분열의 시대 속에 사는 한 인간의 양 측면을 나타내 주는 인물들임을 알 수 있다. 다시 말해 독고민의 방황은 분열의 세계 속에서 그 분열상을 피부로 체험할 때의 일차적 반응양태에 해당하고, 김용길 박사의 연구행위는 그 분열상에 일단 접한 후 사색과 논리로써 그에 대처하려는 이차적 반응양태에 해당하는 것이라 하겠다. 이로 볼 때 우리는 독고민이 보여주는 자기동일성의 위기는 독고민만의 문제가 아닌 것임을 알 수 있다. 작가는 독고민과 김용길 박사를 일치시켜 분열의 위기에 처한 인물임을 강조함으로써 자기동일성의 위기가 현대 한국인 전체에 미만한 위기임을 드러내려 했던 것이다. 빨간 넥타이의 시인과 박사의 조수, 늙은 댄서와 간호부장, 숙과 견습 간호부 사이에도 이러한 연계를 설정한 것은 이들 역시 분열의 위기에 처한 동일인들임을 나타내려 한 작가의 의도에 말미암은 것이다.

빨간 넥타이의 시인과 조수는 그들의 직업이 다름에도 불구하고 시대의 문제점을 예리하게 파악하고 이상과 진리의 추구에 몰두하고 있는 젊은이들이라는 점에서 개체로서는 다르지만 동일인이라 할 수 있다. 늙은 댄서와 간호부장은 그들 속에 간직하고 있는 깊은 모성애를 보여주고 있는 점에서 동일인이라 할 수 있다. 한편 숙과 견습 간호부는 혼미의 시대에 인간들에게 따뜻한 사랑의 불씨를 공급해 줄 수 있는 구원의 여인상들이라는 점에서 이들 역시 동일인으로 파악된다. 이들은 달리 말하여 분열과 혼미의 시대 속에 처한 동일한 개체들인 것이다.

이렇게 볼 때 독고민의 몽유계에서 김용길 박사의 현실계로 전변되어 나타나는 인물의 전환은 그 모티브를 고『구운몽』의 윤회사상에서 얻은 것이 확실하지만, 그 의도는 고전의 그것과는 달리 분열과 좌절의 시대에 사는 인물들에게 연속감을 부여하여 자아의 분열에 부심하는 현대 한국인 일반의 모습을 드러내고자 한 의장이라 하겠다.

3) 세계관의 문제

위에서 우리는 두 『구운몽』사이에 나타나는 유사점들을 살펴보았다. 그 유사점들은 작가 자신이 표출하고자 한 주제를 효과적으로 드러내고자 고『구운몽』의 구성 기법들을 차용한데서 비롯된 것이었다. 그러면 양 『구운몽』사이에 다르게 나타나는 점은 무엇이며, 그 의미는 무엇인가? 이하에서는 그 다르게 나타나는 점, 즉 세계관의 차이를 분석 검토하려 한다.

(1) 김만중 『구운몽』의 세계관

고『구운몽』에 나타난 세계관은 단적으로 말하여 불교적 세계관이라할 수 있다. 이것은 다시 말해 번뇌와 갈등에 찬 인간이 모든 망집을 끊고 해탈함으로써 극락에의 귀의가 가능하다고 보는, 돌아갈 구심점이 상정된 세계관이다. 이러한 세계관은 인간이 처한 현실이 비록 번다한 욕망과 갈등에 찬 장소이지만 이 현실은 궁극적으로 조화와 질서에 찬 세계라는 신념에서 비롯된 것이다. 이 작품의 서두에서 우리는 그처럼 조화되고 질서 있는 세계의 모습과 만난다.

> 천하에 명산이 다섯 있으니 동쪽의 태산, 서쪽의 화산, 남쪽의 형산, 북쪽의 항산, 중앙의 숭산이다. 이들은 이른바 다섯 명산으로 그 중에 형산이 중토(中土)에서 가장 멀리 떨어져 있다. (361면)

천하의 다섯 명산은 그 중심에 숭산을 두고 동서남북 사방에 질서와 조화를 갖춘 채 옹립한 양상이다. 그러나 성진의 연화도장이 있는 형산은 중심에서 가장 멀리 떨어져 있는 산으로서 그 중심을 향한 갈등과 구심운동이 있을 것임이 암시된다.

성진이 최종적으로 지향하는 바는 극락정토에의 귀의라 할 수 있는데 이 작품은 극락귀의를 구심운동의 최정점으로 하는 구조로 짜여져 있다. 작품의 전편을 시공간의 구별에 따라 단락별로 나누어 보면 다음과 같다.

A. 형산에서의 성진의 세계

(a) 용궁으로 육관대사의 심부름을 하고 돌아오다 팔선녀와 희롱하는 성진.

(b) 법당에 돌아와 세속의 번뇌, 망상에 괴로워하는 성진.

(c) 대사에게 불려가 불법을 파계한데 대해 문책 받고 풍도로 끌려가 환생의 고를 겪는 성진.

B. 성진의 꿈속 : 양소유의 세계

(a) 환생하여 동서남북, 상하신분으로 사는 소유와 팔선녀.

(b) 팔미인을 차례로 만나면서 부귀공명을 다하는 성진.

(c) 인생의 무상함을 깨닫고 불가에 귀의하려는 양소유와 팔미인.

C. 꿈을 깬 뒤의 성진의 세계

(a) 육관대사로부터 금강경과 의발(衣鉢)을 전수받는 성진.

(b) 크게 깨달아 극락에로 귀의하는 성진과 팔선녀.

우선 이 작품의 시간구조를 보면 ABC전체가 하루 동안에 일어난 사건들로, A는 성진의 낮의 체험, B는 밤의 체험, C는 새벽의 체험으로 되어 있다. A에서 C까지 시간이 전개되면서 성진은 B, 즉 밤의 체험에서 현세적 부귀공명의 무상함을 깨닫고 꿈에서 깨어나 본래의 수도하던 불제자로 돌아온다. 그리하여 그가 최종적으로 지향하는 세계는 시간의 무상성이 제거된 세계, 즉 영원한 시간세계인 극락이 된다.

공간구조로 본다면 A의 세계, 즉 연화봉은 온갖 영험한 이적(異蹟)이 일어나는 신비의 세계이다. 작품에 나타나는 형산의 묘사를 보자.

> 구름이 그 낮을 가리고 안개가 허리에 둘려 천기가 청명하지 못하면 사람이 그 진면목을 볼 수가 없다. 옛날 대우(大禹)가 홍수를 다스리고 그 위에 올라 비를 세워 그 공덕을 기록하니 하늘 글과 구름 전(篆)자가 아직 있고, 진(秦)나라 때의 선녀 위부인(衛夫人)이 도를 얻어 옥황상제의 명을 받아 선동옥녀를 거느리고 이 산에 와 있으니 이른바 남악 위부인이다. 대개 옛날부터 신이한 일이 다 기록할 수 없을 정도로 많았다. 당나라 때 한 고승이 서역으로부터 중국으로 들어와 형산의 아름다움과 연화봉 경개를 사랑하는 법당을 지으니 (……) 이가 육관대사이다. (361면)

형산은 신화 상의 인물인 대우가 자기의 공덕을 새겨 놓은 흔적이 있는 곳이며, 천상선녀인 위부인이 거하고 있는 산이기도 하다. 이와 같은 영이지적(靈異之蹟)이 다 기록할 수 없을 정도로 풍부한 이곳은 그러므로 천상의 낙원이라는 이미지를 소유한다. 즉 에덴동산과 같은 곳이다.[36] 그러나 한편 이곳은 서역 천축국에서 돌아온 육관대사가 불법을 강론하고 있는 불도장이기도 하다. 이곳은 성진이 세속의 부귀공명을 탐하는 인간적 갈등과 욕망이 있는 세계이기도 하므로 지상적 이미지도 내포하고 있

---

36 김병국, 『구운몽연구―그 환상구조의 심리적 고찰』, 서울대 석사학위 논문, 1968, 71면.

최인훈의 패러디 소설 연구

다. 이 사실들을 종합해보면 형산의 위치는 지상계 내에 있되 지상계와 수평적 공간이 아닌 것 같다. 그러므로 이곳은 수평적 공간과 수직적 공간의 혼합 형태로 파악함이 옳다.[37]

이처럼 불완전한 공간에서의 갈등을 벗어나게 해 주는 것이 B의 체험이다. B의 공간은 지상계이다. 여기에는 인간의 희노애락과 부귀공명이 있는 곳이다. 이곳에서 양소유로 환생한 성진은 인간들이 선망하는 부귀공명의 극치를 경험한다. 그러나 그 부귀공명의 무상함을 깨달은 양소유는 다시 자기가 원래 거처하던 C의 세계, 즉 연화도장으로 돌아온다. 이 연화도장에서 수행에 더욱 힘써 보살대도를 얻고 절대적 공간이라 할 수 있는 극락에 이른다.

우리는 이 작품에 나타난 시간적 구조를 다음과 같은 동심원으로 나타낼 수 있다.

이로 볼때 이 작품의 시공간은 극락이라는 절대적 세계를 그 구심으로 구조되어 있음을 알 수 있다. 이와 같은 구심적 질서는 인간관계에서도

---

37 조희웅, 「한국서사문학의 공간 관념」, 『고전문학연구』, 제1집, 고전문학연구회, 1971, 112면.

드러난다.

이 작품의 95%를 차지한 지상계에서의 양소유가 보여주는 인간관계는 그를 중심으로 팔미인들이 차례로 운집하는 양상으로 나타난다. 이는 마치 태양을 중심으로 한 항성들의 운집과 같은 관계이다. 양소유는 굳이 원치 않는다 하더라도 팔미인은 그를 구름처럼 쫓아와서 그와 가연들을 이룬다. 이들 팔미인들 사이에는 투기와 질시가 없고 서로가 서로를 천거해 주면서 오로지 양소유를 위한 헌신과 사랑을 다짐한다. 예컨대 계섬월은 적경홍과 함께 양소유에게 찾아와 몸을 맡기며 정경패는 가춘운을 소유에게 천거해 주는 식이다. 양소유를 중심으로 한 헌신과 복종의 관계는 조화와 질서 속에 완벽하게 갖추어지는 것이다.

또한 양소유는 천자를 위하여 헌신과 복종의 관계에 있다. 천자의 위엄 아래 왕화를 전파하고 이룩하는 일이 그의 필생의 위업이다, 토번(吐藩)과 삼절도(三節度)를 진압 평정함도 신하된 도리로 주군에 충성하고 왕화를 이룩하는 일이다. 이처럼 팔미인은 양소유에게로, 양소유는 천자에게로 향하는 인간관계에서도 또 하나의 동심원이 그려진다.

이로 볼 때 고『구운몽』에서 시공간은 궁극적으로 극락에 귀일하며 인

물간의 관계 역시 양소유를 중심으로 하여 천자에로 귀일하는 양상으로 나타난다. 그러므로 우리는 고『구운몽』의 세계를 지향할 구심점이 상정되어 있는 세계, 즉 구심적 세계관의 작품이라 할 수 있다.

(2) 최인훈 『구운몽』의 세계관

고『구운몽』에 나타난 세계관이 구심적 세계관이라면 현『구운몽』에 나타난 세계관은 원심적 세계관이라 할 수 있다. 과거의 안정된 사회질서나 가치관은 붕괴되고 혼미의 시대 속에서 지향점을 잃고 헤매는 현대인의 모습이 이 작품에 투영되어 있다.

시공간의 구분에 따라 이 작품을 나누어 보면 다음과 같다.

A. 독고민의 아파트

  (a) 숙의 편지를 받고 기뻐하는 독고민.

  (b) 밤늦게까지 숙의 편지를 읽다 잠이 드는 독고민.

B. 독고민의 꿈 속

  (a) 시인들과의 조우.

  (b) 이들을 뿌리치고 달아나는 독고민.

C. 꿈을 깬 독고민의 아파트

  (a) 숙을 만나지 못하고 돌아 온 독고민.

  (b) 숙을 찾으려 신문광고를 구상하다 다시 잠드는 독고민.

D. 독고민의 꿈 속

  (a) 노은행가들, 댄서들, 에레나와 조우하는 독고민.

  (b) 광장에서 집단총격을 받고 사살되는 독고민.

  (c) 늙은 댄서가 보여준 애정으로 소생하는 독고민.

(d) 국외로 망명하는 독고민.

E. 김용길 박사의 병원

(a) 김용길 박사의 병원 정원에서 동사체로 발견되는 독고민.

(b) 독고민을 동사한 몽유병자로 추정하는 김 박사와 그의 조수.

A에서 E까지의 시간구조는 현실-꿈-현실-꿈-현실로 연결되어 있다. A에서 E까지의 시간은 고『구운몽』의 하룻밤이라는 시간적 단위와는 달리 적어도 사흘 밤, 혹은 그 이상의 시간이 개재되어 있는 걸로 볼 수 있다. 왜냐하면 B와 C사이에 벌써 사흘간의 간격이 있기 때문이다.[38] 여기서 주목해야 할 것은 독고민이 며칠 밤의 꿈을 꾸고도 어떠한 각성이나 구원에 이르지 못한 채 E단락에서 동사한 몽유병자로 발견된다는 사실이다. 그는 성진처럼 절대적 시간 속의 극락에로 귀의하는 것이 아니라 현실세계 속에서 사체로 발견될 뿐이다. 그에게는 귀의할 절대적 시간의 세계, 천국 혹은 극락과 같은 내세가 기나리시 않는다.

공간구조를 볼 때에도 이러한 사정은 마찬가지이다. A의 공간은 독고민의 초라하고 쓸쓸한 아파트이다. 전기불도 잘 들어오지 않고 군용침대가 놓여 있으며, 별로 불을 때 본 적이 없는 양철난로가 덩그러니 놓여 있는 독고민의 아파트는 고립과 단절 속에 처해 있는 현대인의 비극적 상황을 상징하고 있다. 이러한 상황 속에서 그가 꾸는 꿈 또한 악몽들뿐이다. 그는 정체모를 집단들에게 쫓기고 추격 받다가 마침내 광장에서 집단총격을 받고 비참하게 죽는다. 양소유가 꿈속에서 일신의 영화를 다하고 온갖 행복을 누리는 것과는 뚜렷한 대조를 보여준다. 양소유는 팔미인에게

둘러싸여 지상의 쾌락을 다 하지만, 독고민은 그가 찾는 단 한명의 옛 애인을 만나는 데도 실패하고 만다. 이와 같은 악몽이 끝난 후 독고민이 나타나는 장소는 E의 정신병원이다. 꿈을 깨고 나서 어떤 초월적 공간으로 비상하는 것이 아니라 비정한 현실, 그것도 정신병원의 정원 벤치에 동사체로 나타난 것이다. 이것은 독고민에게는 귀의할 절대적 공간이 상정되어 있지 않음을 뜻한다. 그의 분열과 좌절이 끝나는 공간은 오직 분석의 메스가 기다리고 있을 뿐인 정신병원인 것이다.

이처럼 지향할 구심점이 없다는 세계인식은 독고민의 몽유행위에서도 잘 드러난다. 그는 모든 집단들에 얽혀 들어가서 거기서 행여 숙을 찾을 단서라도 얻을까 하다가 번번이 도망쳐 나온다. 곳곳에는 정체불명의 집단들이 그에게 심리적 압박감과 공포감만을 줄 뿐 그가 안주하고 화합할 만한 집단은 아무 곳에도 없다. 독고민의 보잘 것 없는 희망, 숙을 만나보겠다는 소원조차도 좌절되고 말아서 그가 지향할 세계는 어디에도 없다는 비극적 인식이 이 작품에 깔려 있다. 이 작품의 다음과 같은 구절에서 이와 같은 비극적 세계인식은 다시 한 번 확인된다.

> 역사란 신이 시간과 공간에 접하여 일으킨 열상(裂傷)의 무한한 연속입니다. 상처가 아물면서 결절한 자리를 시대 혹은 지층이라고 부릅니다. 이 속에 신의 사생아들이 묻혀 있습니다. 신은 배게 할 뿐, 아이들의 양육을 한 번도 맡는 일 없이 늘 내깔렸습니다. 우리가 하는 일은 이 지층 깊이 묻혀 있는 신의 사생아들의 굳은 돌을 파내는 일입니다. 캐어낸 화석들은 기형아가 대부분입니다. 그것도 토막토막 난. (336~336면)

보이지 않는 손에 의하여 세계는 질서와 조화 속에 운영된다는 섭리의 시대는 이미 지났다. 신은 왜곡되고 기형적인 역사를 창출해 놓은 채 현대에 부재하기 때문이다. 단절되어 있는 역사의 파편들을 모아서 시간적 연속성을 회복하고 질서와 조화에 찬 세계를 이룩하는 일은 인간 스스로에게 맡겨진 소임일 뿐이다. 이와 같이 지향할 구심점이 소멸된 세계에서 새로운 가치를 발견하고 지향점을 모색하는 것은 인간 자신에게 맡겨진 고독한 작업일 뿐이라는 비관적 세계 인식이 이 작품의 기저를 이루고 있다. 그러므로 최인훈『구운몽』의 세계관은 원심적 세계관이라 명명할 수 있다.

이제까지 살펴 본 바와 같이 두 작품의 세계관은 구심적 세계관과 원심적 세계관으로 뚜렷이 대조된다. 이와 같은 차이는 두 작가들이 처한 시대적, 현실적 배경이 다른 데 기인한다. 한 사람은 봉건적 신분질서가 지배하고 있던 중세의 사대부였고, 다른 한 사람은 기존의 가치체계나 사회질서의 와해가 격심했던 20세기 중반을 그 현실배경으로 하고 있는 인물이기 때문이다.

사실상 17세기는 전래의 주자학적 전통과 명분론적 사회질서가 흔들리기 시작하는 조짐들이 나타났던 시기라고 할 수 있나. 그러나 그러한 현상들은 아직 조짐에 그쳤을 뿐 종래의 가치체계와 사회질서를 근본적으로 혁파하고 새로운 질서의 수립에까지 이르지는 못했다. 김만중은 이 시대의 이러한 한계를 단적으로 표상해 준 작가라 할 수 있다. 그는 비록 화이론(華夷論) 세계관을 부정하고 문학을 한(漢)문학만으로 한정하려는 편견을 논파한 당대의 지식인이었지만,[39] 유교적 신분질서 속의 사대부로서의 지위를 포기할 수는 없었다. 왕화를 이룩하기 위한 군신간의 신분질서는 그에게 아직도 중요했고, 그것으로 사회질서는 유지되어져야 하리라 믿었다. 그리고 파란중첩했던 관료 생활 중에 얻었던 간난신고는 불교

---

39 조동일, 「김만중」, 『한국문학사상사시론』(지식산업사, 1978), 참조.

에의 귀의로 그 해소책이 마련될 만했다. 『구운몽』에 나타난 구심적 세계관은 그의 이러한 세계 인식에서 비롯된 것이다.

　그러나 20세기에 들어 고도한 기계문명의 발달과 잔혹한 전쟁경험들은 이 시대의 인간들로 하여금 종래의 가치체계와 사회질서에 대한 심각한 회의를 갖게 만든다. 한국 역시 이러한 시대적 현상과 무관할 수 없었지만 그 혼란상은 역사적으로 특수한 바 있다. 근대사의 초기를 외세의 강점에 의한 예속으로 장식할 수밖에 없었던 우리는 민족상잔의 6·25, 5·16에 의한 4·19의 실패 등으로 하여 심각한 혼란과 분열상을 체험해야만 했다. 이 속에서 왜곡된 역사를 바로 잡고 역사가 진행되어야 할 방향을 정위하려는 노력이 배태되기 시작한 것이 1960년대라 할 수 있다. 최인훈의 『구운몽』에 나타난 원심적 세계관은 이와 같은 혼란과 분열상을 몸으로 체험하고 그를 극복하기 위한 모색의 도정이 작품상에 형상화된 결과이다. 이때 최인훈은 그의 작품이 드러내고자 하는 의도를 보다 선명히 부각시킬 만한 비교의 대상을 고『구운몽』에서 발견한 것이다. 종래의 세계관에 균열의 조짐이 보이기 시작하던 17세기 무렵, 세계는 질서와 조화에 차 있다는 구심적 세계관을 형상화한 김만중의 『구운몽』은 더 할 수 없는 비교·대조의 대상으로 비쳤을 것이다. 현『구운몽』이 고『구운몽』을 패러디했다고 할 때 패러디의 원의에 부합되는 측면도 여기서 발견된다. 즉 패러디란 원작의 사상(thought)이나 형식(style)을 모방하여 원작을 풍자, 비평하는 것이 그 수법상의 한 목적이기 때문이다.[40] 안정된 사회질서에 균열이 나타나기 시작하던 시기에, 군신간의 위계질서를 지상의 명제로 삼고 자신의 부귀와 영달에 매진한 양소유는 최인훈에게 적합한

---

40 이 글의 주3) 참조.

풍자·비평의 대상이 된다. 그리하여 그는 1900년대 중반 혼돈과 분열의 시대에 지향을 잃고 방황하며, 사랑하는 애인 찾기에도 실패하는 초라한 간판사 독고민을 내세워 양소유에 대비시킨 것이다.

그러나 최인훈이『구운몽』을 패러디한 것은 무엇보다 대립과 분열의 시대상 속에서 방황을 거듭할 수밖에 없는 현대인의 실상을 선명히 부각시키고, 이러한 수법 자체로써 그 분열을 극복하려한 데 궁극적 의도가 있는 것으로 보인다. 다음의 전반적 검토에서 이러한 사실을 확인하고자 한다.

5. 고전 변용의 궁극적 의도와 의의

이제까지 우리는 최인훈의『구운몽』이 김만중의 그것과 어떤 점에서 유사하며 또한 대조되는 측면은 무엇인가를 살펴보았다. 그 결과 시간구조를 원용한 구성방식에서의 유사점을, 세계관의 차이에서 두 작품의 차이를 확인하였다. 일견하여 뚜렷한 연관이 없어 보이는 이들 작품사이에 이러한 유사점과 차이점이 드러나는 것은 최인훈이 김만중의『구운몽』을 의도적으로 패러디한 결정적 증거라 할 수 있다. 그러면 최인훈이 이처럼 고전작품을 패러디한 궁극적 지향은 무엇인가? 이하에서 이 물음에 대한 해답을 검토하고 이 작품이 가지는 문학적 의의를 점검하고자 한다.

1) 전통에의 귀의와 구원의 방법

우리는 연구사 개관에서 최인훈 문학의 최대 관심사가 구원의 문제에 있음을 살펴 본 바 있다. 그 구원의 방법이 사랑임은『구운몽』의 분석에서도 검증되었다. 그러나 독고민은 그 사랑으로서 완전한 구원에 이르렀다는 확신을 얻지 못한다. 국외로 망명하는 것으로 그의 몽유가 끝나고,

동사체로 김용길 박사의 병원에 나타나는 이유가 여기에 있는 것이다. 이를테면 독고민은 현대인이 지닌 자기분열성과 한국인의 역사적 체험에서 비롯한 자기동일성의 위기를 극복하지 못한 채 질식한 인물이었던 것이다. 결론부터 말한다면 최인훈이 고전 『구운몽』을 패러디한 것은 이와 같은 현대 상황의 분열성과 한국인의 역사적 체험에서 비롯한 자기동일성의 위기를 극복하기 위하여 채택한 전략적 의장이라 할 수 있다.

김만중의 『구운몽』은 그 연원이 삼국시대의 조신몽에로까지 소급되는 몽유담의 전통위에 서 있는 작품이며 사상 면에서도 우리의 사상적 기반인 불교 사상에 근거하여 탁월한 문학적 형상화를 성취한 작품으로서 우리의 문학전통에 돌출한 한 봉우리를 형성하고 있다. 최인훈은 바로 이와 같은 문학적 전통에 자기의 작품을 접맥시킴으로써 전기한 문제를 해결하려 한 것으로 보인다. 그러면 이와 같은 전통에의 귀의는 구체적으로 어떻게 분열된 현대 한국인의 자기동일성을 회복케 해 줄 수 있는가? 우리는 여기서 다음과 같은 전통의 성격 규정에 주목할 필요가 있다.

> 전통은 우선 역사의식을 내포하는데 (……) 이 역사의식은 과거의 과거성에 대한 인식뿐 아니라 과거의 현재성에 대한 인식도 포함한다. 이 의식은 시인과 작가로 하여금 자기세대를 뼈 속에 간직하고 작품을 쓰게 할 뿐 아니라(……) 그것은 작가로 하여금 시간속의 자기 위치, 즉 자신의 현재성을 가장 예민하게 의식하도록 하는 것이다.[41]

---

41 T.S.Eliot, "Tradition and The Individual Talent", *The Sacred Wood*, Methuen & Co Ltd.,1920, p.49.

"It involves, in the first place, the historical sense(……)the historical sense involves perception not only of the pastness of the past, but of its presence ; the historical sense compels a man to write not merely with his own generations in his bones(……)and it is at the same time what makes a writer most acutely conscious of his place in time of his contemporaneity."

제 2 부 방법적 고전 변용의 구조 분석 시론

243

이에 따르면 전통을 의식한다는 것은 역사의식을 회복한다는 것을 말한다. 그런데 이 역사의식이란 H. 마이어호프에 의하면 i) 과거의 과거성에 대한 인식 ii) 과거의 현재성에 대한 인식을 말한다. 여기서 과거란 우리의 기억구조 속에 저장되어 있는 것으로 우리는 기억에 위해서만 과거를 떠 올릴 수 있다. 이 기억이란 한편 현재의 개아와 과거의 개아가 동일인일 수 있게 해 주는 기준이다. 우리가 과거의 나와 현재의 나를 동일인이라 인식할 수 있게끔 해 주는 것은 남과는 다른 자신만의 기억에 의지함으로써 가능하기 때문이다.[42] 그러므로 김만중의 『구운몽』과 같은 고전의 전통에 의지한다는 것은 한국인만이 가질 수 있는 확장된 개인의 기억에 자기를 관련시키는 행위가 된다. 즉 과거의 과거성을 의식하고 그 과거가 현재에까지 지속되어 있음을 확인하는 행위가 되는 것이다. 최인훈이 고전 『구운몽』을 패러디한 궁극적 의도는 바로 이와 같은 이유, 즉 한국인의 의식 속에 남아있는 고유한 기억―전통에 자기 작품을 접맥시킴으로써 자기동일성을 확보할 수 있다고 보았기 때문이다. 여기서 우리는 최인훈이 제시하고자 한 구원에의 다른 한 회로를 발견하게 된다. 그것은 감성적이고 생리적인 '사랑'이라는 방법에 대조되는, 이성적이고 이념적인 '자기동일성의 회복'이라는 방법이다.

이로 볼 때 우리는 최인훈 문학에서 문제되는 구원의 방법이 '사랑'이라는 하나의 방법에만 머물지 않고 있음을 알 수 있다. 구원이라는 문제를 그의 문학의 최정점에 올려 놓은 최인훈은 사랑이라는 감성적이고 생리적인 회로 이외에 자기동일성의 회복과 같은 이성적이고 이념적인 다른 한 회로를 통해 그 정점에 이를 수 있다고 본 것이다.

---

42 H. Meyerhoff 저, 김준오 역, 『문학과 시간현상학』(심상사, 1979), 72면 참조.

2) 문학사적 의의

우리의 문학사는 일제의 식민지배라는 불행한 역사적 상처로 하여 극복해야 할 많은 문제점을 내포한 채 지속되어 왔다. 30여 년간에 걸친 일제의 식민지배는 우리의 자생적이고 자족적인 근대화의 계기를 박탈했을 뿐만 아니라, 우리 문학전통의 긍정적인 계승과 지속적 발전을 저해했다. 식민지배하에서 역사의 올바른 진행방향을 제대로 파악할 수 없었던 당시의 지식인들에게 전통이란 폐기되어져야 할 과거의 유물로 치부되었다. 서구 문명의 우월성에 경복하고 자기 스스로의 전통을 모방의 준거로 삼기를 부정한 이광수와 같은 이는 그 대표적 인물이라 할 수 있다. 서구 지향을 문명개화의 절대적 명제로 파악함으로써 이때 우리의 민족적 전통은 왜곡되고 좌절될 수밖에 없었고 극도의 단절의식이 심화되었다. 우리 사회의 발전과 민족의 이익이 자기들 식민지배의 불이익과 연결되는 일제의 지배 하에서는 이러한 문제들의 근본적 인식과 치유가 불가능하였다. 해방 후에도 좌·우 분열의 소용돌이 속에 휘말리고 동족상잔의 비극적 후유증을 치유하기에 급급했던 우리로서는 이러한 문제들을 차분히 재고할 기회를 갖지 못했다. 1960년대에 들어서야 우리 학계는 식민사관의 이론적·실증적 극복이라는 문제에 관심을 쏟게 된다. 문학 분야에서도 사정은 비슷해서 이때에 들어 고전문학의 새로운 해석과 전통의 현대적 계승이 진지하게 논의되었다. 이것은 근대문학의 기점을 서양문화의 이식에서 찾으려는 종래의 논리에 대한 심각한 반성을 겸한 것이기도 했다.[43] 최인훈은 이러한 때 자기 작품의 제작수법과 주제를 고전작품에 접맥시킨 『구운몽』을 발표한 것이다. 그는 이미 서구 소산의 관념과 한국의

---

[43] 유종호·염무웅 편, 『한국문학의 쟁점』(전예원, 1983), 9면 참조.

역사 · 풍토 사이에 개재해 있는 엄청난 거리를 첨예하게 인식하고 작품 자체로서 우리 문학 전통의 계승과 발전이라는 명제를 수용하려 했다. 이 작품이 발표된 1960년대 초기가 이 방면에의 관심과 연구가 채 성숙되지 않은 시점임을 생각한다면 전통의 계승이라는 문제를 작품자체로서 실천해 보이고자 한 그의 시도는 매우 첨단적인 그것이다. 그 이후에 일군을 이루다시피 발표된 일련의 패러디계 소설들도 이러한 관점에서 조망할 때 그 작품 의미의 진정한 이해에 손쉽게 가까워 질 수 있으리라 믿는다. 고전에서 제명을 취택한 많은 작품들은 서구 소산의 관념과 우리의 풍토 사이의 괴리를 어떻게 메우고 극복하느냐는 그의 진지한 모색의 궤적이라 할 수 있다. 그가 우리의 전통에서 문학적 소재의 원천을 발굴하고 그것을 성공적으로 형상화 한 것은 추측컨대 그의 희곡창작에 이르러 성취된 것으로 보인다. 이렇게 본다면 그의 일련의 패러디계 소설 창작은 우리의 뿌리를 찾고 문화의 맥을 찾아내기 위해 시도된 실험적이고 진지한 모색의 노정인 섯임을 알 수 있다.

　물론 이 작품에는 작가가 변사로 등장하여 표명하는 바와 같이 그의 이러한 의도들이 좀 더 스토리로 형상화되지 못한 채 계몽성으로 노출되어 있음이 문제이다. 사랑에 의한 독고민의 구원이라는 주제에 있어서도 우의적 수법을 통한 교훈성이 그대로 노출되지만, 전통의 수용과 자기동일성의 회복이라는 주제 역시 교훈적 의도를 포함한 것이기에 이는 피할 수 없는 흠이다. 그러나 이것은 작가 자신의 고백과 같이 "과도기 속에 삶을 받은 자의 슬픔"[44]이라 할 수 있는 것이다. 단절된 전통과 그것의 회복에 대한 논의가 채 성숙되지 않은 시기에 자기의 뿌리를 찾기 위한 긴 여정을

---

44 『구운몽』, 338면.

시작하려던 시기의 비세련성은 어쩔 수 없는 측면이 있다는 것이다.

흔히 최인훈은 관념의 작가라고 한다. 그를 이해하는 데 빼놓을 수 없는 이 시각은 그를 비판하거나 칭송할 때 동시에 사용되는 수준자의 역할을 하였다. 그러나 우리는 이제 그의 관념이 매우 방법적인 그것임을 알 수 있게 되었다. 그의 관념은 현실의 모순을 통찰하고 그 모순을 해결하기 위한 고도의 전략이었던 것이다.

6. 맺는 말

최인훈은 『광장』의 발표로 화제의 토픽에 오른 이후 잇달아 문제작을 발표하여 문단의 주목을 끌어 온 작가이다. 그가 보여준 실험적이고 비사실주의적인 작품 제작의 경향으로 분분했던 논란만큼 그에 대한 논의도 상당히 축적되어 있다. 그러나 그의 작품군에서 상당한 분량을 차지하고 있는 패러디 계열의 소설들에 대해서는 그 의도 및 의의를 명료하게 규명한 논의들이 그리 많지 않았다는 문제의식에서 이 논문은 출발하였다.

최인훈은 1960년대에 『구운몽』, 「금오신화」, 「춘향뎐」, 「열하일기」, 『서유기』 등 일련의 시리즈를 이룰만큼 패러디 소설들을 많이 내놓았다. 그는 왜 이처럼 고전작품에서 제명을 취하여 자기 작품의 제명으로 삼았을까? 이들 고전 작품들과 최인훈의 그것 사이에는 어떤 유사점과 차이점이 있는 것일까? 있다면 그 의미는 무엇인가? 본고는 이러한 점들에 착안하여 우선 그의 『구운몽』을 시도적으로 분석해 본 것이다. 전개된 논의의 결과를 요약하면 다음과 같다.

여태까지 최인훈의 『구운몽』에 대해서는 본격적인 논의가 없었다. 난해성의 베일에 가려진 이 작품의 명료한 이해를 위해서는 작품 자체의 구조를 분석하는 작업이 요구되었다. 등장인물들의 성격과 행위를 중심으로 이 작품의 의미구조를 규명해 본 결과 그것은 대립과 분열의 구조로 파악되었다. 개인과 집단 사이에 대립이 생기고, 그 집단 내부에도 역시 대립이 개재하여 집단 자체가 분열에 이를 뿐만 아니라 그 집단의 압력을 받는 개인 역시 분열에 이를 수밖에 없다는 비극적 인식이 이 작품에 구조적으로 형상화되어 있었다. 이것은 이 작품이 당대의 사회현실, 즉 4·19의 혼미상과 분열상을 의도적으로 작품에 수용하고자 한 결과였다. 당대 한국의 사회현실은 그 과도기적 성격으로 인하여 극심한 대립과 분열상 속에 놓여 있었기 때문이다. 빈발하는 데모, 사이비언론인까지 판치는 중구난방의 언론, 정치인들의 부패와 반목 등으로 인하여 당시의 한국인들은 자신의 정체성을 상실할 정도에 이름으로써 자기동일성의 위기에 처하게 되었다. 이 작품은 이러한 시대의 혼미상과 분열상을 독고민이라는 상징적 인물의 봉유를 통하여 형상화한다.

독고민은 이 작품 속에서 상황의 분열성으로 인하여 자신도 역시 분열에 빠짐으로써 상황의 압력에 질식하는 나약한 개인의 비극을 우의해 주는 인물이었다. 그러나 우리는 독고민이 지닌 상징적 성격을 통해 그의 비극이 상황의 압력에 희생당하는 당대적 인물의 비극이 아니라, 한국근대사가 지닌 어두운 성격으로 인하여 우리 한국인 전체에 미만한 분열과 위기의식을 표상한 것임을 알 수 있었다. 그는 강박적 피해의식에 긍긍하는 인물로서 일제의 식민통치, 민족상잔의 6·25, 격동의 4·19와 5·16 등 격변의 근대사 속에 시달려 온 우리 한국인들의 피난민 의식을 대변해 주는 인물이라 할 수 있었기 때문이다. 최인훈은 이처럼 단절되고 분열된 현대 한국인의 구원을 위해 사랑이라는 방법을 우의적으로 제시하였다.

그러나 그 사랑으로 독고민이 완벽한 구원에 이르지 못한 것은 김용길 박사의 정신병원에 그가 동사체로 나타난 것으로 표출된다. 이의 해결을 위하여 작가는 작품을 제작한 방법 그 자체로써 구원에 이르는 다른 한 가지 방법을 제시한다. 이것은 김만중과 최인훈의 두『구운몽』을 비교 분석함으로써 드러나는 이념적 · 이성적 방식이라 할 만한 것이었다. 이 두 작품을 대비 분석한 결과는 다음과 같이 나타난다.

두 작품 사이에는 우선 시간성을 처리하는 데 있어 환몽구조적 유사성이 발견된다. 이것은 김만중의『구운몽』이 현실─꿈─현실의 구조를 가진 데 비해 최인훈의 그것은 현실─꿈─현실─꿈─현실의 구조를 가지는 것을 말한다. 이는 최인훈이 자신의 창작의도를 구현하기에 적합한 몽유담의 양식적 특성을 김만중의『구운몽』에서 발견하고 그 구조를 의도적으로 중첩, 원용한 결과이다. 최인훈은 몽유담이라고 하는 형식의 전통적 특성에서 당대 한국의 대립과 분열상을 우의하고 인간의 구원이라는 그의 주제를 수용하기에 적합한 장치를 발견한 것이다. 그리하여 그는『구운몽』으로 대표되는 몽자류 소설의 형식에만 의지한 것이 아니라 몽유록 장르에까지 연결되는 몽유담의 제작 수법을 취택함으로써 그의 주제를 효과적으로 표출할 수 있었다.

다음으로 두『구운몽』사이에는 인물의 윤회 · 전변이라는 양상이 유사점으로 드러났다. 이것은 최인훈이 김만중의『구운몽』에 드러난 인물의 윤회전변에 착안하여 그의 창작의도를 효과적으로 표출하기 위한 인물 배치의 수법으로 그것을 차용한 결과이다. 즉 그는 독고민의 몽유가 끝나는 시점을 경계로 하여 독고민과 김용길, 빨간 넥타이의 시인과 김박사의 조수로 전변 배치되는 인물 설정을 기함으로써 이들 모두가 어지러운 한국의 현실에 처한 동일인임을 드러내고자 하였다. 이것은 결국 독고민이 경험하는 자기 분열과 자기동일성의 상실이라는 문제가 한국인 전체에 내재한 위기임을 드러 내려한 작가의 창작의도에서 비롯된 장치였다.

마지막으로 두 편의 『구운몽』 사이에는 세계관의 차이가 현저한 상이점으로 드러났다. 김만중의 『구운몽』에 나타난 세계관은, 세계는 질서와 조화에 차 있으며 현실 속에 개재한 불안과 갈등은 극락에의 귀의로 지양될 수 있다는 구심적 세계관이었다. 이에 비해 최인훈의 그것은, 삶의 불안과 갈등은 인간 스스로가 해결할 수밖에 없으며 현대는 지향할 구심점이 부재함으로써 인간은 혼미 속에 방황할 수밖에 없다는 구심적 세계관을 표출한다. 이것은 두 작가가 처한 시대적 배경의 차이에서 기인하는 것으로 최인훈은 이러한 대조를 통하여 현대 상황의 분열성과 혼돈성을 더욱 뚜렷이 부각시키고자 한 것이다. 이를 통하여 최인훈은 김만중의 낙관적 세계관을 풍자 비평한 효과를 얻는다. 고귀한 신분으로 태어나 지상의 부귀영달을 다 누리고 극락에로 귀의한다는 양소유의 일생은 피난민으로 외롭고 가난하게 살다가 상황의 입력에 질식하는 독고민의 삶과는 뚜렷이 대조된다. 이것은 이미 기존의 가치질서가 해체될 조짐이 보이는데 17세기에 그토록 낙관적 세계관을 표출할 수 있었던 김만중에 대한 최인훈의 풍자 비평이라 할 수 있는 것이다.

그러나 궁극적으로 최인훈은 이처럼 과거의 전통에 의지함으로써 분열된 현대한국인의 자기동일성을 회복하고자 하였다. 그는 우리의 전통에 자기 자신을 연계시킴으로써 우리의 기억 속에 내재한 과거를 오늘의 의식 속에 접맥시켜 한국인의 과거와 현재가 단절되어 있지 않다는 의식을 확보하려한 것이다. 이를 통하여 그는 단절과 분열상에 부심하는 현대 한국인에게 자기동일성을 회복하는 방안을 제시할 수 있게 된 것이다. 이 방안은 사랑이라는 생리적·감성적인 구원의 방식에 대비되는 이념적이고 이성적인 구원의 회로라 할 만한 것이었다.

최인훈이 이처럼 전통의 현대적 계승과 발전이라는 과제에 주목하여 그의 작품 자체로써 이를 실현하고자 한 점은 그 시기적 성격으로 보아 중요한 의의를 갖는다. 이러한 과제는 1960년대에 들어 학계에서 진지하게 검토되기 시작했는데 그는 이러한 논의가 채 성숙되기 전에 그의 작품 자체로써 이러한 과제를 실현하고자 노력하였기 때문이다. 그러나 그의 작품엔 우의적 수법에 의지함으로써 계몽적이고 교훈적인 의도가 채 용해되지 않고 있음을 지적하지 않을 수 없다. 이것은 전통의 현대적 수용·발전이라는 명제를 고전작품의 패러디로써 이루려는 그의 작품 제작 수법 그 자체에 내재되어 있는 한계라 할 수 있는 것이다. 그가 의도한 목표가 완전한 문학적 형상화를 얻는 것은 희곡의 창작에 이르러서가 아닌가 하는데 그러나 아직 재창조해야 할 우리의 전통이 무엇인가, 그를 어떻게 문학적으로 수용해야 하는가 등의 문제가 다른 문인들에게 채 의식되지 않은 시기에 작품 자체로써 이러한 문제를 구현코자 한 그의 선구적 성취는 높이 평가되어야 마땅한 것임에 틀림없다.

| 참고문헌 |

기본 자료

김만중, 『구운몽』: 정규복, 『구운몽연구』, 고려대 출판부, 1979 소재 한문 을사본.

최인훈, 『구운몽』, 문학과 지성사, 1983.

———, 「문학과 세대적 체험론(좌담)」, 『문예중앙』, 1977, 겨울호.

———, 「원시인이 되기 위한 문명한 의식－자화상」, 『문예중앙』, 1979, 겨울호.

———, 「상황의 원점」, 『문학과 지성』, 1980, 봄호.

———, 「왜 우리는 문학을 하는가(좌담)」, 『문예중앙』, 1980, 여름호.

———, 『문학과 이데올로기』, 문학과 지성사, 1982.

논저

김균태, 「구운몽의 공간관념에 대하여」, 『한국고전산문연구』, 동화문화사, 1981.

김기동, 「국문학상의 불교사상연구」, 『불교학보』, 동대불교문화연구소, 제2집, 1968.

김병국, 『구운몽연구－그 환몽구조의 심리적 고찰』, 서울대 석사학위논문, 1968.

김성환 외, 『1960년대』, 거름사, 1984.

김인환, 「모순의 인식과 대응방식－최인훈론」, 『문예중앙』, 1982, 봄호.

———, 「과거와 현재」, 『최인훈』, 김병익·김현 편, 은애, 1979.

김일열, 「구운몽 신고(新考)」, 『장덕순선생회갑기념논문집』, 1980.

김주연, 「분단시대와 지식인의 사랑」, 김병익·김현 편, 『최인훈』, 은애, 1979.

———, 「지식인의 행동」, 김병익·김현 편, 『최인훈』, 은애, 1979.

김충기, 『최인훈 문학에 나타난 소외의 문제 연구』, 경희대 석사학위논문, 1977.

김치수, 「지식인의 망명」, 『최인훈』, 김병익·김현 편, 『최인훈』, 은애, 1979.

김 현, 「전반적 검토」, 『최인훈』, 김병익 · 김현 편, 『최인훈』, 은애, 1979.

──, 「헤겔주의자의 고백」, 『최인훈』, 김병익 · 김현 편, 『최인훈』, 은애, 1979.

──, 「사랑의 재확인」, 『광장』 해설, 문학과 지성사, 1983.

서대석, 「구운몽의 장르적 성격과 문학사적 의의」, 『한국학논집』, 제1~5합집, 계명
대, 1980.

설성경, 「구운몽의 구조적 연구(1) – 시간론」, 『인문과학』, 27.28 합집, 연세대,
1972.

──, 「구운몽의 구조적 연구(3) – 소재의 시간적 요소」, 『국어국문학』, 58.59.60 합
병호, 1972.

──, 「관념적 삶과 그 공감의 지평」, 『현상과 인식』, 1977, 겨울호.

송재영, 「분단시대의 문학적 방법」, 『최인훈』, 김병익 · 김현 편, 『최인훈』, 은애,
1979.

유종호 · 염무웅 편, 『한국문학의 쟁점』, 전예원, 1983.

유종호, 「소설과 정치적 함축」, 『세계의 문학』, 1979, 가을호.

이보영, 「최인훈론」, 『문화비평』, 1973, 봄호.

이 순, 「최인훈」, 『연세어문학』, 5집, 1974.

염무웅, 「상황과 자아」, 『최인훈』, 김병익 · 김현 편, 『최인훈』, 은애, 1979.

다나카 아키라(田中明), 「한국문학사에 새로 등장한 인물」, 김병익 · 김현 편, 『최인
훈』, 은애, 1979.

정규복, 『구운몽연구』, 고려대출판부, 1979.

정학성, 「구운몽의 우의적 전통과 개화기 몽유록」, 『관악어문연구』 제3집, 서울대,
1978.

정한숙, 『소설기술론』, 고려대출판부, 1982.

정문길, 『소외론 연구』, 문학과 지성사, 1983.

조동일, 「김만중」, 『한국문학사상사시론』, 지식산업사, 1978.

조희웅, 「한국서사문학의 공간관념」, 『고전문학연구』, 제1집, 고전문학연구회, 1971.

천이두, 「광장과 밀실」, 김병익 · 김현 편, 『최인훈』, 은애, 1979.

──, 「나와 남들과의 관계」, 『현대한국문학전집 16』 해설, 신구문화사, 1972.

한일섭, 「시간 관계에서 본 소설의 구조」, 『독일문학』 22호, 경북대,

Eliot,T.S., "Tradition and The Individual Talent", *The Sacred Wood*, London and Methuen
Co Ltd., 1920.

Forster,E.M., *Aspects of The Novel, Aylesbury*, Hazel Watson & Viney Ltd., 1977.

Fromme,E., *The Art of Loving*, 황문수 역, 『사랑의 기술』, 문예출판사, 1983.

Meyerhoff,H., 김준오 역, 『시간현상학』, 심상사, 1979.

Pollard,E., 송락헌 역, 『새타이어』, 서울대출판부, 1980.

Preminger,A., Warnke,F.J., Hardison,O.B., *Princeton Encyclopedia of Poetry & Poeticis*, Princeton University Press, 1965.

저자 **김성렬**(金聖烈)

대구에서 태어나 계명대학교 어문학부에서 한문학(국문학) 전공. 고려대학교 대학원에서 현대문학으로 석·박사 취득. 〈문화일보〉로 평론 등단. 현재 대진대학교 문예창작학과 교수로 재직 중.
저서로 『광복 직후 좌우 대립기의 문학연구』, 『한국문학명작사전』(공저), 『문학의 쓸모』 등이 있다. 「꿈과 같이」, 「즐거운 수학여행」, 「오후의 산책」, 「광덕의 아내」 등의 소설을 발표하면서 비평과 창작을 겸하고 있다.

최인훈의 패러디 소설 연구

인쇄 2011년 4월 25일 | 발행 2011년 5월 2일

지은이 · 김성렬
펴낸이 · 한봉숙
펴낸곳 · 푸른사상사

등록 제2-2876호
주소 서울시 중구 을지로3가296-10 장양B/D 7층
대표전화 02) 2268-8706(7) 팩시밀리 02) 2268-8708
이메일 prun21c@yahoo.co.kr / prun21c@hanmail.net
홈페이지 www.prun21c.com
책임편집 지순이

ISBN 978-89-5640-811-8 93810
값 20,000원